Lisette Ashton

Der Marquis kehrt zurück

Lisette Ashton

Der Marquis kehrt zurück

Passion Publishing

Impressum

Passion Publishing Ltd.
Postfach 301152
D-53191 Bonn

Originalausgabe: „Forbidden Reading“ first published in 2006 by Nexus, Thames Wharf Studios, Rainville Road, London W6 9HA, UK

Übersetzung: Maria Dolorosa

Satz: Hilga Pauli

Umschlagentwurf: ART WORK, Olaf Schumacher

Titelbild: © Roman Kasperski, www.RomanKasperski.de

Printed in Germany

Vertrieb: VSB, Georg-Westermann-Allee 66, 38104 Braunschweig

ISBN-10: 3-9809942-8-7

ISBN-13: 978-3-9809942-8-6

VSB-Titelnummer: 3000208

Bestellhotline: 01805/708709 Bestellfax: 0531/795939

www.passion-publishing.de

Vor der Reise

„Du bist eine dreckige kleine Schlampe, oder etwa nicht?“

Justine erstarrte, als sie die Stimme hörte. Das Kellergewölbe war fensterlos und bis auf vereinzelte Strahlen, die sich durch die Ritzen des Fußbodens verirrten, drang kein Licht hinein. Es bedeutete immer wieder von neuem eine Herausforderung, den Lichtschalter zu finden und während sie mit den Fingerspitzen über die uralte Holzverkleidung tastete, wuchs die Überzeugung in ihr, dass ihre Hand dieses Mal den lebenswichtigen Kunststoffknopf verfehlen würde. Ihr Herz raste, der Mund wurde staubtrocken und sie kämpfte darum, bei dem Gedanken, in einem unbeleuchteten Raum mit einem bedrohlichen Fremden gefangen zu sein, nicht in Panik zu geraten.

„Du bist eine dreckige Schlampe, oder nicht? Du bist eine dreckige kleine Schlampe, die eine ordentliche Tracht Prügel nötig hat. Bist du deswegen hier runter gekommen? Bist du hier runter gekommen, damit du deinen Arsch versohlt kriegst?“

Justine wusste nicht, wer gesprochen hatte – sie konnte nicht sagen, ob es sich um eine männliche oder weibliche Stimme handelte – doch sie verstand jede Silbe des scheußlichen Vorschlags. Sie bemühte sich, einen mutigen Eindruck zu erwecken. Sie wollte sich von der nicht greifbaren Kombination aus Dunkelheit, groben Worten und ihren eigenen Vorstellungen nicht einschüchtern lassen, holte tief Luft und blinzelte in die Schatten. „Wer ist da? Was tun Sie hier? Wissen Sie nicht, dass dies der private Keller von Mrs. Weiss ist? Nur autorisiertem Personal ist der Zutritt gestattet.“

„Zieh deine Bluse aus, Justine“, flüsterte die Stimme verstohlen. „Zeig mir deine Brüste.“

Sie erwog davon zu laufen, doch dann verwarf sie die Idee. Der Zeitschalter für die Halle hatte sich bereits eingeschaltet und hinter ihr war alles in ein unerleuchtetes Glimmen getaucht. Wenn sie davonlaufen würde, stünde Justine eine entsetzliche Jagd durch den engen Korridor bevor. Wenn sie die Tür am Ende des Ganges erreichte – wenn sie überhaupt bis dorthin gelangte – würde sie fieberhaft nach dem richtigen Schlüssel an ihrem Schlüsselbund suchen müssen, um zu versuchen, die verschlossene Tür zu öffnen, die in den Schutz der Bibliothek zurück führte. Furcht drohte sie zu überwältigen und sie bemühte sich, den Lichtschalter zu finden, bevor die wachsende Panik einen Sieg davon trug.

„Mach schon, Justine", schmeichelte die Stimme. „Zieh deine Bluse aus. Zeig mir deine Titten. Ich brenne drauf, sie zu sehen. Willst du sie mir nicht zeigen?"

Aus dem Nichts tauchte eine Hand auf und berührte ihre Brust. Unsichtbare Finger streichelten die Wölbung der einen Halbkugel und in ihrem Nippel pochte es sanft als Antwort auf den scheußlichen Reiz. Voller Schreck ließ Justine ihre Schlüssel zu Boden fallen. Das Klirren des Metalls auf dem Steinfußboden wurde von ihrem verzweifelten und überraschten Aufschrei übertönt. Ohne die Schlüssel gab es für sie keine Möglichkeit, aus dem Kellergewölbe zu entkommen und in der Dunkelheit hatte sie nur wenig Hoffnung, die herunter gefallenen Schlüssel wieder zu finden. Ihre Suche nach dem Lichtschalter wurde noch hektischer und verzweifelter.

„Komm schon", drängte die Stimme. „Zieh deine Bluse aus und zeig mir deine Titten."

Justine konnte immer noch nicht sagen, ob es eine weibliche oder männliche Stimme war – oder ob darin ein vertrauter Ton mitschwang oder ob sie sich das nur einbildete – aber diese Details waren bedeutungslos. Ihre Hauptsorge war, das Licht einzuschalten, ihre Schlüssel zu finden und dann so schnell sie konnte aus dem Keller zu flüchten. Sie wiederholte diese drei Ziele in ihrem Kopf wie ein persönliches Überlebensmantra.

Licht, Schlüssel, Laufen. Licht, Schlüssel, Laufen. Licht, Schlüssel, Laufen.

In das Kellergewölbe hinab zu steigen war mit Abstand der unangenehmste Teil eines Jobs, der seine Faszination bereits vor Monaten verloren hatte. Nachdem sie in der Bibliothek zu arbeiten angefangen hatte, war es ihr bald überdrüssig geworden, endlose Wälzer zu katalogisieren – Karteikarten ausfüllen, abstempeln, zur Reparatur geben, erneut eine Karteikarte anlegen und katalogisieren – doch diese Elemente ihrer tagtäglichen Routine waren auszuhalten, selbst wenn ihre Monotonie weit über das hinaus ging, was sie sich vorgestellt hatte. Schon lange vor diesem Ereignis, bevor sie mit dem unbekannten Fremden im Keller in der Falle saß, war ihr wöchentlicher Besuch hier unten die Routinearbeit gewesen, die sie am meisten fürchtete.

„Mach ein paar Knöpfe auf", drängte die Stimme. „Zeig mir ein bisschen von deiner Schulter. Ich will die milchige weiße Blässe deiner Titten sehen, so dass ich mir vorstellen kann, ich würde meine Zähne darin vergraben. Ich würde dich zu gern beißen, Justine. Ich würde wirklich gerne von deinem reifen, vollen Fleisch kosten."

Justine zitterte und legte schützend eine Hand auf ihre Brust.

Licht, Schlüssel, Laufen. Licht, Schlüssel, Laufen. Licht, Schlüssel, Laufen.

Sie fuhr damit fort, sich an die Wand zu klammern, krank vor Entsetzen, während sie versuchte den Schalter zu finden, doch die andere Hand hielt sie fest auf ihre Brust gepresst. Die heimtückische Berührung, die sie vorhin über sich hatte ergehen lassen müssen, hatte sie fast die Nerven verlieren lassen und sie war fest entschlossen, dieses widerliche Betatschen kein zweites Mal zuzulassen.

Es schien fast, als verstünde der Fremde ihre Ängste. Eine Hand strich über ihren Hintern und drückte eine Arschbacke. „Sei ein gutes Mädchen und zieh deine Bluse aus, Justine. Ich sehne mich danach, einen Blick auf dich werfen zu können."

Justine vergaß ihre Suche nach dem Lichtschalter, schlug die Hand fort und presste ihren Po gegen die Mauer. Sie konnte sich nicht erinnern, schon einmal solch eine Angst gehabt zu haben. Ihr Atem wurde zu einem hektischen, nervösen Keuchen, pures Adrenalin schoss durch ihre Adern und kalter Schweiß benetzte plötzlich ihre Haut.

Licht, Schlüssel, Laufen. Licht, Schlüssel, Laufen. Licht, Schlüssel, Laufen.

Sie versuchte sich auf ihren Dreistufenplan zur Flucht zu konzentrieren, doch es war unmöglich, an etwas anderes als ihren Hass auf diesen Raum zu denken, der jetzt zu ihrem Gefängnis geworden war. Sie hatte sich schon immer vor dem Kellergewölbe gegruselt und sich jetzt in seinen massiven Mauern in der Falle zu wissen, war, als würden ihre schlimmsten Alpträume wahr werden. Die Mäzenin der Bibliothek, die

Philanthropin Mrs. Weiss, hatte in diesen Kellerraum unter dem Hauptgebäude ihre private Sammlung untergebracht. Hier war ein Aufsehen erregender Schatz an seltenen Werken, Erstausgaben und Originalmanuskripten untergebracht. Es gab eine Reihe von Gedichten von Wordsworth in Originalhandschrift, ohne Zweifel unbezahlbar mit den faszinierenden Korrekturen, Hinzufügungen und Streichungen; komplette Sammlungen der Erstausgaben von Dickens, Poe und Hemingway, von denen einige Titel von den Autoren signiert waren; ebenso wie eine Menge persönlicher Tagebücher von den historischen Größen, die Mrs. Weiss verehrte. Und dennoch, trotz der unbezahlbaren Schätze hier unten und entgegen ihrer professionellen Wertschätzung, hasste Justine diesen Raum.

„Hol sie für mich raus, Justine. Ich will sie sehen. Ich muss sie anfassen."

Der Raum war immer klaustrophobisch dunkel. Selbst wenn die kärglichen Lampen eingeschaltet waren, führten die sich überlagernden Schatten die Herrschaft über dieses luftleere Reich. Und es lag etwas in der Einsamkeit und Stille, das Justine sich nach der vergleichsweise geschäftigen und geselligen Atmosphäre in der Bibliothek oben sehnen ließ. Doch es war nicht die Einsamkeit oder das fehlende Licht, was sie wirklich hasste. Wenn sie ehrlich war, hatte sie nie den Sinn dieses Raumes begriffen. Für jemanden, der Bücher so sehr liebte wie Justine, kam es einem Sakrileg gleich, eine derart fantastische Sammlung in einem lichtlosen Kellerraum zu verstecken.

„Zieh deine Bluse aus, Justine, und ich werde das Licht anmachen. Klingt das nach einem fairen Tausch?"

„Wer sind Sie?" Sie konnte den immer schriller werdenden hysterischen Unterton in ihrer Stimme hören und versuchte verzweifelt, ihn zu unterdrücken, bevor er zu offensichtlich wurde. „Wer sind Sie? Was tun Sie hier? Und warum quälen Sie mich so?"

„Zieh deine Bluse aus." Die geflüsterte Anweisung kam aus den tiefen Schatten zurück. „Tu es und ich werde das Licht anmachen."

„Ich will meine Bluse nicht ausziehen", widersprach Justine.

„Vielleicht willst du es nicht", gab die Stimme ihr Recht. „Aber du wirst es tun, wenn du willst, dass ich das Licht anmache. Warum gibst du nicht endlich auf und ersparst uns beiden diese nutzlose Streiterei?"

Sie hielt einen Moment den Atem an und wünschte, ihr fiele eine passende Erwiderung ein, doch nur eine einzige Antwort schien die richtige zu sein. Sie wollte ihre Bluse nicht ausziehen, doch noch weniger war sie geneigt, auch nur einen Moment länger in dem Keller zu verbringen als unbedingt nötig. Sie war sich sicher, dass sie keine Alternative hatte und sagte, während sie sich im Stillen versprach, keinen Schritt weiter zu gehen: „In Ordnung. Ich werde sie ausziehen."

Der Fremde holte vor Aufregung tief Luft und zum ersten Mal hatte Justine den Verdacht, dass sie mit einer Frau in diesem Keller gefangen war. Sie wusste nicht, wie sie auf diese Idee gekommen war – sie verstand nicht, wie es möglich sein sollte, aus einem aufgeregten Atemzug sicher auf das Geschlecht einer fremden Person zu schließen, wenn sie nicht in der Lage gewesen war, es aus den heimtückischen Fragen und widerlichen Vorschlägen herauszuhören – doch sie war sicher, dass sie sich nicht irrte. Der Gedanke trug weder dazu bei ihre Nerven zu beruhigen oder das Zittern ihrer Finger zu stoppen, als sie versuchte ihre Bluse aufzuknöpfen, noch verhinderte er, dass sie errötete, als sie den Baumwollstoff über ihre Schultern streifte.

„Wunderschön", flüsterte die Stimme. „Wirklich wunderschön. Jetzt zieh den BH aus."

„Sie haben gesagt, Sie würden das Licht anmachen", beschwerte sich Justine. „Sie haben gesagt, wenn ich meine Bluse ausziehe, machen Sie das Licht an. Sie haben es versprochen."

„Ich werde das Licht anmachen, wenn du den BH ausgezogen hast."

In der drückenden Stille, die sich zwischen ihnen ausdehnte, konnte Justine spüren, wie ihre Entschlossenheit dahin schmolz. Sie wollte sich nicht vor dieser unbekannten Frau zeigen, obwohl es in dem Keller so dunkel war, dass man kaum etwas würde erkennen können, aber sie war bereits soweit gegangen, dass sie ihre Bluse ausgezogen hatte und sie glaubte nicht, dass es so viel ausmachte, noch einen Schritt weiter zu gehen und den BH auszuziehen. Eine verstohlene Stimme in ihrem Hinterkopf sagte ihr, dass sich die Augen der Frau an den schwachen Schimmer im Keller gewöhnt haben würden, doch Justine verdrängte die Stimme, unfähig, die wollüstigen Andeutungen darin zuzulassen. Ihre Brustwarzen richteten sich unter ihrem spitzenbesetzten BH auf und verrieten sie, als hätten die kleinen Knospen einen eigenen Willen, den sie ihr aufdrängen wollten.

„Zieh deinen BH aus, zeig mir deine Titten und dann werde ich das Licht anmachen."

Justine zog angeekelt die Nase hoch. Ihre Empörung richtete sich vor allem gegen die Frau, die von ihr verlangte sich auszuziehen, doch zum Teil auch gegen sie selbst. Sie griff unbeholfen nach hinten um den Verschluss zu öffnen. Ihr Gesicht war schon vorher hochrot gewesen, doch jetzt brannte es wie Kohlen in ihren Wangen. Als sie den mit Spitzen besetzen BH zu Boden fallen ließ, hörte sie die Fremde voll gieriger Anerkennung seufzen.

„Die sind wahrhaftig wunderschön."

Es war unverkennbar die Stimme einer Frau, vage bekannt und entmutigend nahe. Justine zerbrach sich den Kopf, um der Stimme ein Gesicht oder einen Namen zuordnen zu können, doch es war schwer, an etwas anderes zu denken als an die bohrende Verlegenheit, oben ohne vor einer unbekannten Fremden zu stehen.

„Ich kann es kaum fassen, dass du diese kleinen Schätze die ganze Zeit über vor mir versteckt hast. Sie sind so herrlich."

Ein Paar Hände streckte sich ihr entgegen.

Justine versteifte sich, als sie bemerkte, wie Finger ihre Brüste umschlossen und sie hätte vor Verlegenheit ohnmächtig werden können, als die Daumen sanft über die Spitzen ihrer Nippel strichen. Die Empfindung war schrecklich schön: Es war erregender, als sie erwartet hätte und dass sie einen Hauch von Lust verspürte, machte es doppelt so erbärmlich. Justine versuchte ungerührt zu beleiben und ihrer Stimme einen neutralen Klang zu verleihen, frei von jedem Anflug von Erregung, und sagte: „Sie wollten das Licht einschalten."

„Das werde ich."

Beide Hände blieben auf ihrer Brust liegen, drückten und kneteten die weichen Kugeln, während die Daumen unaufhörlich über die steifen Brustwarzen strichen. Justine sehnte sich danach, die Fremde fort zu stoßen, ihr eine bitterböse Zurückweisung entgegenzuschleudern und sich der Frau, die über sie herfiel, zu entziehen, doch sie wusste, dass es das sicherste war zu warten, bis das Licht an war, bevor sie so viel Trotz an den Tag legte.

„Sind sie nicht geradezu perfekt?" flüsterte die Fremde.

Justine spürte, wie Haare sie an ihrer Brust kitzelten, dann strichen Lippen über ihre Nippel. Die Qual, betatscht zu werden, war schon fürchterlich aufregend, doch dies hier steigerte ihre Pein ins Unendliche. Ein kühler Mund liebkoste ihr nacktes Fleisch, dann drückte sich die glatte, warme Nässe einer Zunge auf ihre Nippel. Die kleine Knospe wuchs unter der Liebkosung rasch an und entsandte kleine Wogen der Lust, während spielerisch daran geknabbert wurde. Justine kämpfte darum, ihre Reaktionen zu zügeln, presste eine Faust in ihren Mund, damit sie nicht vor Vergnügen laut aufstöhnte.

„Sind sie nicht geradezu perfekt?" wiederholte die Fremde.

Justine holte tief Luft, bevor sie es wagte, den Mund aufzumachen. Sie wog sorgfältig jedes ihrer Worte ab, da ihre Erklärung nicht wie eine List klingen sollte, und sagte: „Sie könnten sie noch viel besser sehen, wenn Sie das Licht anmachen."

„Das stimmt", pflichtete die Stimme ihr bei. „Ich werde sie besser erkennen, nicht wahr?"

Gott sei Dank verschwand der Mund von Justines Brust und die Hände hörten auf, sie mit ihren unerbittlichen Liebkosungen zu quälen. Wie versprochen wurde das Licht eingeschaltet, doch anstatt dass es hell wurde, wie Justine erwartet hatte, musste sie feststellen, dass die Glühbirne ausgewechselt worden war. Der Raum wurde von einer matten, farbigen Glühbirne in der Mitte der Decke in schwarzes und rotes Dämmerlicht getaucht. Zum ersten Mal hatte sie die Gelegenheit, einen kurzen Blick auf die Person zu werfen, die sie mit ungewollten Intimitäten, Vulgaritäten und verderbten Vorschlägen bestürmt hatte, doch der Blick nützte ihr nicht viel. Es überwogen immer noch die dunklen Schatten und alles, was Justine erkennen konnte war der Umriss einer weiblichen Gestalt. Sie bemerkte die schmale Taille, drallen Hüften und vollen Brüste einer sehr weiblichen Form – ihr fiel sogar das beunruhigende Detail auf, dass die

Fremde nackt war – aber nichts davon half ihr, die Identität der Frau zu enträtseln.

„Wer sind Sie?“ wollte sie wissen. Sie versuchte, selbstsicher zu klingen und nicht zu zeigen, wie gedemütigt sie sich fühlte, in dieser befremdlichen Situation mit nackten Brüste dazustehen und sagte: „Ich kenne Sie doch!“

„So viele Fragen“, lachte die nackte Frau. „Eine Antwort wird dich deinen Rock kosten. Bist du bereit, so viel zu zahlen?“

Abwehrend packte Justine den Knopf an ihrem Rock.

Licht, Schlüssel, Laufen. Licht, Schlüssel, Laufen. Licht, Schlüssel, Laufen.

Jetzt, wo sie etwas Licht hatte, suchte Justine mit raschen Blicken den Boden zu ihren Füßen, nach den Schlüsseln ab. Der Steinfußboden war frustrierend nackt und erst als sie ein dumpfes metallisches Klappern hörte bemerkte sie, dass die Frau den Schlüsselbund in der Hand hielt. Ihre Silhouette zitterte und es war gut vorstellbar, dass sie lachte.

„Du wolltest wissen, wer ich bin“, erinnerte die Frau sie. „Und ich sagte dir, die Antwort würde dich deinen Rock kosten. Zieh ihn aus. Zieh ihn aus und gestatte mir, dass ich mich vorstelle.“

„Es ist mir egal, wer Sie sind“, entschied Justine. „Geben Sie mir einfach meine Schlüssel und lassen Sie mich gehen.“

„Das wird dich deinen Rock und dein Höschen kosten.“

Die Worte schockierten sie mit einem Schauder voll schmutziger Erregtheit. Justine konnte nicht erklären, warum sie diesen Vorschlag erregend fand oder warum sie überhaupt in Erwägung ziehen sollte, sich dieser sadistischen Frau weiter unterwerfen, doch sie konnte nicht leugnen, dass es eine verlockende Idee war. Nachdem das erste Entsetzen abgeklungen war, erschien ihr die Woge der Erregung wie eine völlig natürliche Reaktion.

„Zieh dich nackt aus und dann werde ich dir die Schlüssel geben und dich gehen lassen“, versicherte die Frau ihr. „Du hast mir bereits deine Titten gezeigt und ich glaube, wir beide haben was davon gehabt. Warum also lässt du mir nicht auch bei dieser letzten Bitte meinen Willen? Zieh deinen Rock und dein Höschen aus und ich werde dir deinen Schlüssel zurückgeben.“

Justine seufzte vor Enttäuschung – sie hasste diese Frau, das Kellergewölbe und ihren eigenen schwachen Willen – und nestelte den Rock auf. Sie beeilte sich mit dem Ausziehen und wagte nicht an die Konsequenzen ihres Tuns zu denken, schob das Höschen nach unten und stand dann nackt vor ihrer Peinigerin.

„Wunderschön", verkündete die Frau. „Wirklich wunderschön."

Justine zitterte vor einer Mischung aus Kälte und Scham. Sie sehnte sich danach, ihre Hände schützend über ihre Blöße zu legen, doch sie fürchtete, dadurch ihr Entkommen aus dem Keller nur noch weiter hinaus zu zögern. Sie hätte niemals gedacht, dass Exhibitionismus solch ein starkes Aphrodisiakum sein konnte und wappnete sich inbrünstig gegen die Verlockungen der Lust, die sich ihr boten. Justine wusste, dass ihr Körper sehr anziehend war, sie sah den Beweis jeden Morgen im Badezimmerspiegel und wollte schon selbstgefällig lächeln, während die Fremde sie schweigend betrachtete. Aber sie wollte sich nicht eingestehen, dass sie Gefallen dabei empfand und war fest entschlossen, sich durch den lustvollen Schauder bei dem Gedanken daran, sich selbst zu entblößen, nicht ins Wanken bringen zu lassen. Justine streckte ihre Hand aus und sagte: „Ich habe getan, was Sie wollten. Jetzt geben Sie mir die Schlüssel, damit ich von hier verschwinden kann."

„Du wirst noch früh genug gehen können", versprach die Frau.

Ihre Stimme hatte einen vor Erregung heiseren Klang bekommen. Der kräftige, urtümliche Duft nach Frau stieg Justine in die Nase und sie fragte sich, ob sie in das Parfum der Fremden oder in den Geruch ihrer eigenen Erregung eintauchte.

„Ich habe dir etwas versprochen und ich werde mein Versprechen auch halten, aber zuerst möchte ich, dass du mir deinen Rücken zeigst. Ich will, dass du dich mit dem Gesicht zur Wand stellst."

Justine wusste, dass ihr nichts anderes übrig blieb als zu tun, was man ihr sagte, und drehte sich zur Wand. Ihr blieb noch genügend Zeit um festzustellen, dass die Stelle, an der sich zuvor der Lichtschalter befunden hatte, frisch vertäfelt worden war und begriff verschwommen, dass jemand einen sorgfältigen Plan geschmiedet hatte, um sie in diese Situation zu locken. Dann schloss sie beschämt die Augen, als die Frau begann, sie zu liebkosen. Kühle Hände streichelten ihren Rücken, ihre Hüften und den Hintern. Neugierige Finger schoben sich zwischen ihre Schenkel und sie fröstelte, als die Finger der Frau über das nasse Fleisch ihrer inneren Lippen strichen. Die inneren Muskeln ihres Schoßes begannen ebenso verräterisch zu zittern, wie sich ihre Brustwarzen zuvor aufgerichtet hatten, als sehnten sie sich nach mehr als bloßem Kitzeln.

„Wundervoll", flüsterte die Frau. „Wirklich wunder-, wunderschön."

Für einen Moment glaubte Justine zu wissen, wer ihre Peinigerin war. Irgendetwas an ihrer Art zu sprechen rief eine Erinnerung aus den Tiefen ihres Gedächtnisses wach und sie fühlte, dass sie kurz davor war, eine Verbindung herzustellen. Dann, als die Finger zu ihrem Schoß zurückkehrten und in der Spalte zwischen ihren Schamlippen rieben, waren solche trivialen Überlegungen fortgewischt. Sie musste eine erneute Woge aufwallender Panik niederringen und biss sich auf die Zunge, um zu verhindern, dass ein ermutigendes Stöhnen über ihre Lippen kam.

„Ich hatte recht, als ich vorhin erriet, was du wolltest", flüsterte die Frau mit fast tonloser Stimme. „Du willst eine ordentliche Tracht Prügel haben, ist es nicht so? Deswegen bist du hier runter gekommen."

„Nein", sagte Justine und betete, ihre Stimme möge fest klingen. „Ich will verdammt noch Mal keine ordentliche Tracht Prügel. Ich will nur, dass Sie mir die Schlüssel geben, damit ich hier raus kann."

Die Hände hörten auf, ihren Körper zu streicheln und einen lächerlich optimistischen Moment lang dachte Justine, die Frau hätte sich endlich erweichen lassen.

Dann hörte sie das zischende Pfeifen von Leder, das die Luft durchschnitt.

Bevor sie einen Blick über ihre Schulter zurück werfen konnte, bevor sie die Gelegenheit hatte zu protestieren, traf die Lederpeitsche mit beißendem Brennen auf ihr Hinterteil. Ein unerträglicher Schmerz raste durch ihre Kehrseite und sie heulte angesichts dieser schmerzhaften Demütigung laut auf. Während ihr Körper noch mit dieser unangenehmen Empfindung fertig zu werden versuchte, hörte sie schon wieder das Zischen des Leders und versuchte, sich gegen den zweiten sengenden Hieb zu wappnen.

„Sag mir, dass du diese Tracht Prügel haben willst."

„Ich will keine Tracht Prügel", jammerte Justine.

„Sag mir, dass es das ist, was du brauchst."

„Ich will nur die Schlüssel haben, so dass ich hier raus kann."

„Sag mir was ich hören will, dann gebe ich dir die Schlüssel."

Die Frau ließ eine ganze Salve äußerst schmerzhafter Hiebe los, brennende Striemen bildeten sich und die Haut war nahe daran, aufzuplatzen. Nach nicht einmal einem halben Duzend Schlägen mit dem Lederriemen hatte Justine bereits aufgehört zu jammern und ihr Atem war zu einem heftigen Luftschnappen geworden. Ihre Kehrseite schien nach der quälenden Strafe in Flammen zu stehen und sie war durcheinander und dem Zusammenbruch nahe.

„Sag mir was ich hören will und ich werde dir die Schlüssel geben", forderte die Frau sie auf. „Oder ist das zu viel verlangt?"

„Also gut", murmelte Justine. Sie wollte der Frau nicht klein beigeben, doch sie wusste, dass ihr alle anderen Möglichkeiten geschickt verbaut worden waren. „Wenn Sie es unbedingt hören wollen: Ja, ich habe diese Tracht Prügel gewollt."

„Berühr dich selbst, während du es sagst."

Justine versteifte sich und begann ihren Kopf zu schütteln. Es war schon traumatisch genug, dass sie sich ausgezogen hatte und sie konnte es immer noch nicht recht glauben, dass sie der Frau gestattet hatte, sie mit dem Leder zu misshandeln, doch die Vorstellung dieser letzten Anweisung Folge zu leisten, war mehr als sie ertragen konnte. Sie sagte sich selbst, dass sie den Befehl verweigern müsste und dass ihre Unterwerfung weit genug gegangen war, doch da der Anweisung mit einem weiteren brennenden Hieb Nachdruck verliehen wurde, hatte Justine nicht die Willensstärke, sich zu widersetzen. Sie schluchzte, während sie sich an dem Schmerz weidete, eine Hand sich zwischen ihre Beine schlängelte, schweißnasse Finger über die stinkende Hitze ihres Schoßes glitten und schließlich mit der Knospe ihrer Klitoris spielten.

Die Perle pulsierte unter ihrer Berührung und Justine war bestürzt über die Lust, die allein durch die gleichgültige Liebkosung in ihr wuchs. Sie hatte nicht erwartet, dass es ihr auch nur das geringste Vergnügen bereiten würde, sich selbst zu streicheln. Eine köstliche Woge der Lust reichte bereits aus, um sie erschaudern zu lassen. Gierig begann sie fester zu reiben.

Die Peitsche fuhr auf ihrer Kehrseite nieder. „Sprich die Worte, während du dich selbst berührst", beharrte die Frau. „Sag mir, dass du diese Tracht Prügel wirklich willst."

Für einen Augenblick sah Justine fast das Bild der Frau vor sich. Dann verschwanden die Details und mit ihnen das Bild, als eine Woge der Wollust ihren Körper durchflutete. Die jämmerlichen Tränen, die sie vergossen hatte, waren vergessen, als sie in einer euphorischen Wolke davon getragen wurde. Nie zuvor hatte sie einen stärkeren Höhepunkt erlebt und sie stellte fest, dass der Orgasmus weiterging und dass ihm wellenartig eine ganze Reihe weiterer Höhepunkte folgten. Jedes Mal, wenn die Peitsche auf ihren Hintern traf, durchströmte sie ein erneuter Ausbruch des Entzückens und sie erklomm einen Gipfel der Lust nach anderen, bis sie erschöpft und hilflos war.

„Sag mir, dass du diese Tracht Prügel wirklich gewollt hast", wiederholte die Frau.

„Ich wollte diese Tracht Prügel wirklich", stimmte Justine ihr zu.

Die Peitsche biss sich grausam in ihre Oberschenkel.

Justine presste ihre nassen Finger in die Falten ihres Schoßes und stöhnte, als die immer größer werdende Lust sie erneut durchflutete und sie völlig erschöpfte. Der wilde Moschusgeruch, den sie zuvor schon wahrgenommen hatte, war stärker und viel berauschender geworden. Der schwere Duft vermengte sich mit ihrer Erregung und sie hatte keine Skrupel, sich dem nächsten Ansturm ihrer Wollust hinzugeben, der sie bereits umfing.

„Ich will diese Tracht Prügel", schrie Justine. „Ich brauche die Schläge."

„Verdammt richtig", stimmte die Frau zu.

Justine hörte das Klappern, als die Peitsche zur Seite geworfen wurde, dann wurde sie von der Wand fort gezogen. Sie wusste nicht, wie ihr geschah, bis die Frau sie umarmte und sie von einer nackten Fremden in den Armen gehalten wurde. Bloße Brüste drängten sich an ihre eigene nackte Gestalt und die umher schweifenden Hände der Frau strichen sanft über ihre schmerzende Kehrseite und erforschten die Rundungen und Kurven ihres Körpers. Eine Zunge stieß auf ihre Lippen, als der Mund der Frau auf ihren traf und immer noch gierig von ihrer unerwarteten Wollust erwiderte Justine den Kuss. Sie ließ die Zunge in sich eindringen, gestattete der anderen Frau, sich eng an sie zu schmiegen, bevor sie schließlich einen Schritt zurück trat und nach Luft schnappte.

„Das wollte ich schon machen, seit du angefangen hast, hier zu arbeiten“, gestand die Frau. „Ich bin froh, dass wir endlich die Gelegenheit dazu hatten. Du hast mich wirklich sehr zufrieden gestellt.“

Zum ersten Mal, seit sie das Kellergewölbe betreten hatte, erkannte Justin ihre Peinigerin. Sie konnte nicht sagen, warum sie die Frau nicht schon vorher identifiziert hatte und tadelte sich dafür, wie sie das in ihrer Panik und ihrer Nervosität hatte übersehen können. Doch jetzt, da sie wusste wer es war, trat sie zurück und presste sich mit dem Rücken an die Wand. Selbst als die Frau ihr wie versprochen die Schlüssel aushändigte und den Mund zu einem beruhigenden Lächeln verzog, konnte Justine nur an die Peinlichkeit denken, die sie jetzt, nachdem sie sich mit solch einer Leichtigkeit unterworfen hatte, überkam.

„Mrs. Weiss!“ rief Justine aus. „Was um Himmels Willen haben Sie sich dabei gedacht?“

„Dies ist mein Keller“, erinnerte Mrs. Weiss sie. „Ich kann hier machen, was ich will.“

Justine nahm die angebotenen Schlüssel und begann, ihre Kleider vom Boden aufzusammeln. „Vielleicht glauben Sie, Sie könnten hier unten machen, was Sie wollen“, stimmte sie hochmütig zu. „Aber Sie werden es noch bereuen, dass Sie mich wie ein Sexspielzeug behandelt haben.“

„Ich habe dich nicht wie ein Sexspielzeug behandelt“, korrigierte Mrs. Weiss sie. „Ich habe lediglich deine Eignung geprüft. Ich habe einen kleinen Job, der erledigt werden muss und ich dachte, du wärst vielleicht die ideale Kandidatin.“

Justine schüttelte den Kopf, während sie die letzten Kleidungsstücke vom Boden aufklaubte. „Ich erledige keine kleinen Jobs für sadistische Perverse“, blaffte sie. „Ich werde auch nicht mehr in Ihrer Bibliothek arbeiten. Ich werde Ihnen meine Kündigung durch meinen Anwalt zukommen lassen."

„Es gibt da ein Manuskript, das mir in meiner Sammlung schon lange fehlt." Mrs. Weiss sprach weiter, als hätte Justine gar nichts gesagt. „Ich habe gehört, dass dieses kostbare Dokument endlich zu haben ist. Ich möchte, dass du es für mich erwirbst."

Justine schäumte immer noch vor Wut und wollte sich nicht auf Mrs. Weiss Seite ziehen und sich in eine Intrige einspannen lassen. „Es gibt andere in Ihrer Bibliothek, die besser für diesen Job geeignet sind. Nehmen Sie einen von ihnen. Ich habe es Ihnen bereits gesagt: Ich werde kündigen."

„Ich werde dein Gehalt verdoppeln."

Justine richtete sich auf und zog empört die Stirn kraus. „Glauben Sie, ich sei eine Hure? Glauben Sie, Sie könnten mich mit einer schäbigen Gehaltserhöhung kaufen?"

„Ich denke, wir alle sind Huren", sagte Mrs. Weiss ernst. „Wir sind vielleicht nicht alle für den gleichen Preis zu haben, doch ich habe die Frau oder den Mann noch nicht getroffen, die Rechtschaffenheit über einen persönlichen Gewinn oder die Verwirklichung der eigenen Vorstellungen gestellt hätten. Solch eine perverse Moral widerspricht dem Kern der menschlichen Natur."

„Ich bin keine Hure", sagte Justine voll ruhiger Würde. „Ich stelle Rechtschaffenheit über meinen persönlichen Vorteil und das werde ich auch meinem Rechtsanwalt und dem Arbeitsgericht erzählen."

Mrs. Weiss lachte. „Doch sicherlich willst du nicht heute schon gehen?" schnurrte sie. „Du wirst doch deine Karriere nicht an demselben Tag wegwerfen, an dem du die Chance hast, ganz allein La Coste zu erwerben."

Diese zwei Worte trafen sie wie ein tödlicher Schlag.

Justine vernahm sie und taumelte, als wäre sie geschlagen worden. Sie hielt auf ihrem Weg zur Tür inne und drehte sich um, um in das ehrliche Gesicht der älteren Frau zu blicken. Hunderte von Fragen rasten ihr durch den Kopf, jede von ihnen wichtiger als die vorherige. Wenn sie genug Atem gehabt hätte, um zu sprechen, hätte sie vor Aufregung nur stammeln können. Doch was sie nicht aussprechen würde, war die Wiederholung ihrer Ankündigung, die Bibliothek zu verlassen. Die Vorstellung, Mrs. Weiss' Angebot zurückzuweisen kam nicht länger in Betracht. Justine wollte La Coste in ihren Händen halten.

1.

Einen kurzen Moment lang fragte sich Justine, was sie hier tat.

Sie saß im hinteren Teil der Kirche und bewunderte in aller Unschuld die grandiosen Fresken und die Architektur, staunte über die Schönheit des bunten Glases und lächelte anerkennend über die reich verzierten Schnitzereien an der Kanzel und im Altarraum. Beim Einsetzen der Dämmerung waren überall im Altarraum und den Nischen in den breiten Steinsäulen Kerzen angezündet worden und sie war ganz in das warme Glimmen der flackernden Lichter getaucht. Ein kräftiger Zimtgeruch schwängerte die Luft und weckte alte Erinnerungen. Die Unmengen an Details um sie herum war mehr als Justine für gewöhnlich zu Gesicht bekam und während sie voller Ehrfurcht einen Blick auf ein sehr lebendig wirkendes Kruzifix über dem Altar warf, versuchte sie zu verstehen, warum sie sich so viel Mühe mit Mrs. Weiss' Neuanschaffung machte. Die Mäzenin der Bibliothek hatte sie eingeschüchtert und sie misshandelt; sie hatte sie in dem Keller einer höchst beunruhigenden Probe unterworfen und Justine nur dadurch davon abhalten können, ihre Kündigung einzureichen, indem sie ihr die Möglichkeit geboten hatte, nichts weiter als ein Manuskript zu erwerben.

Und dennoch, wider besseren Wissens und entgegen ihrem gesunden Menschenverstand, hatte Justine der Mäzenin nicht gesagt, sie solle den Job jemand anderem geben, sondern war in Windeseile nach Haus gefahren, hatte einen kleinen Koffer mit dem Nötigsten für eine Nacht gepackt, ihren Reisepass eingesteckt und war zum Flughafen gefahren, um an dem Treffen teilzunehmen, das Mrs. Weis organisiert hatte. Sie war mit dem Taxi gefahren, in den Zug umgestiegen und hatte, ehe ein kurzer Flug sie außer Landes gebracht hatte, ein Taschenwörterbuch erstanden, das ihr helfen sollte, die Sprachbarriere zu überwinden, mit der sie in Kürze konfrontiert sein würde. Eine weitere Zugfahrt, eine zweite Fahrt mit dem

Taxi und ein kurzer Spaziergang zu einer der weniger bekannten Kirchen in der ländlichen Provence hatten sich angeschlossen. Alles war so schnell gegangen, dass sie das Gefühl hatte, erst in der Stille der Kirche die Gelegenheit zu haben, über ihr eigenes Handeln nachzudenken. Doch es erschien ihr immer noch äußerst bizarr, dass sie bereit war, so viel zu tun, nachdem sie so sehr unter der sadistischen Misshandlung durch Mrs. Weiss gelitten hatte.

„Ich tue das, um La Coste zu bekommen“, sagte Justine für sich. Ihre flüsternde Stimme hallte wie ein Gebet durch die Stille der Kirche. Der ehrfürchtige Tonfall war reich an heuchlerischer Rechtschaffenheit. „Das ist der Grund. Ich tue es für La Coste.“ Merkwürdigerweise, so dachte sie, klang die Antwort richtig. Zufrieden damit, dass sie ihre Beweggründe kannte, selbst wenn sie sie nicht vollkommen verstand, lehnte sich Justine auf der Kirchenbank zurück und fuhr fort, über die prächtige Gestaltung der Kirche nachzudenken. Sie sagte sich, es sei besser, über irgendetwas anderes nachzudenken als über die Lust, die sie unter Mrs. Weiss' grausamer Behandlung verspürt hatte. Doch die Erinnerung an die teuflische Erregung fuhr fort sie zu quälen, zusammen mit einem Schuldgefühl, dem sie sich gar nicht genauer widmen wollte. Die schmutzige Erregung, als sie sich selbst zur Schau gestellt hatte, als sie berührt und dann gepeitscht worden war, hatte Spuren hinterlassen, die langsamer verblassten als irgendeine der Striemen, die sich auf ihrem Hintern gebildet hatten. Justine rutschte unbehaglich auf der harten Kirchenbank hin und her und versuchte die Qualen zu ignorieren, die ihr Hintern ihr immer noch bereitete. Sie ermahnte sich selbst, dass es unpassend war, in der andächtigen Atmosphäre einer Kirche an solch ein zügelloses Erlebnis zu denken. Die innere Zensur reichte aus, damit sich ihre Gedanken wieder dem Glanz der Kirchendekoration zuwendeten, aber es reichte nicht, um ihre Brustwarzen davon abzuhalten, sich voller unerfüllter Sehnsucht aufzurichten.

„Du musst Justine sein.“

Sie blinzelte überrascht als der Mann sie ansprach. Sein tadelloses Englisch hatte einen starken französischen Akzent, doch davon abgesehen entsprach er in keiner Weise ihren Vorstellungen. Mrs. Weiss hatte ihr gesagt, man würde in der Kirche Kontakt mit ihr aufnehmen, doch sie hatte ihr weder einen Namen genannt noch eine Personenbeschreibung gegeben. Justine hatte nicht gewusst, ob eine jüngere oder ältere Person an sie heran treten würde, ob schwarz oder weiß, nicht einmal, ob es ein Man oder eine Frau sein würde. Doch zu keinem Zeitpunkt hatte sie erwartet, dass ein Priester ihre Kontaktperson sein würde.

Zu verblüfft um etwas erwidern zu können, starrte sie ihn einfach nur an.

„Habe ich Recht? Bist du Justine?"

Er trug einen blendend weißen Ornat über seiner langen schwarzen Robe. Zusammen mit dem Messgewand, der Stola und dem Brustkreuz, sah es aus als hätte er gerade die Vorbereitungen für die Messe am frühen Abend abgeschlossen und Justine musterte prüfend sein Gesicht um herauszufinden, ob er wirklich ihre Kontaktperson war. Reif und von einer düsteren Schönheit, war er, wie sie vermutete, sicherlich der zuverlässige, vertrauenswürdige Vertreter des Klerus in seiner Gemeinde. Doch sie entdeckte auch etwas weniger Anziehendes in seinem dünnlippigen Lächeln. In seinen schwarzen Augen glimmte etwas Bösartiges auf und wenn Justine von Natur aus paranoid gewesen wäre, hätte sie zu der Meinung kommen können, er würde sie mit heimlicher Abscheu finster anblicken.

„Ist Justine dein echter Name?" begann er. „Oder ist es nur eine angemessene Identität, hinter der du dich für die Dauer dieses Geschäfts versteckst?"

Sie setzte zu einer Erwiderung an, doch er schüttelte bereits seinen Kopf und ergriff ihr Handgelenk. Seine Hände waren riesig und auf seinen Fingerknöcheln sprossen Haare, die ebenso dunkel und drahtig waren wie die auf seinem Kopf. „Es ist egal", entschied er. „Ich habe nur eine Frage an dich und da du dich in meiner Kirche befindest erwarte ich eine ehrliche Antwort."

Justine nickte. Seine Finger schlossen sich warm und kräftig um ihr Handgelenk. Trotz der Erleichterung, einen Mann in vollem Ornat zu sehen, ging von seinem festen Griff etwas Grausames und Mächtiges aus. Sie unterdrückte ihre Nervosität und versuchte, ihre Besorgnis nicht spürbar werden zu lassen und sagte: „Fragen Sie, was Sie wollen, Vater. Ich werde so ehrlich antworten, wie ich kann."

„Bist du es wert, La Coste zu erwerben?"

Sie schluckte.

Mrs. Weiss hatte sie gewarnt, dass der Verkäufer des Manuskripts sicher gehen wollte, dass es in würdige Hände geriet und hatte vor Verachtung höhnisch gegrinst als sie sich über diese Klausel im Kaufvertrag ausgelassen hatte. „Marais verkauft, weil er das Geld braucht", hatte sie erklärt. Unbewusst hatte ihr Monolog einen giftigen Unterton bekommen. „Also spielt Marais diese kleinlichen Spielchen, als würde er seinen Erstgeborenen fort geben. Doch ich könnte von einer Recyclinganlage ausgestochen werden, wenn das Angebot für ihn lohnender wäre. Ich bin nur froh, dass ich dieses Mal die Erste war, die das Geld auf ein Treuhandkonto überwiesen hat, auch wenn ich ein halbes Duzend Mittelsmänner brauchte, um meine Identität vor ihm verborgen zu halten. Doch es ist einfach eine Unverschämtheit. Wenn ich dieses Manuskript nicht unbedingt haben wollte, würde ich nie von dir verlangen, dich diesem Bastard hinzugeben."

„Ich glaube, ich bin es wert, La Coste zu erwerben", sagte Justine zu dem Priester. „Aber Sie wollen mehr als dieses Eingeständnis von mir, nicht wahr?" Sie erinnerte sich an die Anweisungen, die Mrs. Weiss ihr gegeben hatte, und wiederholte alles so wortgetreu wie möglich. „Ich glaube, Sie wollen, dass ich Ihnen meine Eignung beweise."

Der Priester grinste höhnisch. „Du bist eine gierige kleine Schlampe, nicht wahr?"

Die Worte verblüfften sie, ebenso war sie schockiert, als er sie aus der Kirchenbank zerrte. Justine war mit einem großen Vertrauen in die Religion und einem tief sitzenden Respekt vor dem Klerus aufgewachsen. Von einem Priester eine Schlampe genannt zu werden, war die schärfste Form von Verdammung, die sie sich vorstellen konnte. Sie stolperte hinter ihm her, als er das Kirchenschiff entlang schritt. Ihr Herz raste, während sie versuchte zu erraten, was für eine Probe er im Sinn hatte.

?La Coste wurde von einem großen Mann geschrieben", murrte der Priester. „Es ist nahezu undenkbar, dass es jemals in die Hände eines englischen Mädchens gelangen darf."

Bei der Verachtung in seiner Stimme fühlte Justine sich ganz elend. Wenn sie nicht so außer Atem wäre von dem Versuch, das Gleichgewicht zu halten und mit ihm Schritt zu halten, hätte sie dagegen gehalten, da ihrer Meinung nach seine Beleidigungen härter waren, als sie es verdient hatte.

„Du hast eine Menge zu beweisen, wenn du glaubst, du könntest meine Zustimmung zu dem Geschäft erhalten“, grummelte der Priester. „Und ich sollte dich warnen, bevor wir beginnen, dass du mich nicht so einfach auf deine Seite ziehen können wirst.“

„Ich bin es wert, La Coste zu erwerben“, sagte Justine entrüstet.

„Dann wirst du es mir beweisen müssen“, schnauzte er.

Links vom Altar, gegenüber der Kanzel, stand eine lebensgroße Statue der Jungfrau Maria mit dem Jesuskind. Mit ihrem seligen Lächeln sahen sie wie blind darüber hinweg, wie Justine zum Altar gezerrt wurde. Von oben verfolgte der Gekreuzigte mit starren Blicken, wie sie auf die Knie gezwungen wurde. Justines Scham wuchs noch, als der Priester seine Erektion aus den Falten seines Ornats hervorholte. Das lange Stück Fleisch war hart und auf obszöne Weise rosig. Es traf sie sehr, denn es war ein widerlicher und gottloser Anblick, der nicht in das Heiligtum einer Kirche gehörte. Unfähig, ihre Reaktion zurückzuhalten, zog sie vor Abscheu eine Grimasse und versuchte sich ihm zu entziehen.

Er erwischte sie bei der Schulter und zerrte sie dichter an seinen Prügel heran. „Fass meinen Schwanz an“, forderte er. „Streichle ihn. Wichs ihn. Mach mich geil. Lass mich abspritzen.“

Jedes Wort war wie ein Schlag ins Gesicht und Justine prallte schockiert zurück, als sie einen Priester solch gottlose Anweisungen aussprechen hörte. Sie versuchte schweigend, ihn um Milde anzuflehen, doch der harte Zug um seinen Kiefer zeigte ihr, dass er keine Gnade zeigen würde. Sein Blick war frei von jeglichem Mitgefühl und er schien unfähig zu sein, irgendetwas anderes zu tun als die widerwärtigsten seiner Anweisungen zu wiederholen: „Fass meinen Schwanz an. Wichs ihn. Lass mich abspritzen.“

Als sie den kleinen Tropfen bemerkte, der über dem Auge seiner Eichel glitzerte und den salzigen Geruch seiner Geilheit auffing, stellte Justine fest, dass sie seinen Befehlen gehorchen wollte. Obwohl sie sich in einer Kirche befanden und obwohl sie wusste, dass ihre Gedanken höchst frevlerisch waren, brannte sie darauf zu tun, was der Priester von ihr verlangte. Zunächst etwas zögernd, dann mit wachsendem Eifer griff sie nach seiner Erektion und ließ sie in ihrer Hand kreisen.

„Herr im Himmel“, murmelte er. „Das habe ich gebraucht.“

Sein Schwanz schwoll noch weiter an als sich ihre kühlen Finger gegen das kochende Fleisch pressten. Der kleine, erste Lusttropfen wurde eindeutig größer und das kräftige Pochen seiner Geilheit klopfte in einem stetigen Rhythmus gegen ihre Handfläche. Während sie mit ihrer Hand über ihn strich und seine gummiartige Vorhaut über die rote Eichel schob, seufzte der Priester. Sein beifälliger Aufschrei verwandelte sich in ein Stöhnen als sie die Haut zurückzog und sein straff geschwollenes Prachtstück entblößte. Als sie ihn so fest gepackt hielt, konnte sie spüren, wie alles in ihm zitternd einen Orgasmus herbeisehnte.

„Mach weiter“, stotterte er. „Im Namen des Vaters, nimm beide Hände und bring es zu Ende!“

Sie zuckte zusammen bei der Art und Weise wie er Gott anrief, doch das hielt sie nicht davon ab, eifrig zu gehorchen. Sie schlang beide Fäuste um seine Erektion und bewegte ihre Hände im Gleichklang vor und zurück. Er war lang genug, dass er beiden Händen genügend Platz bot. Die vorgewölbte Spitze lugte zwischen den Fingern und dem Daumen ihrer rechten Hand hervor. Ihre linke Hand presste sich in das dunkle, lockige Stroh, das durch die Öffnung seiner Soutane hervor schien. Der Geruch seiner Geilheit wurde kräftiger und das immer schneller werdende Pulsieren seiner Erregung pochte unter ihren Fingerspitzen.

„Bete zu allen Heiligen“, knurrte er.

Sie wagte es, einen Blick hinauf in sein Gesicht zu werfen und sah den wahnsinnigen Schimmer in seinen Augen. Seine Augenbrauen waren vor Konzentration zusammen gezogen und sein Kiefer sah eigenartig quadratisch und männlich aus. Es war schon erschütternd genug zu akzeptieren, dass sie so etwas Unreines in dem Heiligtum einer Kirche tat, doch Justine dachte, dass der Gesichtsausdruck des Priesters sogar noch beunruhigender war. Die Vorstellung, sich ihm zu verweigern war schon lange verschwunden und alles was übrig geblieben war, war ihr Bedürfnis sich zu unterwerfen.

Als sie verhalten nach Luft schnappte begriff Justine, dass ihre Sehnsucht gehorsam zu sein nicht ihr einziger Beweggrund war: sie befand sich in dem Zwiespalt, dass auch ihre eigene Geilheit wuchs. Vor ihm kniend presste sie ihre Schenkel zusammen und versuchte, sich auf ihre eigene Erregung zu konzentrieren, bis sie vor Enttäuschung fast zu schluchzen begann.

„Bete zu allem, was dir heilig ist", knurrte er.

Sie konnte spüren, wie er unerbittlich härter wurde. Sie drehte ihre Handgelenke ein wenig und wagte es, ihr Tempo zu erhöhen, in dem sie seine Vorhaut vor und zurück schob. Über ihrem Kopf sah sie, wie sein Brustkreuz im Takt mitwippte. Auch die dekorativen Fransen am Ende seiner Stola schwangen in der gleichen rhythmischen Bewegung hin und her.

„Salope!" rief er aus. Seine Hände hatte er zu Fäusten geballt und seine Kiefer voller Wut zusammengepresst, die fast den Zahnschmelz absplittern ließ. Mit einem kehligen Flüstern erklärte er: „Putain cochonne."

Justine wusste nicht, was die Worte bedeuteten, doch sie argwöhnte, dass sie nicht in dem Wörterbuch zu finden sein würden, dass sie gekauft hatte. Sie zweifelte nicht daran, dass er sie beleidigte und glaubte, dass sie wahrscheinlich aufgrund der Umstände in den Genuss der übelsten Verleumdung gekommen war. Doch diese Erwägungen hielten sie nicht davon ab, fleißig sein bestes Stück zu bearbeiten und ihm einen Höhepunkt zu entlocken. Die Probe war aufregender geworden als sie sich ausgemalt hatte und Justine war ganz überwältigt von ihrem eigenen Bedürfnis nach Befriedigung. Während ihre Hände ihn bearbeiteten – die Muskeln ihrer Oberarme schmerzten von der Anstrengung und ihre Handflächen glitzerten in einer Mischung aus ihrem Schweiß und der Geilheit des Priesters – konnte sie das Drängen ihrer pulsierenden Lust nicht abschütteln. Die inneren Muskeln ihres Schoßes bebten vor gierigem Verlangen und das drängende Pochen in ihrer Klitoris hämmerte sich beharrlich in ihr Bewusstsein. Ihre Schamlippen waren unanständig heiß und nass und sie hätte über die Ungerechtigkeit heulen können, den Priester befriedigen zu müssen ohne ihren eigenen Appetit stillen zu dürfen.

„Härter", knurrte er. „Schneller und härter. Ich will jetzt kommen."

In einem Anflug von Verrücktheit fragte sie sich, ob er ihr gestatten würde, sich selbst zu berühren, dann schlug sie sich den Gedanken aus dem Kopf. Etwas in dem eisernen Gesichtsausdruck des Priesters sagte Justine, dass er ein strenger Zuchtmeister war und sie war sich sicher, dass er ihrer verderbten Bitte um Erlösung nicht nachgeben würde. Allein ein kurzer Blick auf den bösartigen Schimmer seiner Augen reichte aus und sie erinnerte sich daran, dass sie da war, um seine Forderungen zu erfüllen und nicht ihre eigenen.

Doch diese Erkenntnis half nicht, die Qual ihrer eigenen Erregung zu lindern. In ihrem BH waren ihre Nippel zu kleinen harten Kugeln geworden. Selbst die kleinste Bewegung reichte aus, um ihr Lustschauer durch beide Brüste zu jagen und sie kämpfte darum, sich nicht zu rühren, während sie sein bestes Stück bearbeitete. Die klebrige Nässe zwischen ihren Beinen brannte heiß und ihr Verlangen nach Berührung wurde fast zu einem körperlichen Schmerz. Die Sehnsucht nach Befriedigung ließ sie schwach und elend werden und sie bemühte sich, ihre eigenen Bedürfnisse aus ihrem Kopf zu verdrängen, während sie all ihre Anstrengung darauf ausrichtete, ihn zum Höhepunkt zu bringen.

„Na los", drängte er. „Melk mich."

Das Auge seiner Eichel war bedrohlich nah an ihrem Mund. Der Geruch der ersten Tropfen, die aus ihm hervor gequollen waren, war so kräftig, dass er jeden ihrer Atemzüge begleitete. Der Geschmack legte sich auf ihre Zunge und besudelte jedes nervöse Schlucken. Die Verlockung, ihn mit ihren Lippen zu umfassen, ihn in den Mund zu nehmen und von seinem Geschmack zu kosten war nahezu unerträglich. Es war so leicht, sich auszumalen, wie sein pochender Schwanz sich an der Innenseite ihrer Backen anfühlen würde und die Vorstellung allein genügte, dass sich ihr Schoß vor Gier erneut zusammenkrampfte. Justine konnte sich allein deshalb zurückhalten, dem Impuls nachzugeben, weil sie die Auswirkungen fürchtete, wenn sie es wagte Eigeninitiative zu zeigen, um den Priester zu dem geforderten Orgasmus zu bringen. Gewissenhaft drückte sie den Schwanz kräftiger und schneller und bearbeitete ihn mit einem neuen Anflug von Energie.

„Das ist gut“, verkündete er. „Ich komme. Ich komme.“

Justine hätte seine Worte nicht gebraucht, um zu wissen, dass sein Orgasmus nahe bevorstand. Das Fleisch in ihren Händen vibrierte wie ein Stahlseil und sie wusste, dass er kurz davor war abzuspritzen. Sie bewegte beide Hände noch schneller an seinem zitternden Schwanz hin und her, fest entschlossen, ihm einen Höhepunkt zu entlocken.

„Mach schon“, drängte er. „Melk mich, du kleine Hure. Melk mich.“

Sie schreckte bei seinen harschen Worten zurück und verschmähte die Art und Weise, wie sie die Hitze zwischen ihren Beinen noch feuchter werden ließ. Sie warf ihm einen kurzen, demütigen Blick zu und zitterte als sie die Mischung aus Abscheu und Geilheit in seinem Lächeln bemerkte.

„Mach weiter“, beharrte er. „Wage es bloß nicht, aufzuhören, jetzt, wo du so nah dran bist.“ Während er sprach, langte er über ihren Kopf nach dem Altar hinter ihr. Justine beobachtete, wie er eine verzierte Schale von einem Tablett mit Hostien für die Kommunion nahm und schaute entsetzt drein, als er sie ihr in die Hand drückte. Ein kurzer Blick auf die roten Flecken am Boden der Schale sagte ihr, dass sie für gewöhnlich den Wein für die Kommunion enthielt.

„Melk mich dort hinein“, zischte der Priester. „Ich komme jetzt.“

Unfähig, sich ihm zu verweigern – unfähig, überhaupt darüber nachzudenken, wie sie zu solch einer Anweisung nein sagen konnte – nahm Justine ihm die Schale ab. Die ganz Zeit über behielt sie eine Hand an seinem Schwanz und bewegte ihr Handgelenk vor und zurück. Fest entschlossen, ihn ihre Nervosität nicht spüren zu lassen, versuchte sie die Tatsache zu verbergen, dass sie zitterte, als sie den Rand der geheiligten Schale unter seine geschwollene Eichel hielt.

„Die Werke der sündhaften Natur sind augenfällig“, begann er unheilvoll.

Sie duckte sich furchtsam unter dem machtvollen Unterton in seiner Stimme, doch sie hörte nicht auf, seine Erektion zu bearbeiten. Sie wagte es nicht, ungehorsam zu sein und seine Anweisungen zu missachten und konzentrierte sich ganz darauf, den Höhepunkt aus ihm heraus zu locken.

„Sexuelle Unmoral, Unreinheit und Ausschweifungen“, fuhr er fort.

Seine Stimme hatte die wahnsinnige Kraft eines empörten Evangelisten und Justine stellte fest, dass er Zeilen aus den Briefen des Paulus zitierte. Die Art, wie er seinen nahenden Orgasmus mit den Bibelzitaten vermengte, gaben ihr das Gefühl, einen unwiderruflichen Fehler zu machen. Perverser Weise ließ der Gedanke an ihre eigene Geilheit sie mutiger werden und sie war nahe daran, in einer erneuten Woge der Erregung die Besinnung zu verlieren.

„Trunkenheit, Orgien und dergleichen", fuhr er fort. „Ich warne Euch, wie ich es schon einmal tat, dass diejenigen, die sich diesem Leben hingeben nicht das Königreich Gottes erben werden."

Ein angespanntes Lächeln blitzte in seinem Gesicht auf und sie konnte spüren, wie die Spannung in seinen Muskeln nachließ, als der Orgasmus ihn schließlich übermannte. Sein Schwanz schwoll noch einmal an, pulsierte, dann spritze ein klebriger Schwall in die verzierte Schale. Als sie behutsam ihren Griff um seine Erektion lockerte, spritze ein zweiter Schwall Samen in die heilige Schale. Justine ließ seinen Schwanz nicht los, ehe sie nicht das letzte Tröpfchen seiner Gabe sorgsam aufgefangen hatte.

Der Priester bebte vor offensichtlicher Befriedigung. Als er auf sie hinabstarrte, sah Justine den lüsternen Zug in seinem Lächeln. „Aber die Frucht des Geistes ist Liebe", psalmodierte er leise. Sein Auftreten war nicht länger rachsüchtig und bedrohlich, sondern war zu einer Fassade der Wohltätigkeit geworden. „Nun bringe es zum Ende und trinke die Früchte meines Geistes."

Sie begann den Kopf zu schütteln, doch dann begriff sie, dass das keine gute Möglichkeit war, um seine Anerkennung zu finden. Die Gewissheit, dass sie diese Feuerprobe nicht bestehen würde, wenn sie nicht aus der Schale trank, ließ sie sich vor unsäglicher Aufregung ganz krank fühlen. Sie schaute sich nervös um, doch die einzigen Blicke, die auf ihr ruhten waren diejenigen der Jungfrau und ihres Kindes und des gekreuzigten Jesus. Ihre stummen Blicke gaben ihr das Gefühl, die verabscheuungswürdigste Ketzerin zu sein, die je eine Kirche entweiht hatte. Die inneren Muskeln ihrer Pussy vibrierten in einem erneuten Anflug von Erregung.

„Trink die Früchte meines Geistes“, beharrte der Priester.

Zögern hob Justine die Schale an ihre Lippen.

Über den Rand der Schale sah sie, wie der Priester sein bestes Stück in den Falten seiner Soutane verbarg und stellte fest, dass er sie erwartungsvoll beobachtete. Ängstlich besorgt, ihn zufriedenzustellen, setzte sie die Schale an ihre Unterlippe und hob sie an. Der schleimige Auswurf seiner Ejakulation rutschte langsam in ihren Mund und auf ihre Zunge. Der widerliche Geschmack erzeugte in ihr das dringende Bedürfnis zu würgen, doch sie drängte diese Reaktion ihrer Eingeweide beiseite, denn sie war sicher, dass sie damit sein tiefstes Missfallen hervorrufen würde. Sie ließ den Rest der Flüssigkeit in ihren Mund fließen, versuchte, den zähen, Übelkeit erregenden Geschmack zu ignorieren und es schnell herunter zu schlucken.

„Trink dir Früchte meines Geistes“, stieß er wütend hervor.

Sie dachte, es wäre leichter, die Früchte seines Geistes zu trinken, wenn sie nicht so reichlich wären. Ihre Kehle wollte sich reflexartig verschließen, als sie versuchte, die gallertartige Flüssigkeit herunterzuwürgen. Als sie es schließlich geschafft hatte, keuchte sie und warf die Schale beiseite. Sie atmete schwer, beobachtete ihn mit einem Gesichtsausdruck, der irgendwo zwischen Erregung und Abscheu lag und fragte: „War es das, was Sie von mir wollten, Vater? Habe ich die Aufgabe zu Ihrer Zufriedenheit erfüllt? Habe ich mich als würdig genug erwiesen?“

Er half ihr aufzustehen und entfernte sich von der Kanzel. „Komm mit“, entschied er. „Ich will dich aus der Kirche haben, bevor meine Gemeinde sich zur Messe versammelt.“

Nach der Strapaze ihrer unbefriedigten Erregung fühlte Justine sich zu schwach, um sich zu bewegen. Jeder Muskel ihres Körpers schmerzte und sie bemühte sich, eine Entschuldigung zu finden, um etwas Zeit zu gewinnen und ihm nicht folgen zu müssen. „Habe ich Ihren Beifall gefunden?“ fragte sie. „Habe ich mich würdig gezeigt, La Coste zu erwerben?“

Er gab ein humorloses prustendes Lachen von sich und drehte sich um, um sie anzustarren. Die Verachtung in seinem Blick ließ sich nicht missdeuten. „Komm mit“, wiederholte er. „Ich erwarte von dir, dass du tust, was ich dir sage.“

„Ich muss es wissen“, beharrte Justine. „Habe ich bewiesen, dass ich würdig genug bin?“

„Nicht ich befinde darüber, ob du würdig bist“, sagte er steif. „Ich bin nur einer der drei Berater, die Marais, dem Verkäufer, Bericht erstatten werden.“

Die Worte ließen sie unruhig werden und sie kämpfte darum, trotz ihres verwirrenden Erlebnisses einen kühlen Kopf zu bewahren. Sie hatte gedacht, der Priester wäre der geheimnisvolle Marais, den Mrs. Weiss erwähnt hatte. Die Enthüllung, dass sie von drei Beratern geprüft werden sollte, quälte sie mit einer erneuten Reihe von Zweifeln und Vorbehalten. Für einen kurzen Moment fragte sie sich, ob diese Entwicklung eine Strafe Gottes für die Blasphemie war, die sie gerade in seinem Haus verübt hatte. Doch sie verwarf diese Idee rasch wieder als kindlich, doch nicht ohne zuvor ein Kreuz geschlagen und nervös einen Blick auf die Gestalt des gemarterten Jesus hinter sich geworfen zu haben.

„Sie sind nur einer von drei Beratern?“ wiederholte sie.

Er nickte.

„Habe ich denn Ihre Probe bestanden?“ fragte sie. Weil so viel von ihrem Erfolg abhing, fiel es ihr schwer, ihre Stimme gleichmäßig und frei von Nervosität zu halten. „Habe ich alles so getan, wie Sie es wollten und erwarteten? Werden sie dem Verkäufer sagen, dass ich es wert bin, La Coste zu erwerben?“

„Ich weiß nicht“, knurrte der Priester. Sein Lächeln wurde bösartig, als er hinzufügte: „Ich habe noch gar nicht angefangen, dich zu prüfen.“

2.

Justine war überrascht, wie undurchdringlich die Dunkelheit geworden war, seit sie die Kirche betreten hatte. Als der Priester sie nach draußen führte, erschrak sie, mit welcher Geschwindigkeit die Dämmerung zu tiefer Nacht geworden war. Unerreichbare Sterne blinkten auf dem pechschwarzen Firnament über ihr und ein kleiner, ferner Mond goss sein silbriges Licht über ihre Füße. Sie hatte die steinernen Monolithen und Grabsteine schon vorher bemerkt als sie den Friedhof betreten hatte. Jetzt ragten ihre Silhouetten drohend neben dem Kiespfad empor, der sich durch das nachtschwarze Gras schlängelte. Justine zog ihren Mantel fester um ihre Schultern und beeilte sich, mit dem Priester Schritt zu halten.

„Warte!“ rief er.

Sie hielt auf der Stelle an. Seine strenge Stimme löste einen erregten Schauder in ihr aus und sie presste ihre Schenkel zusammen, während sie die wachsende Lust in ihrem Schoß zu ignorieren versuchte. Es war beunruhigend genug, sich einem Priester unterordnen zu müssen. Nach den Erniedrigungen, die er in der Kirche von ihr eingefordert hatte, war sie immer noch schockiert und konnte kaum glauben was geschehen war. Doch der Gedanke daran, dass sie seine schmutzigen Aufmerksamkeiten auch noch genossen hatte, gab Justine das Gefühl, als hätte ihr eigenes Empfinden verraten.

„Du wirst zum Grabmal der Duponts gehen und dort auf mich warten“, sagte er mit fester Stimme. Er hatte sich umgedreht und wandte ihr das Gesicht zu. Mit ausgestrecktem Zeigefinger deutete er in die Schatten des kleinen Friedhofs neben der Kirche. „Es ist gleich dort drüben“, erklärte er. „Es ist der größte Grabstein. Stell dich direkt davor. Zieh deine Kleidung aus, alles, was du anhast. Und warte auf meine Rückkehr.“

Es war zuviel auf einmal und Justine sehnte sich danach, seine Befehle in Frage zu stellen. Sie warf ihm im dämmrigen Licht einen kurzen Blick zu und fragte sich, ob sie es wagen könnte, sich zu weigern – und bemühte sich, Worte zu finden, in die sie ihre Verweigerung kleiden konnte. Es war eine Sache, sich ihm in der Ungestörtheit der Kirche zu unterwerfen, doch die Aussicht, sich in an so einem öffentlichem Ort wie dem Friedhof zu entkleiden, ließ ihren Körper erneut zitternd erschaudern. Der Ernst in seinem Gesichts und ein tief sitzendes Zaudern, das es ihr nicht gestattete, sich einem Priester zu widersetzen, ließen den Widerspruch ersterben, noch ehe er über ihre Lippen kam. Nach einer Ewigkeit brachte sie lediglich die Frage hervor: „Wo gehen Sie hin?“

„Ich habe einige persönliche Dinge im Pfarrhaus zu erledigen. Ich muss einen Kollegen der Gemeinschaft anrufen.“

Er sprach das Wort Gemeinschaft mit solch einer Feierlichkeit aus, dass Justine ganz entmutigt wurde. Ohne zu wissen warum, begriff sie auf der

Stelle, dass die Gemeinschaft Einfluss auf ihre Situation hatte. Neugier und Faszination ließen sie fragen: „Die Gemeinschaft? Welche Gemeinschaft? Von welcher Gemeinschaft reden Sie?“

„Du musst doch Die Gemeinschaft kennen!“

Sie wusste, dass eine Gruppe von Schurken in de Sades „Die 120 Tage von Sodom“ diesen Namen trug, doch sie wusste nicht, was das mit ihrer eigenen Situation zu tun haben sollte. „Nein“, versicherte sie ihm. „Ich kenne Die Gemeinschaft nicht. Was ist das?“

„Die Gemeinschaft ist Bund perverser Heiden, die allesamt zur Hölle verdammt sind.“ Er trug die Erklärung in dergleichen Weise vor, wie er in ihrer Vorstellung eine Predigt mit Feuer und Schwefel auch von der Kanzel aus halten würde. Er starrte sie noch einmal an, mit einem Ausdruck des Zornes, dass Justine sich furchtsam duckte, dann bedachte er sie mit einem letzten Blick voll unverhüllter Geringschätzung und wandte sich ab. Er spie die Worte förmlich über seine Schulter aus, als er sagte: „Du hast deine Anweisungen, Justine. Ich werde einen Telefonanruf machen. Erweise dich nicht als unwürdig, bevor wir überhaupt begonnen haben. Und kümmere dich nicht um Dinge, die dich nichts angehen. Geh zum Grabmal der Duponts. Tu, was man dir sagt.“ Ohne ihr noch die Möglichkeit einer Erwiderung zu geben ging er in Richtung Pfarrhaus am anderen Ende des Pfades davon. An einer Abzweigung rief er zurück: „Noch ein Zeichen von Rebellion und du wirst La Coste niemals in die Hände bekommen.“

Allein, frierend und verängstigt wog Justine die Möglichkeiten ab, die ihr blieben und stellte fest, dass sie keine andere Wahl hatte. Mutlos verließ sie den Pfad und stapfte durch das Gras. Ihr war unbehaglich zumute bei dem Gedanken, dass sie mit jedem Schritt ein Grab mit Füßen trat. Sie starrte angestrengt in die Dunkelheit und versuchte die Namen zu lesen, die in die Grabsteine gemeißelt waren.

De Blangis, Curval, Durcet.

Es waren altmodische Namen und sie hatte sie vergessen bevor sie noch den nächsten gelesen hatte. Ihr gesunder Menschenverstand sagte ihr, dass sie die Gelegenheit nutzen und von dem Friedhof fliehen sollte, ein Taxi zurück zum Flughafen und nach Hause zurückkehren sollte. In ihren eigenen Gedanken konnte sie sich leicht damit trösten, dass nichts schlimmer sein konnte als das Opfer, das sie bereits erbracht hatte. Doch dann erinnerte sie sich daran, dass sie dicht davor stand, La Coste zu erwerben. Der Gedanke allein genügte, um sie wieder anzutreiben und den nächsten Grabstein zu lesen.

Dupont.

Sie stand vor einem prachtvollen Gedenkstein, vor dessen stolzer Größe sie regelrecht zusammenschrumpfte. Die Spitze war mit einer weinenden Madonna geschmückt, die blind in die Dunkelheit hinunterstarrte, die Justine umgab. Das ganze Monument sah aus, als wäre es aus einem glänzenden schwarzen Marmorblock geschlagen worden, der feucht im Mondlicht schimmerte. Die eingemeißelten Buchstaben waren vergoldet und leuchten sanft und fein.

Fest entschlossen, dass sie tun würde, was immer nötig war um La Coste zu bekommen, zog Justine ihren Mantel aus und begann ihre Bluse aufzuknöpfen.

Es kam ihr mehr als etwas merkwürdig vor, sich auf einem Friedhof auszuziehen. Doch nach dem unwirklichen Erlebnis im Inneren der Kirche vermutete sie, dass es nicht das ungewöhnlichste Ereignis des heutigen Tages für sie bleiben würde. Sie legte ihren Mantel auf einen benachbarten Grabstein, faltete dann ihre Bluse zusammen und legte sie auf den Mantel. Ihr Rock und ihre Schuhe folgten; ihr Fehlen machten ihr die Kälte auf dem Friedhof bewusst, um so mehr, als das nasse Gras sie an den Füßen und den Knöcheln kitzelte; dann entledigte sie sich rasch ihres BHs und ihres Höschens.

Ein unruhiges Kribbeln rumorte in ihren Eingeweiden. Ihr Mund wurde vor Erwartung ganz trocken und sie wagte nicht zu schlucken, aus Angst an der eigenen Furcht zu ersticken. Als sie ihre Unterwäsche zu dem Rest ihrer Kleidung legte stellte sie fest, dass ihre Hände zitterten und sie wusste, dass es nicht an der kühlen Nachtbrise lag.

Ihr Atem war zu einem heftigen Keuchen geworden.

Die Unrichtigkeit dessen, was sie tat, traf sie wie ein Schlag ins Gesicht. Nackt dazustehen – ihr blasser Körper leuchtete fast im Mondlicht, während der Rest des Friedhofs in tiefem Schatten lag – gab Justine das

Gefühl, die verderbteste Exhibitionistin auf der ganzen Welt zu sein. Sie wusste, dass ihre schlanke Gestalt und ihre zierlichen Brüste anziehend und aufregend aussahen: die dunklen Wölbungen jeder Brust war mit einer steifen, milchkaffeebraunen Spitze gekrönt, die die Farbe von Mokka annahmen, wenn sie erregt war. Ihre Taille war schmal, ihr Bauch flach und sie bestand darauf, ihre Scham stets glatt rasiert und haarlos zu halten. Doch obwohl sie erst kürzlich die ästhetische Perfektion ihrer Nacktheit in Bade- und Schlafzimmerspiegeln bewundert hatte, hatte sie nie erwartet, dass sie ihre geheimsten Kostbarkeiten auf einem provenzalischen Friedhof zur Schau stellen würde.

Sie rieb sich ihre Arme, um die Gänsehaut zu vertreiben, ignorierte das Steifwerden ihrer Brustwarzen und nahm mit voller Absicht nicht zur Kenntnis, wie deren Vorhöfe langsam dunkler wurden. Es war wichtiger, die schwelende Hitze in ihrem Schoß zu ignorieren und sie verbannte mit aller Kraft jeden Gedanken daran aus ihrem Kopf. Sie trat von einem Fuß auf den anderen und wartete mit wachsender Beklommenheit auf die Rückkehr des Priesters.

Stimmen auf dem Pfad raubten ihr für einen Moment vor Angst den Atem.

Es klang, als näherten sich zwei Frauen – sie war sich sicher, dass der Priester nicht dabei war, die Stimmen war zu weich und feminin – und sie unterhielten sich in dem unverständlichen französischen Dialekt der lokalen Landbevölkerung. Kalte Panik umfing Justines nackten Körper. Sie stand stocksteif da und wusste nicht, was sie tun sollte. Im Gegensatz zu ihrer äußeren Bewegungslosigkeit raste ihr Herz und ihre Gedanken überschlugen sich, als sie versuchte herauszufinden, wie sie sich am besten verhalten sollte. Der Priester hatte ihr gesagt, sie solle sich vor das Grabmal der Duponts stellen, doch sie fragte sich, ob er auch von ihr erwartete, hier stehen zu bleiben und das Risiko einzugehen, entdeckt zu werden. Ihre eigene Verlegenheit, ertappt zu werden würde sie lähmen, doch Justine kam zum Schluss, dass sie den Ruf des Priesters gefährdete, wenn sie sich nicht versteckte.

Bevor sie sich hinter dem Grabstein der Duponts nieder kauern konnte, überkamen sie lebhafte Zweifel, ob der Priester sie nicht gerade der drohenden Demütigung aussetzen wollte. Wenn er einen guten Ruf im Dorf hatte, so schien er darum nicht sehr besorgt gewesen zu sein, als er sie gezwungen hatte, ihm in der Kirche zu Diensten zu sein. Die lebhafte Erinnerung an das, was sie getan hatte, fügte ihrer Panik noch die Scham hinzu und ließ ihre Wangen heftig erröten.

Justine wollte sich verstecken; sie wollte weder sich selbst noch den Priester in Verlegenheit bringen; doch sie wollte auch nicht ungehorsam sein und ihre Chance in Gefahr bringen, in den Besitz von La Coste zu gelangen. Sie verfluchte den Mann dafür, dass er ihr nicht erklärt hatte, was sie tun sollte und sich selbst dafür, dass sie nicht daran gedacht hatte ihn zu fragen. Und während ihre Überlegungen zwischen den beiden Möglichkeiten, sich entweder hinter dem Grabstein der Duponts zu verbergen oder unverfroren die Aufmerksamkeit unschuldiger Spaziergängerinnen auf sich zu ziehen, hin und her sprangen, kamen die Stimmen immer näher.

Sie konnte sich leicht den Aufruhr vorstellen, den sie verursachen würde. Sie sah die schockierten Gesichter schon vor ihrem geistigen Auge und hörte bereits die entrüsteten Ausrufe und die Flüche in der fremden Sprache. Doch diese Gedanken bewirkte nur, dass es zwischen ihren Beinen noch nasser wurde und halfen ihr nicht bei der Entscheidung, was sie tun sollte. Sie versuchte, zumindest einen Anschein von Sittsamkeit zu erwecken indem sie einen Arm vor die Brüste legte und die andere geziert über ihre Spalte legte.

Die Schritte kamen langsam stampfend näher.

Die Stimmen waren laut genug um die Stille des Friedhofs zu durchschneiden und Justines überaktive Vorstellungskraft gab ihr die Gewissheit, dass die Fremden genau auf sie zusteuerten. Bislang konnte sie nicht erkennen, wer sich ihr näherte: Der Wald aus hohen Steinen bot ihr einen relativen Schutz vor Blicken aus der Richtung in der der Pfad lag. Doch sie glaubte, dass die Spaziergängerinnen sie gar nicht übersehen konnten, sobald sie neben die Reihe von Gräbern traten, in der sie stand. Die Vorstellung, entdeckt zu werden erzeugte in gleichem Maße Furcht und Lust. Zu ängstlich, um sich zu konzentrieren, war Justine nicht in der Lage zu sagen, ob die Aussicht auf die bevorstehende Schande sie entsetzte oder ob sie aus Vorfreude ganz nass wurde. Die Innenseite ihrer Schenkel waren klebrig von der großen Menge an Rinnsalen ihrer eigenen Erregung.

Eine behandschuhte Hand legte sich auf ihre Schulter.

Justine verstand nicht, wie sie es geschafft hatte, einen Schrei zu unterdrücken. Das wachsende Entsetzen, das ihre Brust fest umklammert hielt, ließ sie beinahe einen gellenden Schrei ausstoßen. Als der Priester sie an der nackten Schulter packte und sie umdrehte, so dass sie ihm ins Gesicht blickte, war Justine nahe daran, vor Angst, Enttäuschung und Erleichterung zusammenzubrechen.

„Du hast meine Anweisungen befolgt", brummte er. „Ich schätze, das spricht für dich."

Dass er keinerlei Besorgnis zeigte war verwirrend. Auch sein ausdrucksloses Gesicht entmutigte sie. Er ließ seinen Blick an ihr herunter gleiten, um ihre Nacktheit abzuschätzen – Justine war entsetzt, als sie feststellte, dass ihre Nippel gänzlich aufreichtet waren – aber sie konnte nicht die leiseste Andeutung eines Lächelns oder auch nur milder Anerkennung bei ihm entdecken. Sie wollte zu gerne glauben, dass das fehlende Licht auf dem Friedhof es schwer machten, in seinem Gesicht zu lesen, doch sie wusste, dass es wahrscheinlicher war, dass er einfach ungerührt war und dass der Anblick ihres nackten Körpers ihn nicht beeindruckte. Er starrte sie kalt an, die behandschuhte Hand ruhte immer noch auf ihrer Schulter, seine dunklen Augen glühten in der unausgesprochenen Drohung von Vergeltung.

Erst in diesem Moment, als die Stille zwischen ihnen kompakt und unbehaglich wurde, stellte Justine fest, dass sie niemand anderes auf dem Friedhof hörte. In dem Schock, als der Priester sie überrascht hatte, hatte sie die Spaziergängerinnen völlig vergessen. Als sie aufmerksam lauschte, konnte sie die Stimmen, die sie so in Panik versetzt hatten, immer noch hören, doch jetzt waren sie zu einem weit entfernten Flüstern geworden, als hätten die Frauen ihre Stimmen gesenkt um die Kirche zu betreten. Justine seufzte dankbar, dass ihr die niederschmetternde Peinlichkeit, entdeckt zu werden, erspart geblieben war.

„Dreh dich um", schnauzte der Priester. Seine forsche Stimme wehte kühn durch die Nacht und sie verstand auf der Stelle, dass er sich nicht darum scherte, entdeckt zu werden. Dieser Gedanke verhieß nichts Gutes. „Wende dein Gesicht von mir ab“, bellte er schroff. „Halte die Füße der Madonna fest. Spreiz deine Beine.“

Die knappen Anweisungen erfüllten sie mit tiefster Erregung. Sie spielte kurz mit dem Gedanken, sich zu widersetzen, doch sie wusste, dass die Gelegenheit dazu längst verflogen war. Außer von der Notwendigkeit, dass sie La Coste erwerben musste, wurde sie nun von jenen Sehnsüchten angetrieben, die er in ihr erweckt hatte. Ihre inneren Muskeln wurden augenblicklich warm und weich, ihr Puls flatterte, um sich dem hastigen Pochen zwischen ihren Beinen anzupassen und sie beeilte sich zu gehorchen.

Sie zweifelte nicht daran, dass das, was sie tat, weit über Kirchenschändung hinausging. Sie stand nackt auf einem Friedhof und stellte sich einem boshaften Priester, den sie kaum kannte, sexuell zur Verfügung. Dass sie die Füße der Marienstatue dabei berührte, verschlimmerte das Verbrechen nur noch und sie schreckte vor der Abartigkeit ihres eigenen Tuns zurück Doch Justine konnte nicht anders als genau das zu tun, was der Priester von ihr verlangte. Seine Stimme trug ihr seine Anweisungen zu, denen sie gehorchen wollte und sein Auftreten war so weltlich und selbstsicher, dass Ungehorsam einfach keine Alternative war, die sie in Betracht hätte ziehen wollen.

Und während sie den herrlichen Ansturm von Vorfreude auskostete, der sie urplötzlich überschwemmte, während die kühle Brise mit der Spalte zwischen den Lippen ihrer Pussy spielte, wusste sie, dass ihre Unterwerfung sehr angenehm werden würde. Die inneren Muskeln ihres Schoßes zogen sich bereits erwartungsvoll in kleinen, festen Spasmen zusammen. Ihre Schamlippen waren nass vor Erregung und reagierten empfindlich auf den leisesten Luftzug. Die Steifheit ihrer Brustwarzen verlangte nach der Aufmerksamkeit eines warmen und liebkosenden Mundes.

„Beug dich vor“, befahl der Priester.

Seine behandschuhten Hände ruhten auf ihren Hüften, das weiche Leder schmiegte sich an die Rundung ihrer Arschbacken. Der raue Stoff seiner Soutane streifte ihren Rücken und der erigierte Schwanz des Priesters –

der Justine mit seiner Härte und Hitze erschreckte – wühlte sich in ihre Spalte. Eine Erregung, die sie ganz atemlos werden ließ, kehrte mit neuer Kraft wieder zurück. Ihre Geilheit wurde zu einem reißenden Strom und als der Priester mit seinem Schwanz über ihre Scham strich, wurde Justine von einer Woge animalischer Wollust überschwemmt. Seine geschwollene Eichel glitt mit Leichtigkeit an ihrem nassen Fleisch entlang. Die Reibung seiner breiten Kuppel an ihrer glitzernden Pussy reichte aus, um ein tiefes Verlangen tief in ihrem Schoß auszulösen. Ganz gefangen von der berauschenden Erregung stöhnte sie hungrig auf.

Er schlug ihr mit einer behandschuhten Hand auf den Hintern. Das Echo hallte laut in ihren Ohren. Der dumpfe Schmerz reichte aus, um ihr ein weiteres Keuchen zu entlocken, doch dieses Mal ohne den unbesonnenen lüsternen Beiklang. „Du tust das zu meiner Befriedigung", knurrte er, „nicht zu deiner."

Das war Warnung genug, damit sie sich auf die Unterlippe biss, um keinen weiteren Ton von sich zu geben. Sie zitterte immer noch, weil sie nach ihm verlangte und sich quälend der verzweifelten Sehnsucht ihres Körpers nach einem Orgasmus bewusst war. Justine versuchte, sich nicht ihrerseits an ihm zu reiben, als er fortfuhr, seinen Schwanz in ihrer Spalte vor und zurück gleiten zu lassen.

„Bist du bereit?" fragte er.

Die Spitze seines Prügels ruhte an ihrem Loch. Ihre Lippen hießen seine Eichel bereits mit einem nassen Kuss willkommen und sie überlegte, ob sie sich selbst zurück gegen ihn fallen lassen sollte. Doch da sie wusste, dass er es nicht gut heißen würde, wenn sie den ersten Schritt täte, verstärkte Justine ihren Griff um die Füße der Madonna und sagte: „Ja, ich bin bereit."

Sein dicker Prügel eroberte ihren Schoß mit Leichtigkeit. Der breite Schaft zwang die Muskeln ihrer Pussy weit auseinander und bohrte sich tief in sie hinein. Die Hitze seines Schwanzes – und seine herrliche Größe, durch die er sie so leicht ausfüllte - bewirkte eine berauschende Verschmelzung. Justine bog ihren Rücken durch, als er noch tiefer stieß, sie genoss es, dass er in sie eindrang und staunte über die Empfindungen, die er hervorrief. Als er begann, sich zurück zu ziehen und vorsichtig aus ihr heraus glitt, um erneut in sie eindringen zu können, schnappte sie nach Luft, während ihr Körper versuchte mit dem Ansturm der lustvollen Reaktionen fertig zu werden.

„Putain cochonne“, grunzte er.

Die Worte bedeuteten ihr nichts, doch es waren die einzigen, die sie aus dem bösartigen Schwall, den er ihr hinter ihrem Rücken entgegenschleuderte, heraushören konnte. Sie verstand, dass er nichts Freundliches sagte. Und sie dachte, sie müsste erschrocken oder entsetzt darüber sein, dass ein Priester sie mit, wie sie vermutete, groben Flüchen beleidigte. Doch es verstärkte nur ihre Erregung, dass der Priester sie verfluchte, während er sie auf geheiligtem Grund und Boden benutzte.

Beim Schlag seiner Hand auf ihre Kehrseite schnellten ihre Gedanken wieder zur Gegenwart zurück. Er strafte sie mit kräftigen Schlägen, die, obwohl sie nicht wirklich weh taten, doch unangenehm genug waren, um Justine daran zu erinnern, dass sie zu seiner Bequemlichkeit da war. Sie konnte ihn stöhnen hören und jeder weitere Atemzug wurde von einem anderen Fluch in der fremden Sprache begleitet. Der Schweiß seiner Geilheit tropfte von ihm ab und sie erbebte, als die erfrischenden Schauer auf ihren Körper trafen. Als er zum dritten Mal mit seiner Hand zuschlug bemerkte sie, dass er seine kehlige Beschwörung irgendwann, während sie vor sich hinträumte, unterbrochen und ihr eine Anweisung erteilt hatte.

„Bete“, befahl er. „Ich will dich beten hören.“

Die Hand traf erneut auf ihre Kehrseite und dieses Mal begriff sie, dass sie ohne Zögern zu gehorchen hatte. Einen Moment lang war sie ganz schwach vor Verwirrung und wusste nicht, welches Gebet sie sprechen sollte oder ob sie solche eine Sünde überhaupt begehen sollte. Als er ihre Kehrseite noch einmal schlug, sträubte sich ihr misshandeltes Fleisch vor Unbehagen. Sie schaute kurz an ihren Hüften herunter und sah, dass ihre Arschbacken inzwischen von den wiederholten Schlägen gerötet waren. Der Abdruck seines Handschuhs schmückte ihre blasse Haut an mehreren Stellen.

„Bete“, verlangte er. „Ich werde dich nicht noch einmal fragen.“

Er verkündete seinen Befehl mit einer Entschiedenheit, die Justine die Gewissheit gab, dass er nahe daran war, sie als unwürdig zu verdammen um La Coste zu bekommen. Allein die Vorstellung zu versagen genügte, um Justine endlich die Worte finden zu lassen, nach denen sie gesucht hatte.

„Vaterunser“, begann sie, „der du bist im Himmel.“

Er ritt sie, so dass jede Zeile des Vaterunsers mit einem kleinen Keuchen aus ihrem Mund hervor gestoßen wurde. Das Sakrileg, das ihr Tun darstellte, traf sie härter als jeder seiner Schläge, die er ihrer Kehrseite verabreicht hatte. Jedes Wort, das sie murmelte, erinnerte Justine an die unzähligen Male, in denen sie unschuldig in ihrer eigenen Kirche gekniet und gebetet hatte und erschien ihr nun wie die schändlichste Beleidigung Gottes. Dennoch, trotz all ihrer Furcht vor ewiger Verdammnis reagierte ihr Körper jedes Mal, wenn er zustieß, mit einer erneuten Woge des Entzückens.

„Geheiligt werde dein Name“, keuchte sie. Das Vibrieren eines nahe bevorstehenden Orgasmus ließen ihre Knie weich werden. Die raschen Kontraktionen ihrer Pussy wurden schneller und gaben ihr die Gewissheit, dass ihr Höhepunkt nur noch einen Atemzug entfernt war. „Dein Königreich komme“, zischte sie.

„Lauter.“

Trotz der kühlen Nachtluft hatte sich ein glänzender Schweißfilm wie eine Lackschicht auf ihre nackte Haut gelegt. Euphorische Schauder richteten die Haare an ihren Armen auf, liefen über ihre Schultern und den Rücken hinab, während der Priester damit fortfuhr, ihr Loch zu pflügen. Die große Erlösung rückte unaufhörlich näher und während des gesamten Martyriums hörte Justine sich selbst jene Worte rezitieren, die sie stets für heilig gehalten hatte. „Dein Wille geschehe“, verkündete sie laut. Sie erhob ihre Stimme und versuchte, die Anweisungen des Priesters zu befolgen. „Wie im Himmel, so auf Erden. Unser tägliches Brot gib uns heute.“

Der Hagel an Beleidigungen, die der Priester aussprach, war zu einem endlosen Strom geworden. Sie konnte nicht verstehen, was er sagte, aber sie wusste, dass er sie verdammte und mit jedem verächtlichen Etikett belegte, das ihm einfiel. Seine energischen Stöße waren ebenso unerbittlich. Ein Schwall abscheulicher Wollust wurde von ihrem Schoß erstickt und Justine verbiss sich ihre Protestschreie, während sie sich bemühte, das Gebet zu Ende zu bringen. „Vergib uns unsere Schuld, wie wir vergeben unseren Schuldigern", schrie sie heraus. „Und führe uns nicht in Versuchung."

Die Ironie, hier und jetzt von Versuchung zu sprechen, erzeugte ihr Übelkeit. Sie drückte ihre inneren Muskeln um seinen Schwanz herum zusammen und stöhnte als ein elektrisierender wollüstiger Schauder durch ihr Loch schoss. Der Orgasmus kam drohend näher, näher als jemals zuvor und sie verstärkte ihren Griff um die Füße der Madonna.

„Erlöse uns von dem Bösen, denn dein ist das Reich."

Sie zögerte; sie war sicher, weitere Schritte auf dem Kiespfad gehört zu haben. Die Vorstellung, dass sie gesehen werden könnte, beunruhigte Justine noch immer, obwohl sie glaubte, dass sie sich durch ihren Frevel ohnehin schon in einem zuvor nie vorstellbarem Maß erniedrigt hatte. Es war nur natürlich, dass sie ihre Stimme senkte und versuchte, den grunzenden Kleriker hinter sich zu kontrollieren.

Doch der Priester war sich entweder nicht bewusst, dass Fremde sich ihnen näherten oder es war ihm gleichgültig, ob sie entdeckt wurden. Er fuhr damit fort, sie wild zu reiten, packte ihre Hüften mit frischer Kraft, um sie vor und zurück zu schütteln, während er sich seinem eigenen Höhepunkt näherte. „Beende es, du kleine Metze", befahl er. Es lag so viel Kraft in seinen Worten, dass Justine das Zittern seines Schwanzes in ihrer Pussy spüren konnte. „Beende es jetzt."

„Amen", keuchte sie.

Er ejakulierte, sobald sie das letzte Wort ausgesprochen hatte.

Das Pochen seiner Muskeln löste ihren eigenen Orgasmus aus und sie schwelgte in einem Meer der Glückseligkeit, während er seinen Schwanz drängend in sie hinein pumpte. Die heiße Flüssigkeit seiner Gabe erregte sie mit ihrer Wärme und ließ sie in diesem Bombardement der Wollust ausstöhnen. Sie packte die Füße der Madonna noch fester, nicht sicher, ob sie immer noch betete oder nur in den Nachwehen des verderbtesten Orgasmus schwelgte, den sie je genossen hatte. Ihr Herz raste schneller als je zuvor. Und sie taumelte schwindelig hin und her als sie versuchte stehen zu bleiben, während die Strudel der Lust nicht aufhörten, durch ihren Schoß zu wirbeln.

Die Wogen der Lust begannen erst zu verebben, als die Kälteschauder in der Kühle der Nacht die Kontrolle ihren Körper übernahmen. Als sie glaubte, kräftig genug zu sein, um sicher auf ihren Beinen stehen zu können, zog Justine sich am Grabmal der Duponts in die Höhe. Nach allem, was sie gerade ausgehalten hatte, glaubte sie, es sei unmöglich den Schauder des Abscheus zu zügeln, der ihre Gestalt erbeben lassen wollte.

Der Priester zog seinen Schwanz aus ihrer Pussy und versteckte ihn wieder unter seiner Soutane. Als Justine es wagte, ihm einen kurzen Blick zuzuwerfen, bedachte er sie mit einem Gesichtsausdruck, den sie noch nie zuvor an ihm gesehen hatte. Neben der Verachtung, die, wie sie vermutete, immer auf seinem Gesicht lag, konnte sie eine Spur von etwas anderem in seinem düsteren Lächeln ausmachen.

Ein Teil von ihr wollte glauben, sie sähe seine widerwillige Akzeptanz, doch sie warnte sich selbst vor zuviel Optimismus. Nach dem wenigen, was sie bisher hatte herausfinden können, wusste Justine, dass von ihr erwartet wurde, ihre Eignung von drei Vertretern des Verkäufers des Manuskripts prüfen zu lassen. Ihr gesunder Menschenverstand sagte ihr, dass es einfacher für sie war, zu tun was man ihr sagte, anstatt Vermutungen über ihre Peiniger anzustellen. Es würde ihr Leben mit Sicherheit leichter machen, wenn sie versuchte aufzuhören, in jedem Gesichtsausdruck Zeichen der Anerkennung zu finden.

Der Priester schüttelte den Kopf und schnippte mit den Fingern, während er ihr den Rücken zuwandte. Angesichts seines geschäftsmäßigen Gebarens und seines kühlen Auftretens konnte Justine es kaum glauben, dass dieser Mann gerade eben noch ihre Pussy mit solch tierischer Energie geritten hatte. Seine Gleichgültigkeit rief eine weitere Woge abscheulicher Geilheit hervor und sie senkte errötend ihren Blick.

„Komm zurück zur Kirche“, befahl er. „Kümmere dich nicht darum, deine Kleider einzusammeln. Sie werden noch hier sein, wenn ich mit dir fertig bin.“

Er sagte noch etwas, doch sein starker Akzent, zusammen mit der Tatsache, dass er ihr den Rücken zuwandte, ließen Justine im Ungewissen darüber, was er gesagt hatte. Einen merkwürdigen Augenblick lang dachte sie, er würde von ihr verlangen, ihn zu begleiten, während er seinen Gemeindemitgliedern die Beichte abnahm.

3.

„Du wirst dich ruhig verhalten, solange du hier drin bist“, wisperte der Priester.

Justine nickte.

Sie war immer noch nackt und machte sich im Stillen Sorgen um die Kleider, die sie auf dem Friedhof zurück gelassen hatte, doch die Vorstellung, ihm gegenüber ungehorsam zu sein, kam ihr nicht länger in den Sinn. Eingepfercht in die klaustrophobische Enge des Beichtstuhls wurde ihr Körper fest gegen seinen gepresst. Sie spannte ihren Körper bis zur Bewegungslosigkeit an, versuchte, tonlos zu atmen und starrte fortwährend zu dem kleinen vergitterten Fenster, das den Priester und sie von der Hälfte des engen Kastens trennte, in dem die Büßer saßen.

„Ein Ton von dir und ich erachte dich für unwürdig“, sagte der Priester mit Nachdruck.

Sein Mund war über ihrem Ohr. Jedes Wort, das er murmelte, war ohrenbetäubend laut und ließ sie erschaudern, weil er so warm und so nahe war. Über der einen Brust konnte sie das kühle Metall seines Brustkreuzes spüren, das jetzt auf ihrem Fleisch ruhte. Obwohl es sich auf ihrer schweißnassen Haut eiskalt anfühlte, war sie davon überzeugt, das Kruzifix müsste sie für ihre Respektlosigkeit, die sie bisher gezeigt hatte, versengen.

„Ein Ton, ein Stöhnen oder Seufzen und du wirst La Coste niemals in Finger bekommen“, knurrte er. „Hast du mich verstanden?“

Empört über die Ungerechtigkeit dieser Bedingung starrte Justine ihn wütend an. In der dunklen Enge des Beichtstuhls fühlte sie sich sicher, dass er es nicht bemerken würde. Das Geräusch einer Bewegung war von der Büßerseite zu hören und ließ sie beide zusammen zucken. Das Fenstergitter wurde angehoben und ließ Justine vor Überraschung beinahe aufschreien. Die Silhouette eines fremden Gesichts tauchte in der schmalen Öffnung auf.

„Pére, pardonnez-moi car j'ai peché.“

Justine schluckte, sie verstand den Inhalt, auch wenn die Worte selbst ihr fremd waren. Sie vermutete, es war dieselbe Bitte um Verzeihung, die ihre katholischen Glaubensgenossen überall auf der Welt vorbrachten: Vergib mir, Vater, denn ich habe gesündigt. Die Gedanken an ihren Frevel wurden zu Schuldgefühlen und Unbehagen, als sie begriff, dass sie der Beichte des Mannes auf der anderen Seite des Gitters lauschen würde. Sie versuchte, sich selbst zu beschwichtigen, indem sie sich sagte, dass sie nichts von dem, was der Büßer erzählte, verstehen würde. Doch keine dieser Überlegungen konnte sie von dem Wissen ablenken, dass sie an einem Ort war, an dem sie nicht sein sollte und etwas tat, was sie nicht tun sollte.

Es lag nahe, dass sie sich an ihre eigene letzte Beichte erinnerte. Das Ereignis lag schon so lange zurück, dass sie es schon längst vergessen geglaubt hatte, doch sie vermutete, dass der muffige Geruch des Beichtstuhls und die Gefühle von Angst und Schuld genügt hatten, um die Erinnerung wieder lebendig werden zu lassen.

„Vergib mir, Vater, denn ich habe gesündigt."

Der Priester auf der anderen Seite des Beichtstuhls ermunterte sie fortzufahren.

Justine presste ihre Schenkel zusammen, verachtete ihre Schuldgefühle und hasste die Tatsache, dass sie zugeben musste, was geschehen war. Sie schluckte, streckte ihren Rücken und spürte Übelkeit in sich aufsteigen als sie merkte, dass ihre Brustwarzen hart aufgerichtet waren. Bei der kleinsten Bewegung rieb ihre Bluse an den empfindlichen Spitzen. Ihre Wangen wurden in der Dunkelheit knallrot und für den Moment vergaß sie, was sie hatte sagen wollen.

Mit einem Hauch von Ungeduld in der Stimme ermunterte der Priester sie fortzufahren.

„Ich hatte unreine Gedanken", sagte sie rasch. Die Stille zwischen ihnen dehnte sich aus, bis Justine ihre Sünde ausbreitete. „Für ein Seminar an der Universität musste ich das Werk des Marquis de Sade studieren. Ich habe eines seiner Bücher gelesen und ich fand die Worte …" Sie errötete noch heftiger, öffnete einen Knopf ihres Kragens, schloss ihn sogleich wieder und versuchte den Mut zu finden, dem Priester hinter dem Gitter das eine Wort zu sagen. „Ich fand die Worte …"

„Erregend?" schlug der Priester vor.

Sie wog seinen Vorschlag einen Moment ab. Sie war sicher, dass es das bedeutete, was sie nicht über die Lippen brachte, aber ebenso gewiss ging es nicht weit genug. Das Wort ‚erregend' konnte das Verlangen und die überwältigende Sehnsucht nicht erklären, die sie während der Lektüre empfunden hatte. Ebenso wenig vermittelte es etwas von dem Gefühl unbefriedigten Verlangens, nach dessen Erfüllung sie sich sehnte. Doch mit einem beschämenden Brennen zwischen ihren Beinen fiel Justine kein anderes passendes Wort ein. Sie holte tief Luft, nickte und sagte leise: „Ja, Vater, es war erregend."

„Hast du gesündigt mit den Gedanken an das, was du gelesen hast?"

„Ja."

„Mit jemandem zusammen?"

Sie hatte ihre Beine so heftig zusammengepresst, dass die Muskeln zu schmerzen begannen. Allein der Gedanke an die Schriften de Sades genügte, um sie in einem erneuten, wilden Verlangen nach Befriedigung in Schweiß ausbrechen zu lassen. Über das Thema zu sprechen, insbesondere, mit einem Priester darüber zu sprechen, erweckte ein heftiges, erregendes Gefühl der Scham in ihr. „Nicht mit jemand anderem", vertraute sie ihm an. Noch nie hatte sie im Beichtstuhl so leise gesprochen. „Nur allein." Indem sie diese Worte aussprach, beschwor sie die Erinnerung an die Stunden herauf, die sie damit zugebracht hatte, an sich herumzuspielen, sich Dildos hinein zu schieben und sich in der schweißnassen Glückseligkeit bitterer Höhepunkte zu suhlen. Masturbation war eine neue Entdeckung für sie, so wie die Arbeiten de Sades und ihre Lust daran einer Offenbarung gleichkamen. Sie sah die Bilder, wie sie sich selbst befriedigt hatte, so deutlich vor ihrem geistigen Auge, dass Justine fürchtete, sie könnten wie ein Fernsehschirm in der Dunkelheit leuchten und dem Priester erlauben, genau zu beobachten, was sie getan hatte. Die Scham darüber, diese privaten Augenblicke mit jemandem zu teilen, ließen ihre Lippen erneut feucht werden.

Er hatte begonnen, ihr zu erzählen, wie schwer die von ihr begangenen Sünden wogen.

Und während er sprach, stellte Justine entsetzt fest, dass sie sich selbst berührte. Es war nur ein verstohlener Kontakt – eine federleichte Liebkosung ihres Schoßes mit einer Hand – doch allein das reichte aus, um sie an den Rand eines Orgasmus zu treiben. Sie kämpfte darum, ein Zittern zu unterdrücken und verbiss sich ihr Verlangen, vor Wollust zu schreien.

Der Priester sagte zu ihr, sie solle darum beten, den rechten Weg gewiesen zu bekommen. Er riet ihr, solche widerwärtigen Lektüre in Zukunft zu vermeiden und schlug vor, die Sünde der Selbstbefleckung nie wieder zu begehen. Justine berührte sich weiterhin selbst, während sie ihm zuhörte und war sich bewusst, dass sie nicht einen einzigen seiner Ratschläge befolgen würde. Sie sah keinen Sinn darin, darum zu bitten, den rechten Weg gewiesen zu bekommen, da sie bereits wusste, was sie wollte. Ihr Interesse an de Sade war immer noch unersättlich und sie gelobte, alles zu lesen, was er je geschrieben hatte. Und es würde nichts nützen zu versprechen, sich nie wieder selbst Lust zu bereiten, weil ihr Körper bereits dem nächsten Orgasmus entgegen fieberte. Verlegen, enttäuscht und verwirrt floh Justine aus dem Beichtstuhl.

Als sie das schwere Seufzen des Büßers auf der anderen Seite des Gitters hörte, wurde Justine bewusst, dass dies das erste Mal seit damals war, dass sie an einer Beichte teilnahm.

Der Priester hob einen Finger an die Lippen und fixierte Justine mit einem warnenden Blick, der ihr dringend riet, still zu bleiben. Mit leiser, kaum zu verstehender Stimme wandte er sich an das Gemeindemitglied. Justine wollte nicht hören, worüber gesprochen wurde, doch sie wusste, das sie keine andere Möglichkeit hatte als zu bleiben, wo sie war, bis der Priester ihr gestattetete zu gehen. Ängstlich besorgt, jemand könnte sie hören, hielt sie ihren Atem an und schloss die Augen, während der Priester den Büßer dazu ermunterte fortzufahren. Sie erwartete fast, in einem Fegefeuer der Stille gefangen zu sein, bis das letzte Geheimnis gebeichtet wurde und sie machte sich darauf gefasst, eine Stunde oder länger hier zu sitzen und die eindringliche Nähe des Priesters erdulden zu müssen.

Doch als der Priester zwei Finger in ihre Pussy schob, begriff sie, dass sie die Pein, die er ihr zugedacht hatte, noch unterschätzt hatte. Er drang plötzlich und ohne Vorwarnung in sie ein und das war mehr, als sie erwartet hatte. Beide Finger glitten mit Leichtigkeit durch ihre Nässe und bohrten sich bis zu den Knöcheln und noch tiefer in sie hinein. Seine Hände waren riesig, die Finger breit und sie glaubte nicht, dass ihr kleines Loch dafür geeignet war, solch eine Spannweite ohne jede Art der Vorbereitung aufzunehmen.

Sie brauchte all ihre Kraft, um keinen spitzen Protestschrei auszustoßen.

Sie presste ihre Hände gegen ihre Schenkel und versuchte sich nicht zu rühren, während er seine Finger noch tiefer in sie hinein zwang. Anstatt ihrem Bedürfnis nachzugeben, laut aufzuschreien, bohrte sie ihre Fingernägel in das weiche Fleisch an der Innenseite ihrer Schenkel und verzog das Gesicht bei diesem Ansturms wollüstiger Erregung. Sie biss ihre Zähne fest zusammen und sie runzelte die Stirn, während sie sich darauf konzentrierte still zu bleiben.

Der Büßer brabbelte mit leiser und zurückhaltender Stimme. Es gelang Justine nicht, auch nur ein einziges verständliches Wort aufzuschnappen, doch sie musste nur einen kurzen Blick auf den Priester werfen und sie wusste, dass er jede Silbe verstand. Auch ohne auch nur ein Wort Französisch zu können, konnte sie deutlich die Schuldgefühle aus der Stimme des Mannes heraushören und sie wurde wieder von dem Wissen gepeinigt, dass sie die Vertraulichkeit des Beichtstuhls nicht entweihen sollte.

Der Priester wackelte mit seinen Fingern in ihrer Spalte.

Ein Wirbel von köstlichen Empfindungen tobte durch ihren Schoß und erweckte in ihr die Sehnsucht, ihre Lust laut herauszuschreien. Nicht genug, dass er zwei dicke Finger tief in ihrem nassen Loch vergraben hatte, begann der Priester jetzt auch noch, mit dem Daumen an ihrer Klitoris zu reiben. Die Berührung war leicht und fein, doch ihre Körper war längst über das Bedürfnis nach kräftigen Empfindungen hinausgewachsen. Kraftvolle Wogen der Wollust schüttelten sie bei jeder Bewegung. Justine biss sich auf die Innenseite ihrer Wangen um sich davon abzuhalten, ein Geräusch von sich zu geben, das dem Büßer verraten würde, dass der Priester nicht allein war. Sie war sich sicher, dass aus jedem Seufzer, den sie entweichen ließ, ein Stöhnen werden würde, also hielt sie bewusst den Atem an.

Der Priester sprach – tiefes, kehliges Französisch, das, wie sie wusste, nicht ihr galt – und Justine gelang es, im Schatten seiner Worte leise nach

Luft zu schnappen. Sein Daumen rieb weiterhin vor und zurück und sie war ganz benommen davon, mit welch einer Leichtigkeit er ihre Geilheit steigern konnte. Der Reiz war quälend sanft – seine Berührung war viel zartfühlender, als sie es von so einem harten und dominierenden Menschen erwartet hätte – und ihr Körper raste auf einen heftigen Orgasmus zu.

Der Priester und der Büßer tauschten sich murmelnd aus und ganz am Rande bekam Justine mit, wie die Absolution erteilt und Bußen auferlegt wurden. Doch sie konnte sich auf nichts anderes konzentrieren als auf den Wirbelsturm schwindelerregender Wollust, der in ihrer Pussy erblühte. Die Finger des Priesters glitten langsam vor und zurück und ihre Spitzen berührten und streichelten sanft das überempfindliche Fleisch im Inneren ihres Schoßes. Sein Daumen fuhr damit fort, ihrer Klitoris lustvolle Schauder zu entlocken und ihre inneren Muskeln versanken in einer süßlichen, brennenden Flüssigkeit.

Der Orgasmus brach mit einer grausamen Hast aus und sie versuchte sich nicht zu rühren, in dem oberflächlichen Glauben, sie könnte so die Explosion verhindern. Die Panik ließ sie in Schweiß ausbrechen, so dass sie im Nu durchnässt war; ihre Wangen wurden knallrot und sie spannte bei dem Versuch, den Höhepunkt abzuwenden, jeden Muskel an.

„Merci, mon pére", flüsterte der Büßer.

Der Priester murmelte ein paar nichtssagende Worte und Justine hörte, wie das Fenstergitter verschlossen wurde. Durch die dünne Wand des Beichtstuhls hörte sie, wie die Tür geöffnet wurde und wusste, dass das Gemeindemitglied in die Kirche hinaustrat. Sie wagte immer noch nicht, irgendein Geräusch zu machen, doch jetzt, wo er außer Hörweite war, gestattete sie sich zu atmen und den Höhepunkt, den der Priester aus ihr heraus gepresst hatte, zuzulassen. Prickelnde Lust ließ ihren Körper erschaudern und die bebenden Wellen ihrer wunderbaren Befriedigung strahlten von ihrer Pussy aus.

„Dreckiger Bastard", murmelte der Priester.

Er starrte auf das Fenstergitter und Justine begriff, dass er über das Gemeindemitglied sprach. Sie war neugierig und hätte am liebsten gefragt, was der Mann gebeichtet hatte, doch sie wagte es nicht, die Frage auszusprechen. Hinter dem Fenstergitter waren bereits wieder Geräusche zu hören. Das Scharren von Füßen und eine Bewegung am Gitter warnte sie beide vor der Anwesenheit des nächsten Büßers.

„Père, pardonnez-moi car j'ai péché."

Es war die Stimme einer Frau. Justine strengte sich an, um einen Blick auf ihre Silhouette zu erhaschen, doch in dem Beichtstuhl war es zu dunkel. Bevor ihr Versuch etwas über die Frau in Erfahrung zu bringen Erfolg hatte, hatte der Priester sie schon aufgefordert zu sprechen. Als sie begann, wie ein Wasserfall in einem sinnlichen Französisch zu plappern, ließ er langsam seinen Blick über Justines Körper gleiten.

Sie rührte sich nicht.

Ihre Brüste sehnten sich nach Berührung, doch er schien ihre Bedürfnisse absichtlich zu ignorieren. Seine Zunge fuhr im Schneckentempo über ihre Brust, über ihren Bauch und zu ihrer Spalte. Die zwei Finger, die er tief in ihre Pussy geschoben hatte, blieben tief in ihr und als seine Zunge ihre äußeren Schamlippen berührte, bewegte er sie behutsam hin und her.

Justine riss die Augenweit auf. Sie erstickte beinah, um ja keinen Ton von sich zu geben, als er sanft ihre Lippen leckte und erneute Schauer der Glückseligkeit durch ihren Schoß rasten. Er küsste behutsam ihre Pussy und erfüllte sie mit einem unstillbaren Verlangen, seine Finger tief in sich an ihrem Muttermund zu spüren. Gelegentlich unterbrach er die Büßerin, während er seine Nase an Justines Klitoris rieb.

„Le mari de ma soeur", murmelte die Frau.

Justine dachte, sie verstünde die Worte, doch ihre Aufmerksamkeit war viel mehr auf die herrlichen Verwüstungen gerichtet, die in ihren Schoß angerichtet wurden. Ein weiterer Orgasmus drohte rasch aufzublühen und sie wand sich mit feinen Bewegungen um die Finger, die in ihrem Schoß eingebettet waren. Die Zunge des Priesters blieb eine warme, nasse Wohltat auf der Spalte zwischen ihren Lippen und seine aufdringlichen Küsse riefen wahre Stürme gottloser und lüsterner Reaktionen hervor. Justine kämpfte darum, unter dieser Zunge ruhig zu bleiben und verbiss sich jeden befriedigten Seufzer, der aus ihrer Kehle aufsteigen wollte. Der Priester hob seinen Kopf zwischen ihren Beinen hoch und starrte auf das Fenstergitter. Für einen Moment hörten seine Finger auf, in Justines Schoß zu wühlen, als er sein Gesicht zu ihrem erhob. Er keuchte vor Erregung und als er seinen Mund gegen ihr Ohr presste, spürte Justine, dass seine Lippen, das Kinn und die Wangen nass waren von ihrem Lustsaft. Die Intimität dieser Empfindung ließ ihre Erregung nur noch weiter anwachsen.

„Diese unwürdige putain fickt mit dem Mann ihrer Schwester", erklärte er.

Justine nickte und begriff, dass sie diesen kleinen Teil der Beichte der Büßerin verstanden hatte. Ihre Anteilnahme an der Sünde der Frau war kaum der Rede wert. In ihrem Zustand höchster Erregung dachte Justine, dass die Büßerin sich durch das ganze Dorf vögeln konnte ohne, dass sie sich darum scherte. Es war ihr viel wichtiger, dass der Priester das Verlangen stillte, das in der stinkenden Hitze ihre Schoßes fortbestand. Nichtsdestotrotz zwang sie sich ihm zuzuhören, als er seinen Mund noch dichter an ihr Ohr schob.

„Ich will ihr ihre Sünden nicht vergeben", hauchte er. „Es gibt nicht genug Bußen, um solch ein Vergehen wieder gut zu machen. Ich will diese putain so strafen, wie ich dich bestrafen würde. Was schlägst du vor?"

Sie zögerte, bevor sie versuchte über eine Antwort nachzudenken. Es war klar, dass der Priester ehrlich an ihrer Meinung interessiert war und sie vermutete, dass das ein weiterer Teil der Prüfung war, der sie unterzogen wurde. Sie zerbrach sich den Kopf über die richtige Art, etwas darauf zu erwidern und versuchte zu einer Antwort zu kommen, die ihm zeigen würde, dass sie es wert war, La Coste zu erwerben. Als sie endlich eine Idee hatte, war sie hocherfreut.

Sie schob ihren Mund über das Ohr des Priesters und hielt eine Hand davor, so dass keine Gefahr bestand, dass ihre Stimme weiter drang als bis an sein Ohr, und flüsterte: „Sagen Sie ihr, sie soll Ihnen ihren nackte Hintern zeigen."

Der Priester zog den Kopf zurück und hob eine Augenbraue.

Justine schob ihren Mund über sein Ohr und flüsterte ihm eindringlich den Rest ihres Planes zu. Während sie sprach, war sie sich die ganze Zeit über schmerzhaft bewusst, dass sich der Körper des Priesters eng an ihren presste. Er trug immer noch sein Ornat und das Brustkreuz bohrte sich weiterhin schmerzhaft in ihre Brust. Seine Nähe war ebenso sexuell erregend wie die zwei Finger, die er wieder in ihrer Pussy hin und her zu drehen begann. Seine Brust war breit und männlich und drängte gegen ihre Brüste. Sein Schwanz war wieder hart geworden und sie konnte das Pochen seines gierigen Prügels durch den rauen Stoff seiner Soutane spüren. Ihre Hälfte des Beichtstuhls war erotisch aufgeheizt von der Hitze ihrer Leidenschaft und jeder Atemzug war mit dem Geruch ihrer Geilheit gewürzt. Ähnlich erregend war ihr wagemutiger Plan, die Frau auf der anderen Seite des Fenstergitters zu bestrafen und zu unterjochen. Sie wusste nicht, ob der Priester ihrem Vorschlag folgen würde, doch sie konnte nicht leugnen, dass es sie erregte, das Schicksal der Büßerin zu bestimmen.

Der Priester zog seinen Kopf von Justines Ohr weg. Sein düsteres Lächeln funkelte im Dämmerlicht des Beichtstuhls. Er drehte sich zum Fenstergitter und bellte eine Reihe von schroffen Anweisungen durch das kleine Fenster. Justine konnte den Schock und die Ungläubigkeit aus den Erwiderungen der Frau heraus hören, doch ebenso hörte sie an der Stimme, dass sie schließlich einwilligte, lange bevor sie sah, wie die Pobacken gegen das offene Fenster gepresst wurden.

Die Kehrseite der Büßerin war nackt. Die Spalte ihrer Scham wurde gegen die schmale Öffnung gedrückt und als der Priester das Gitter beiseite schob, stellte Justine erschrocken fest, dass sie direkt auf die Pussy der Fremden starrte. Auch wenn ihre Idee für eine Bestrafung sie erregt hatte und ihr vorhin ganz passend erschienen war, hatte sie nicht erwartet, dass der Priester eines seiner Gemeindemitglieder auf solch perverse Art benutzen würde. Doch die Gedanken an ihre eigene Verderbtheit wurden rasch beiseite gewischt. Sie atmete den zu Kopf steigenden schweren Moschusduft der Frau ein und starrte auf die herrlichen nassen Lippen, die ihr weiches, pulsierendes Loch umgaben.

Der Priester warf Justine einen kurzen Blick zu. Er wartete, bis sie zustimmend nickte, ehe er die Pussy der Frau mit einem Finger streichelte. In der verdichteten Stille des Beichtstuhls hörten sie beide, wie die Frau zu stöhnen begann, sobald er sie berührte. Das herrliche Fleisch ihres Schoßes bekam eine dunklere Färbung und Justine beobachtete, wie die

Lippen in der Dunkelheit zu schimmern begannen als würden sie vor Erregung mit einer frischen Schicht Lack überzogen.

Schweigend ermutigte der Priester Justine, es ihm gleich zu tun. Bevor sie begriff, dass sie ihm gehorchte, sah Justine, wie ihre eigene Hand das lockigen Haar liebkoste, das die Spalte der Frau bedeckte. Ganz gefesselt von ihrer Kühnheit, ließ sie ihre Fingerspitze in der Spalte zwischen den Lippen der Büßerin entlang gleiten. Als sie die Frau vor erneuter Verzückung seufzen hörte, wagte es Justine, einen Finger in ihre Spalte hinein zu stoßen.

Ihre eigene Erregung war fast zu heftig, um sie im Zaum zu halten.

Die Finger des Priesters blieben in Justines Pussy und sein Daumen strich immer noch gelegentlich über ihre Klitoris. Sie erkannte bereits, dass die Stimulation mehr als ausreichend war, um ihren erblühenden Appetit nach Verderbtheit zu stillen, doch die Fremde zu berühren erregte sie stärker, als sie sich jemals hätte vorstellen können. Die Perversion, von einem Priester missbraucht zu werden, das Sakrileg, der Beichte eines anderen Menschen zu lauschen und das hinreißende Gefühl, einer warmen, nassen, ihren Finger umschließenden Pussy; all das vermischte sich und ließ sie aus einem Übermaß an Erregung fast ohnmächtig werden. Nichtsdestotrotz, auch wenn sie sich nicht erinnern konnte, jemals zuvor solche eine wahnsinnige Geilheit verspürt zu haben, kämpfte sie darum, ihre Reaktionen zu zügeln und spielte nur mit der klaffenden Spalte, die gegen das Fenstergitter des Beichtstuhls gepresst wurde.

„Retournez à votre soeur", knurrte der Priester.

Justine erbebte, als sie ihn sprechen hörte. Sie wusste nicht, was er gesagt hatte, doch die Musik seiner rauen Stimme übertrug sich zitternd durch seine Finger in ihren Schoß. Die Aussicht auf einen weiteren Höhepunkt kam drohend näher und sie schob einen zweiten Finger zu dem einen, den sie bereits in die Pussy der Büßerin gesteckt hatte. Das Gemeindemitglied schluchzte vor Entzücken auf und Justine beneidete die Frau kurz um ihre Freiheit, hörbar auf das Geschehen zu reagieren. Wortlos sehnte sie sich danach, ihre Dankbarkeit für die Ekstase, die sie durchlebte, hinaus weinen zu können und sie hätte schreien können über die Kombination aus Ungerechtigkeit und Frustration.

Der Priester fuhr mit seiner Zunge über die Schamlippen an dem Fenstergitter, dann bellt er der Büßerin eine weitere Anweisung zu. Justine hörte, wie er das Wort putain benutzte und sie erriet, dass er genau dem Plan folgte, den sie vorgeschlagen hatte. Die Erregung flackerte erneut in ihrem Schoß auf. Ihre Geilheit verstärkte sich, als der Priester seine Finger noch tiefer in sie hineinwühlte. In der angespannten Stille des Beichtstuhls konnte sie hören, wie sich ihre nassen Schamlippen schlürfend an seine Hand schmiegten.

Die Büßerin stöhnte, ihre Schreie entsprangen einem Gefühl irgendwo zwischen Erregung und Demütigung. Justine hatte vorgeschlagen, sie sollte nach Hause gehen und der Schwester ihre Sünden beichten. Ferner hatte sie angeregt, die Frau solle ihre Schwester anbetteln, ihr zur Strafe für ihre Treulosigkeit den Hintern zu versohlen. Es schien ihr eine sehr grausame Strafe zu sein und sie dachte, der Priester würde ihren Vorschlag zu würdigen wissen. Doch jetzt, da er schon so lange sprach, vermutete Justine, dass er noch mehr sagte und sie fragte sich, ob er sich über ihre Idee ausließ.

„Alors, reviens ici si je peux voir qu'il a été fait."

Er schob seinen mund über Justines Ohr und flüsterte: „Ich habe ihr gesagt, sie soll zurückkommen, sobald ihr Hintern ordentlich gestriemt ist, so dass ich sehen kann, ob die Strafe vollzogen wurde."

Diese Vorstellung war zuviel für Justine. Sie konnte sich leicht die roten Striemen ausmalen, die die Arschbacken der Frau zieren würden und dieser Gedanke trieb ihre Erregung jenseits des Ertragbaren. Sie presste ihren Schoß gierig um die Finger des Priesters zusammen, stieß ihre Hand noch tiefer in die Pussy der Büßerin und gestattete einem weiteren Orgasmus, sich bebend in ihrem Körper zu entladen.

Sie riss ihre Hand zurück und zwang sich selbst, still zu bleiben, während der Priester seine Anweisungen wiederholte und dann der demütig dahin gemurmelten Zustimmung der Büßerin lauschte. Das Letzte, was sie hörte, bevor das Fenstergitter sich schloss, war die flüsternde Stimme der Frau: „Qui, mon père. Merci, mon père."

„Das ist eine ausgezeichnete Strafe", lachte der Priester leise.

Sein Mund war wieder über Justines Ohr und sein Atem traf sie heiß bei jedem Wort. Sie lehnte sich zitternd gegen ihn. Sie war sich unsicher, warum er solch lüsterne Reaktionen bei ihr hervorrief, doch sie wollte ihre Gefühle gar nicht analysieren. Es war viel befriedigender, sich einfach seiner Umarmung hinzugeben und die unzähligen Wonnen, mit denen er ihren Körper peinigte, zu genießen.

„Ich denke, ich werde sie richtig benutzen, wenn die putain wieder kommt, um mir ihren gestriemten Arsch zu zeigen“, vertraute der Priester ihr an. „Du bist wirklich mit allen Wassern gewaschen.“

Justine wollte nicht weiter über das Bild nachdenken, wie der Priester die Büßerin zwang, sich seinem Willen zu unterwerfen. Es war betörend genug, dass sie sich selbst diesem Mann hingab. Die Vorstellung, dass er ein weiteres unschuldiges Opfer quälte, erregte sie zu sehr als dass sie darauf eingehen konnte, ohne ein erneutes Aufwallen ihrer Lust durchleiden zu müssen. Sie wollte die Anschuldigung des Priesters, sie sei mit allen Wassern gewaschen, zurückweisen, doch sie hörte bereits, wie jemand den Beichtstuhl betrat und biss sich auf die Lippen, damit sie keinen Ton von sich geben konnte.

„Père, pardonnez-moi car j'ai péché.“

Der Priester schob seinen Mund dicht an Justines Ohr. Sie konnte den Duft ihrer Pussy in seinem Atem ausmachen, als er sprach und dieser Geruch war wahnsinnig betörend. „Was schlägst du vor, was ich mit diesem hier tun soll?“

„Ich weiß noch gar nicht, was er getan hat“, gab sie zurück.

„Ist das nicht egal?“

Sie hielt den Atem an, ganz gefesselt von der Idee, grundlos zu bestrafen. Sie wandte ihren Blick zu dem Fenstergitter und nahm sich vor, sich etwas richtig Verrücktes auszudenken. Sie keuchte auf, als sie sah, dass das kleine Fenster geöffnet worden war und ein lüsternes Gesicht sie anstarrte.

Der Priester über ihr grinste und Justine begriff augenblicklich, dass er diesen besonderen Mann erwartete hatte. Sie starrte wieder auf schweinchenförmige Gestalt des Neuankömmlings und wich vor dem lüsternen Ausdruck in seinem Gesicht zurück. Er fuhr mit seiner rosigen Zunge über seine dicken Lippen, während er ihre im dunklen Schatten verborgene Blöße taxierte. Ohne den Priester anzuschauen fragte er: „Wann kann ich sie benutzen?"

Justine schüttelte den Kopf und wollte protestieren, doch sie wusste, dass es nicht gut war. Sie krümmte sich bei dem Gedanken, was von ihr zu erdulden erwartet werden mochte, innerlich zusammen, schaute hilflos auf den Priester und flehte ihn stumm an Erbarmen zu zeigen.

„Wenn Sie dafür sorgen, dass die Kirche leer ist, Bischof, werde ich die kleine Schlampe nach draußen bringen."

Justine schaute von einem zum anderen.

„Es ist so gut wie erledigt." murmelte der Bischof.

Sein Grinsen wurde breiter, als er ihren Körper ein letztes Mal taxierte, dann zog er sein Gesicht von dem kleinen Fenster zurück.

Immer noch in dem engen Beichtstuhl gefangen, wuchs Justines Angst mehr als je zuvor und sie fragte sich, was die beiden mit ihr vorhatten, wenn sie erst mit ihr allein waren.

4.

Der Bischof öffnete die Tür zum Beichtstuhl und zerrte Justine in die Kirche. Er war nicht so angezogen wie sie es erwartet hätte: Anstatt der kompletten zeremoniellen Kleidung trug er lediglich einen weißen Kragen, eine lässige Hose und eine Sportjacke. Sein Gesicht war fett und schweinsähnlich mit kleinen, runden Äuglein und einer rüsselähnlichen Nase. Die Jacke war offen und zeigte seinen Schmerbauch, über dem sich sein burgunderrotes Hemd spannte. Die Lüsternheit in seinem Blick war beunruhigend.

„Sehr gut, Vater." Er warf dem Priester hinter Justine ein Grinsen zu. „Was haben Sie mit ihr vor?"

Der Priester trat aus dem Beichtstuhl und Justine, die zwischen den beiden zusammen zu schrumpfen schien, fühlte sich mehr und mehr unbehaglich. Sie bildeten ein Gespann, das nichts Gutes erahnen ließ und Justine, nackt in deren Kirche, befand sich ihnen gegenüber eindeutig im Nachteil. Ihre Hände begannen vor Unruhe erneut zu zittern.

„Sie will La Coste erwerben", erklärte der Priester seinem Kameraden.

„Wollen wir sehen, zu welchen Sakrilegien sie bereit ist, um zu bekommen, was sie will?“

Bevor Justine auch nur daran denken konnte zu entkommen, hatten sie sie bei den Handgelenken gepackt. Sie wehrte sich, um sich loszureißen, doch sie vereinten ihre Kräfte in ihrem Vorhaben, sie in den vorderen Bereich der Kirche zu führen. Ihre Füße hatten keine Chance, auf dem kalten Fußboden Halt zu finden und als sie sie an den Reihen von leeren Kirchenbänken vorbei zerrten, begriff Justine, dass sie der Gnade der Männer ausgeliefert war. Aufrichtiges Entsetzen begann die Hitze ihrer Erregung abzukühlen und sie starrte von einem unsympathischen Gesicht zum anderen.

Der Bischof griff nach einer ihrer Brüste. Er drückte und zog brutal an dem Fleisch. Seine plumpen Finger bohrten sich in die Haut und die schwieligen Handflächen rieben wie Sandpapier an ihr. Nur wenige Augenblicke zuvor hatte sie sich noch danach gesehnt, dass der Priester ihre schmerzenden Nippel befriedigen möge. In ihren Brüsten hatte das Verlangen nach Aufmerksam wild gepocht. Doch jetzt, als der abstoßende Bischof mit ihr spielte, wollte sie nur noch, dass beide Männer sie einfach nur in Ruhe ließen. Es lag etwas zutiefst Herabwürdigendes in der Art und Weise, wie der Bischof sie berührte und obwohl ihr Körper immer noch ganz klebrig vom Schweiß ihres letzten Orgasmus war, konnte sie an nichts anderes mehr denken als an die Abscheu und das Sakrileg.

„Sie will La Coste haben?“ fragte der Bischof ungläubig. „Aber sie hat nicht die geringste Chance, es in die Hand zu bekommen, oder?“

Der Priester zuckte gleichgültig die Achseln. „Sie ist gekommen, um es zu erwerben.“

Der Bischof sah überrascht aus. Eine der Hände, die Justines Hände festhielten, lockerte den Griff ein wenig. Die Finger, die ihre Brust durchgeknetet hatten, hielten kurz inne. „Sie machen Witze, nicht wahr?“

Der Priester schüttelte den Kopf. „Bislang hat sie sich würdig genug erwiesen. Ich habe noch keinen Grund gefunden, meinen Segen zu verweigern.“

Der Bischof schaute entsetzt drein. „Aber es ist ein englisches Mädchen. Marais würde es niemals zulassen, dass das Manuskript an eine Engländerin geht.“

„Marais verkauft La Coste. Er gibt es nicht aus Gründen der Ehre fort."

„Aber trotzdem ..." Der Abscheu in der Stimme des Bischofs war nicht zu überhören und ihm schienen die Worte dafür zu fehlen, sein Entsetzen zum Ausdruck zu bringen. „ ... eine Engländerin", sagte er gequält.

Der Weg in den vorderen Bereich die Kirche war kurz, aber demütigend. Justine fühlte sich, als würden die herum stehenden Statuen und bunten Glasfresken sie voller Verachtung und Hohn angrinsen. Als sie auf den Altar gezerrt und auf den Rücken gelegt wurde, starrte sie zu den Deckenbalken empor und fragte sich besorgt, was das Duo wohl mit ihr vorhatte. Ihre Hände wurden an einer unsichtbaren Stelle über ihrem Kopf gefesselt. Ihre Beine wurden weit gespreizt und die Füße auf beiden Seiten des Altars befestigt. Der Priester verschwand aus Justines begrenztem Sichtfeld, doch der Bischof beugte sich weiterhin über sie. Er leckte sich ständig die Lippen, während seine sandpapierrauen Hände über ihre Brüste flogen. Seine Liebkosungen zerkratzen ihre Schenkel und den nackte Bauch, bevor seine Hände weiter nach unten glitten, um ihre Spalte zu erkunden.

Sie versteifte sich.

Wenn es irgendeine Möglichkeit für Justine gäbe, ihre Abneigung diesem Mann gegenüber zu zeigen, hätte sie sich bei der ersten Gelegenheit von dem Altar losgerissen. Doch da die Fesseln an ihren Händen und Füßen außerordentlich fest saßen, blieb ihr nichts anderes übrig als zu bleiben, wo sie war und die ungewollte Erkundung über sich ergehen lassen. Trockene, ungeschickte Finger erstürmten ihren Schoß. Während die Berührungen des Priesters sensibel und erregend gewesen waren, waren die des Bischofs grob und abscheulich. Seine Hände wurden feucht von den Überbleibseln ihrer Nässe und sie konnte spüren, wie er die glitschigen Reste ihrer Leidenschaft als Gleitmittel benutzte, als er gegen den empfindlichen Rand ihres Anus stieß.

Sie erstickte beinahe an ihrem plötzlichen Verlangen aufzuschreien und ihm zu sagen, dass er diese intime Stelle nicht berühren dürfte. Doch eingedenk dessen, dass von ihr erwartet wurde zu schweigen und dass der Priester verlangte, dass sie alles erduldete, sagte Justine sich, dass es keinen Teil ihres Körpers gäbe den der Bischof nicht erforschen dürfte.

Die liturgische Rezitation eines lateinischen Kirchenliedes unterbrach ihre Gedanken. Sie konnte die honigsüße Stimme des Priesters hören, der jedes Wort deutlich betonte, so dass sie von der hohen Decke widerhallten. Ein ungewohnter Geruch in der Luft ließ sie schnüffeln und sie bemerkte, dass der Duft von Weihrauch durch die Kirche zog. Sie hob ihren Kopf und schaute sich um und während der Bischof ihren Schoß und ihre Brüste betatschte, sah sie wie der Priester sich ihr mit einem schwingenden Rauchfass näherte.

Es war ein fürchterlicher Anblick; etwas, von dem sie wusste, dass sie es nicht schauen sollte, solange sie nackt war und sich in der Umklammerung einer schmutzigen Erregung befand. Schuldgefühle und Abscheu vor sich selbst peinigten sie, während ihr dunkles Verlangen nach Befriedigung die ganze Zeit über wuchs. Sie ließ sich wieder zurück auf den Rücken sinken und stellte fest, dass der Bischof, während er sie mit einer Hand berührte und streichelte, eifrig damit beschäftigt war, Vorbereitungen in Justines unmittelbarer Nähe zu treffen. Geweihte Kerzen, deren weiche Flammen sanft an ihrer Seite flackerten, standen gefährlich nah an ihrem gefesselten Körper. Sie starrte den Bischof mit wachsender Panik an und fand in seinem geilen Blick nichts, was sie beruhigt hätte.

„Welches Sakrileg bist du bereit zu begehen?“ fragte er.

Während er sprach glitt seine Hand zu ihrem Schoß. Die Finger bewegten sich mit Leichtigkeit in ihrer glitschigen Spalte und kehrten dann zum engen Ring ihres Anus zurück. Sie versteifte sich unter seiner Berührung und verschmähte das Aufflammen ihrer Lust. Als er kräftig gegen ihren verbotenen Eingang stieß und seinen Finger durch die Sperre aus Muskeln zwingen wollte, kreischte sie beinahe auf.

Der Priester fuhr fort, seine lateinischen Gebete zu intonieren. Die Worte schufen eine mystische und religiös autorisierte Atmosphäre, die zu schänden Justine sich zutiefst schämte. Sie lag auf einem Altar, unter den klagenden Gestalten der Jungfrau mit dem Kind und des gekreuzigten Jesus, während ein Bischof ihren Anus befingerte. All die Untaten, die sie bisher begangen hatte – den Samen des Priesters aus der Kommunionsschale zu trinken, auf dem geweihten Grund des Dupont'schen Grabes zu ficken und selbst die Quälerei der bußfertigen jungen Frau in dem Beichtstuhl – erschienen ihr im Vergleich mit der Gottlosigkeit, die sie nun erduldete, wie harmlose Streiche.

„Wollen Sie, dass ich mit ihr anfange?“ fragte der Bischof den Priester.

Justine hob den Kopf, damit sie beide Männer beobachten konnte. Der Priester war mit seinem Weihrauchfass und seinem Singsang beschäftigt, doch es gelang ihm dem Bischof zustimmend zuzunicken. Sie warf einen kurzen Blick auf den schweineartigen Mann, der drohend über ihr aufragte und sah, dass er bereits seinen erigierten Schwanz aus seiner Unterhose genestelt hatte.

Der Anblick machte sie ganz schwindelig.

Das Stück rosigen Fleisches ragte aus der schwarzen Hose heraus. Die angeschwollene Eichel leuchtete in einem bösartigen Purpur und sie konnte sehen, wie ein klarer Tropfen seiner Erregung aus der Spitze hervorquoll. Ihr Atem wurde schneller und ihre Zweifel kehrten erneut zurück, als der Bischof sich zwischen ihre Beine stellte. Unfähig, sich zurückzuhalten, warf Justine ihren Kopf hin und her als wollte sie ihm den Eintritt verweigern.

„Tu nicht so prüde“, knurrte er. „Ich kann doch sehen, dass du es willst.“

Sie schluckte und fragte sich, ob die Übereinkunft, die sie mit dem Priester geschlossen hatte, es ihr gestattete, sich dem Bischof zu verweigern. Sie befürchtete, dass jeder Protest sie als ungeeignet disqualifizieren würde, La Coste zu erwerben, doch ein Teil von ihr sehnte sich verzweifelt danach, ihre Vorbehalte zumindest kund zu tun.

Er stand zwischen ihren gespreizten Schenkeln, ein Handrücken streichelte geistesabwesend die glatte Haut. Die Berührung machte sie wahnsinnig: Es erregte sie, obwohl sie nicht geil werden wollte und schwächte ihre Entschlossenheit. Als er begann, seinen Schwanz dichter heran zu schieben und die runde Spitze immer näher und näher kam, seufzte sie resigniert auf und sagte sich, dass sie hinnehmen würde, was auch immer die beiden mit ihr vorhatten. Erst als des Bischofs Schwanzspitze das Zentrum ihres Anus berührte, kehrten all ihre Zweifel zurück.

Sie entzog sich ihm so weit es ihre Fesseln zuließen.

Ein kurzes Stirnrunzeln huschte über sein Gesicht. Es verschwand und wurde durch ein verzerrtes Grinsen ersetzt und er brauchte kein Wort zu sagen, um Justine begreiflich zu machen, dass ihr Leiden ihm Vergnügen bereitete. Justine wusste, dass sie nicht in der Position war, sich zu verweigern und versuchte, ruhig zu bleiben und sich nicht davon berühren zu lassen, dass er in ihren verbotenen Eingang eindrang.

Der Schließmuskel hielt zunächst stand, doch der Bischof war zum Äußersten entschlossen. Innerhalb weniger Momente spürte Justine, wie sein Schwanz sich seinen Weg in ihren Hintern bahnte. Der Schließmuskel wurde aufgezwungen und sie riss sich zusammen, um sich nicht von der herrlichen Empfindung, geschändet zu werden, überwältigen zu lassen. Und sie würde ihrem Körper nicht gestatten, das Eindringen bereitwillig zu genießen. Sie hielt den Atem an und biss sich auf die Unterlippe, während sich der Schwanz noch weiter in sie hinein schob.

Er war nicht so breit gebaut wie der Priester, doch er war dick genug, um ihr eine ganze Menge Unbehagen zu bereiten. Sie musste zugeben, dass eine ganze Fülle von Lustschaudern von ihrem Anus ausstrahlte. Die Empfindungen waren so intensiv, dass Justine bei dem Versuch, den drohenden Orgasmus abzuwehren, rasch schwindelig wurde.

„Gesegnet sei diese von Gott verlassene Kreatur!“ murmelte der Bischof.

Er hatte sich so tief in ihre Kehrseite hinein gewühlt, dass sie den Stoff seiner Unterhose auf ihren Pobacken spürte. Die inneren Muskeln ihres Rektums wurden unter dem Druck seines Schwanzes gedehnt und sie würgte das Verlangen, laut aufzuschreien, herunter. Das schweinchenartige Gesicht des Bischofs ragte drohend über ihrem auf, die Augenlider waren schwer vor Glückseligkeit und die Wangen vor Wollust gerötet. Er schlug ein Kreuz, während er sprach und kleine Schweißtropfen flogen wie Spritzer des Heiligen Wassers von seinen Fingern.

Als er begann, sich zurückzuziehen, hätte Justine am liebsten aufgestöhnt. Das Eindringen war schmerzhaft gewesen – sein Schwanz war dicker als alles andere, was sie jemals an dieser besonderen Stelle einzuführen gewagt hatte – doch die Erfahrung war nicht nur unangenehm gewesen. Sie holte tief Luft in der Hoffnung, ihre Reaktionen unter Kontrolle zu halten und ärgerte sich über den glückseligen Schauder, der von ihren Eingeweiden ausstrahlen wollte.

Hinter dem Bischof fuhr der Priester fort, müßig im leeren Kirchenschiff hin und her zu schlendern. Er rezitierte feierlich seinen Singsang und schwang sein Weihrauchfass mit derselben Erhabenheit, die er, wie Justine vermutete, auch vor seiner Gemeinde an den Tag legte. Die Statuen von Jesus und der Madonna schauten weiterhin missbilligend auf sie herunter, der erigierte Schwanz des Bischofs bahnte sich unaufhörlich seinen Weg in sie hinein und wieder heraus und Justine konnte sich dem Wissen nicht verschließen, dass sie etwas Heiliges entweihte.

Das erste Beben eines nahe bevorstehenden Orgasmus begann ihren gefesselten Körper zu schütteln. Der Bischof ritt ihren Anus in einem gemächlichen Tempo, sein Schwanz schwoll noch einmal an, als sein eigener Höhepunkt näher rückte. Seine große Eichel fühlte sich in ihrem Hintern aufreizend göttlich an und sie bereitete sich auf die Wucht seiner Eruption vor.

Ihr Atem war zu einer Serie von hektischen Grunzern geworden. Jeder der tierhaften Laute wurde von der hohlen Akustik der Kirche zurück geworfen. Ein Zittern unverhüllter Ekstase ließ sie ziellos an ihren Fesseln zerren und sie genoss jedes neuen Aufbranden des Schmerzes, der von ihren Händen und Füßen ausstrahlte.

Und als der Bischof fortfuhr, seinen Schwanz in sie hinein zu stoßen, wurde die anschwellende Lust in ihren Eingeweiden zu groß, um sie zu unterdrücken. Sie biss ihre Zähne zusammen und versuchte den Verlockungen des Orgasmus zu widerstehen. Doch ihre Geilheit war zu überwältigend. Der Bischof glitt mit Leichtigkeit in sie hinein und wieder heraus, sein Tempo war jetzt so deutlich und drängend wie ihr eigenes drängendes Verlangen. Sie konnte spüren, wie sein Prügel zustieß und wusste, dass er am Rande eines Orgasmus stand und in diesem Augenblick erwies sich die Kombination aus Lust, Schmerz und Erniedrigung als zu viel.

Mit einem Brüllen voller Befriedigung ließ Justine es zu, dass ihr Orgasmus sie schier zerriss.

Der Bischof hielt inne, als sie zitterte und sich um seinen Schwanz herum zusammen krümmte. Ihr Anus quetschte sich pulsierend zusammen – sie wusste, dass ihr Schließmuskel seinen Schwanz hinausgepresst hätte, wenn er ihn nicht so tief in ihr gehalten hätte – und eine weitere aufbrandende Woge der Wollust peinigte ihre Kehrseite. Sie fragte sich in einem Anflug von Wahnsinn, wie es ihm gelang, seinen eigenen Orgasmus zurück zu halten, als es auch schon pulsierend aus ihm herausspritzte und er den heißen, klebrigen Samen seines Höhepunktes in sie hinein pumpte. Das Zusammenspiel von Wärme und sein Beben löste eine weitere Welle des Entzückens in ihr aus und sie stieß einen spitzen Schrei aus, als die verabscheuungswürdige Wollust sie wieder und wieder schüttelte.

Ihr unbändiger Orgasmus hatten Justines Wangen gerötet.

Tränen strömten ihr übers Gesicht und sie schluchzte in einer Mischung aus Befriedigung, Erleichterung und Schuldgefühlen. Selbst als der Bischoff seinen erschlafften Penis aus ihrem Anus gleiten ließ – seine Nässe ekelte sie an und erregte sie im selbem Moment – hörten Jesus und die Madonna nicht auf, auf Justine auf dem Altar herab zu starren. Unbehaglich wurde sie sich bewusst, dass ihre Scham und ihre Geilheit sich nahtlos miteinander vermischt hatten.

„Machen Sie weiter damit, die Kirche zu segnen“, entschied der Priester.

Er schob den Bischoff beiseite und legte sich selbst zwischen Justines Beine. Sein erigierter Schwanz, der ihr jetzt ganz vertraut vorkam, ragte bereits zwischen den Falten seiner Soutane hervor. Justine versuchte, sich ihm zu entwinden als er sich ihr entgegen schob, doch es war nur ein halbherziger Versuch, Schamgefühl zu zeigen und sie gab sich keine große Mühe, überzeugend zu wirken. Ihr Eifer, noch mehr zu erleben hatte eine neue Ebene erreicht. Obwohl sie sich gedemütigt fühlte, da der Eingang für den Priester noch ganz feucht war vom Samen des Bischofs, war die Sehnsucht, ihre Anus erneut gefüllt zu bekommen, größer als alles andere.

Seine Hände wanderten zu ihren Schenkeln und drückten ihre Beine auseinander, während er in sie eindrang.

Sie keuchte glücklich vor Entzücken.

Sein dicker Schwanz war herrlich weit in ihrem Anus und verschaffte ihr weit mehr Befriedigung als der Bischoff es geschafft hatte. Die geschwollene Eichel fühlte sich viel zu groß für ihre Enge an und sie konnte sich nicht vorstellen, irgendetwas Größeres in sich aufzunehmen. Doch er ritt sie mit geduldigem Nachdruck und glitt mit Leichtigkeit in ihr schmerzendes Loch hinein und wieder heraus. Seine Hände griffen ziellos nach ihren Schenkeln, quetschten das empfindliche Fleisch zusammen und hielten sie in der Stellung fest, die er sich wünschte und mit jedem Stoß drang er in seiner vollen Länge in sie ein.

Dieses Mal fand Justine das Erlebnis noch befriedigender.

Die Statuen blickten weiterhin auf sie herab und während sie immer noch die Missbilligung in ihren steinernen Gesichtern sah, stellte sie fest, dass es sie nicht länger daran hinderte, den Moment zu genießen. Der Priester verfluchte sie mit einer vertraut gewordenen Bösartigkeit. Er betonte jedes grobe Schmähwort mit besonderem Nachdruck und überzog ihr Gesicht mit gelegentlichen Speicheltröpfchen. Während er mit seinem Schwanz hin und her glitt, durchströmten sie Wogen der Wollust voll urtümlicher Kraft.

Stimmen von außerhalb ihres Sichtfeldes drohten den Augenblick zu zerstören, doch die Stöße des Priesters ließen sie ihre Aufmerksamkeit rasch wieder zurück zu der Lust zwischen ihren Beinen wandern. Er packte ihren Kiefer mit einer Hand, hielt ihren Kopf fest, so dass sie gezwungen war, ihm in die Augen zu sehen, und murmelte grunzend etwas Unverständliches. Ohne ein Wort zu verstehen wusste Justine, dass er sie anwies, sich nicht ablenken zu lassen und sich allein auf das zu konzentrieren, was er für sie tat.

Er erhöhte sein Tempo, hämmerte mit einer Kraft, die ihr vor Entzücken fast die Besinnung raubte, auf ihre Kehrseite ein. Erste Zuckungen hatten begonnen, sein Schwanz erbebte und sein Höhepunkt stand unmittelbar bevor. Justine biss ihre Zähne zusammen und wünschte sich, sie käme, bevor der Priester abspritzte. Jetzt, da sie es endlich geschafft hatte, die religiösen Utensilien um sie herum zu akzeptieren, übermannte sie das Verlangen nach einem Orgasmus mit aller Macht. Sie spannte die Muskeln ihres Anus um den Schwanz des Priesters herum an und schwelgte in jeder schändlichen Empfindung, während er sich mit Leichtigkeit hinein und heraus bewegte. Als sich die Spannung endlich in ihr entlud, drängte sie ihre Tränen zurück. Der Orgasmus war perfekt, als die Explosion des Priesters ihr Loch erfüllte. Der Schwall seiner heißen, reichlichen Gabe erregte sie und ließ sie vor Dankbarkeit aufschluchzen.

Nach dem Höhepunkt brauchte sie einen Moment, ehe sie ihre Haltung wieder zurück gewann.

Sie erwartete, langsam aus dem Dunstschleier des Entzückens wieder auftauchen zu können, während sie immer noch auf dem Altar lag, doch der Priester löste hastig ihre Fesseln und zerrte sie fort. Sie wurde behelfsmäßig in der Kanzel abgelegt und wurde sich quälend ihrer Nacktheit bewusst, während die Schuldgefühle ihr Herz erneut mit eisigen Fingern umschlangen. Der Bischof und der Priester ragten drohend über ihr auf und neben ihnen sitzend sah Justine die bußfertige junge Frau, die in die Kirche zurückgekehrt war. Ohne den Schutz des Beichtstuhls fühlte sich Justine unbehaglich angesichts der mürrisch gerunzelten Stirn der Frau. Ihr Hochgefühl nach dem kürzlich genossenen Orgasmus der Lust und der Dekadenz verebbte, als sie begriff, dass sie immer noch der Gnade des Bischofs und des Priesters ausgeliefert war.

„Du hast diesem Mädchen befohlen, zurückzukommen, nachdem sie bestraft worden ist. Was willst du mit ihr machen?“

Justine schaute vom Priester zum Bischof, dann auf das bußfertige Dorfmädchen.

Sie hatte den Verdacht, der Priester wollte, dass sie eine andere Strafe aussprach, möglicherweise als eine weitere Prüfung, in der sie sich selbst als würdig erweisen sollte, La Coste zu erwerben. Doch nach all dem, was sie heute Abend bislang hatte erdulden müssen, brachte Justine es nicht fertig, der jungen Frau weitere Qualen aufzuerlegen. Sie war müde und ausgelaugt und es ging über ihre Kräfte, sich um irgendetwas zu sorgen, was ihr vor kurzem noch so wichtig erschienen war. Es scherte sie nicht, ob es irgendwelche Auswirkungen auf ihre Chancen, an das verdammte Manuskript zu kommen, haben würde; zu matt, um an irgendetwas anderes zu denken außer an ihr Bedürfnis zu schlafen und eine Dusche zu nehmen, sagte sie: „Erteilen Sie ihr die Absolution. Sie hat genug zu unserer Unterhaltung gelitten.“

Der Priester und der Bischof tauschten einen Blick, den Justine nicht deuten konnte. Zu müde, um sich drum zu sorgen, was sie denken mochten, stemmte sich Justine vom Boden hoch und taumelte an dem Trio vorbei. Der Priester packte sie am Arm und stoppte sie. Mit scharfer Stimme sagte er: „Warte!“

Mit hängenden Schultern tat Justine, was von ihr verlangt wurde.

Der Priester wandte sich an den Bischof. „Tun Sie, was sie sagt“, entschied er. „Erteilen Sie der putain Absolution. Dann sagen Sie ihr, dass sie zur Strafe Justine zu der nächsten Station ihrer Reise begleiten wird.“

„Sie haben vor, sie als eine würdige Empfängerin für La Coste zu empfehlen?“

Justine lauschte aufmerksam und fieberte der Antwort auf diese Frage entgegen, doch der Priester wandte dem Bischof ohne eine Erwiderung den Rücken zu. Sein Grinsen hatte etwas Bedrohliches, als er sie herunter auf die Knie zwang. Er trat dicht an sie heran, schwang seinen Schwanz vor ihrem Gesicht und stieß dessen klebrige Spitze gegen ihren Mund. Sie war nass und schmutzig vom Speichel, Samen und einigen Resten aus ihren Eingeweiden. Und obwohl er gerade eben erst in ihrem Anus gekommen war, konnte Justine sehen, dass er schon wieder begann hart zu werden. Dass nasse Stück Fleisch glitzerte im Kerzenlicht der Kirche.

„Heute Abend warst du bisher sehr gehorsam“, knurrte er. „Leck ihn noch einmal und ich werde dich als mit meiner Zustimmung würdig erachten.“

Ihre momentane Schwäche war bei dieser Anweisung wie weggeblasen. Das Wissen, dass sie nahe daran war, ihr Ziel zu erreichen, erweckt in Justine den Eifer, alles zu tun, was er von ihr verlangte. Unfähig, sich dem Befehl zu widersetzen, zwang sie ihren Mund um seinen Schwanz und begann zu lecken. Sie war entzückt, als sie spürte, wie er dicker wurde und wusste, dass es nicht lange dauern würde, um einen Höhepunkt aus ihm heraus zu locken. Und mit wachsendem Optimismus wusste sie, dass sie in dem Augenblick, in dem sie den Samen des Priesters schlucken würde, dem Erwerb von La Coste einen Schritt näher gekommen sein würde.

5.

Justine erwachte von dem Klingeln ihres Mobiltelefons. Es war der perfekte Morgen, um sich völlig orientierungslos zu fühlen: Sie erkannte das Schlafzimmer nicht wieder, konnte sich nicht an den Namen der Frau erinnern, die neben ihr lag und geriete in arge Bedrängnis, wenn sie hätte erklären müssen, wie sie von der Kirche hierher gekommen war, wo auch immer sie jetzt sein mochte. Der Name Sartine tauchte aus ihrer Erinnerung auf, doch sie konnte nicht sagen, ob er in einem guten oder schlechten Zusammenhang stand. Das hartnäckige Klingeln des Telefons verhinderte, dass sie sich den Luxus gönnen und sich alle Einzelheiten langsam wieder ins Gedächtnis rufen konnte. Sie kramte hastig das Handy aus ihrer Handtasche und schaut auf das Display.

PRIVATER ANRUF.

Sie runzelte die Stirn und erwog kurz, den Anruf nicht entgegen zu nehmen, doch dann entschied sie, dass es nicht schaden könnte, den grünen Knopf zu drücken.

„Hallo?"

„Justine?"

Sie erkannte Mrs. Weiss' nüchterne Stimme und seufzte erleichtert. Seit sie tags zuvor in Frankreich angekommen war, war die Stimme ihrer Arbeitgeberin das erste Vertraute, was sie hörte. Obwohl sie sich wenig aus der Frau machte und sich sicher war, dass ihre Antipathie auf Gegenseitigkeit beruhte, gab sich Justine einer Woge der Dankbarkeit über diesen Anruf hin. „Ja?" Sie senkte ihre Stimme zu einem Flüstern und zog ihre Schultern verschwörerisch ein Stückchen höher. „Ich bin's", zischte sie. „Ich habe bereits die erste Kontaktperson gesehen und jetzt bin ich …"

„Du hast niemandem erzählt, dass du für mich arbeitest, oder?"

Justine runzelte die Stirn und zerbrach sich den Kopf darüber, ob ihr dieses kleine Detail irgendwann vielleicht entwischt war. Soweit sie sich noch an den letzten Abend erinnern konnte, hatten weder der Priester noch der Bischof sie mit allzu vielen Fragen belästigt und Justine war sich sicher, dass das eine Information war, die sie nicht ohne Veranlassung preisgegeben hätte. Sie war überzeugt davon, die Wahrheit zu sagen, als sie vorsichtig erwiderte: „Nein. Sie sagten mir doch, ich sollte es nicht tun."

„Dann mach weiter so“, brummte Mrs. Weiss. „Egal, was passiert: Gib niemals zu, dass du mich kennst. Dass ich irgendetwas mit diesem Kauf zu tun habe darf unter keinen Umständen publik werden.“

Sie sprach mit der charakteristischen Schroffheit, die Justine daran erinnerte, warum sie nicht länger für diese Frau hatte arbeiten wollen. „Natürlich“, begann sie. „Ich habe nicht die Absicht, irgendjemandem zu erzählen, dass ich …“

„Und sei auf der Hut, wenn du Sartine begegnest“, fiel Mrs. Weiss ihr ins Wort. „Dieser aalglatte französische Bastard hat etwas wahrhaft Durchtriebenes an sich.

Justine wollte gerade fragen, wer Sartine war und was er von ihr wollen könnte, doch ihre Chefin war eindeutig nicht in der Stimmung, sich näher darüber auszulassen. Mit einer forschen und geschäftsmäßigen Stimme schnauzte sie: „Enttäusch mich nicht. Biete Sartine eine plausible Erklärung, mach weiter und stelle den dritten Repräsentanten der Gemeinschaft zufrieden und du wirst den Bonus bekommen, den ich dir versprochen habe.“

„Wer ist die Gemeinschaft“? unterbrach sie.

Mrs. Weiss schnaubte vor Abscheu. „Je nachdem, wen du fragst, wirst du immer eine andere Antwort erhalten. Der Priester wird dir erzählen, die Gemeinschaft sei ein Bund perverser Heiden, die allesamt zur Hölle verdammt sind. Sartine wird sagen, die Gemeinschaft sei ein Kollektiv von Hedonisten und Libertins. Marais wird ohne Zweifel mit irgendeinem Unsinn kommen, es sei die leibhaftige Verkörperung von de Sades Vermächtnis. Such dir die Antwort aus, die dir am besten gefällt. Sie glauben alle an ihre eigene Wahrheit.“

„Was würden Sie mir antworten?“ drängte Justine.

Wieder schnaubte Mrs. Weiss vor Abscheu. Es war frustrierend, über hunderte von Meilen in eine Unterhaltung verwickelt zu sein, von der sie nicht viel verstand außer den geringschätzigen Ausrufen. Es war auch deprimierend, dass die erste vertraute Stimme, die sie hörte, seit sie in Frankreich angekommen war, sie mit offensichtlicher und niederschmetternder Verachtung traktierte. „Wenn du mich fragst“, brummte Mrs. Weiss, „würde ich sagen, dass es sich bei der Gemeinschaft um nichts anderes als eine Leihbibliothek handelt. Und wenn du weiter fragen würdest, würde ich wissen wollen, wie du dazu kommst mich auszufragen, wo ich doch diejenige bin, die dich angerufen hat." Ihre Stimme war immer schriller geworden und kurz davor, sich vor Ärger zu überschlagen. „Ich habe dich angerufen, um eines klarzustellen, Justine. Wenn irgendjemand dich fragt, wenn irgendjemand versucht, die Information aus dir heraus zu locken: Du kennst mich nicht. Hast du mich verstanden?"

„Natürlich habe ich verstanden", erwiderte Justine. „Das hatten wir doch abgemacht."

Mrs. Weiss fuhr fort, als hätte sie Justines Einwand nicht gehört. „Egal, was noch passieren mag, das ist das Allerwichtigste, was du auf keinen Fall vergessen darfst: Du kennst mich nicht!"

Justine wollte der Frau gerade versichern, dass sie sich sehr gut daran erinnerte – und ihr sagen, dass die ständigen Wiederholungen der Anweisung ihr das Gefühl gaben, dumm und der Aufgabe nicht gewachsen zu sein – doch das Mobiltelefon in ihrer Hand lag bereits tot in ihrer Hand. Sie hatte immer noch die Stirn gerunzelt, während sie das Telefon in ihrer Tasche verstaute. Sie zerbrach sich den Kopf über alles, was gesprochen worden war und versuchte einen Sinn in dem zu sehen, was sie versanden hatte. Es war mehr, als ihr lieb war und anstatt sich mit Problemen zu belasten, die zu lösen sie keine Hoffnung hatte, nahm Justine sich etwas Zeit und schaute sich in dem Raum um, in dem sie aufgewacht war.

Es sah wie ein Hotelzimmer aus – etwas plüschiger, als sie es gewohnt war – aber Hotelzimmer sahen überall gleich aus. Eine Minibar war in einer Ecke versteckt; identische robuste Türen in den aneinander grenzenden Wänden und ein laminiertes Blatt Papier beim Frisierspiegel mit Anweisungen, wie man sich im Brandfall zu verhalten hatte. Die Einrichtung, Möbel Armaturen hatten den müden Ausdruck, den sie in der letzten Zeit in so vielen Hotels gesehen hatte, in denen alles zu einem matten Beige gewaschen und gesäubert worden war. Durch die zugezogenen Vorhänge hindurch sickerndes Sonnenlicht gab der Szenerie einen geheimnisvollen Anstrich. Das Licht war verschwommen genug, dass Justine sich vorstellen konnte, sie würde immer noch schlafen und träumen. In diesem Zusammenhang konnte sie ihre rätselhafte Unterhaltung mit Mrs. Weiss besser verstehen.

Ein geflüstertes Seufzen ließ sie ihre Aufmerksamkeit wieder dem Bett zuwenden.

Die Kuriosität des Hotelzimmers und das Geheimnis wie sie hierher gekommen war, waren augenblicklich vergessen. Ihr Herz hatte begonnen zu rasen und eine warme Erregung breitete sich in ihrem Schoß aus. Sie bemerkte am Rande, dass ihre Brustwarzen hart wurden und sich die Haut dehnte, als sie immer straffer wurden. Die Spalte zwischen ihren Beinen war plötzlich nass von ihren stinkenden Ausdünstungen.

Eine nackte Blondine lag im selben Bett, in dem Justine gerade aufgewacht war. Sie sah schön aus, ihr strohblondes Haar war zerzaust und die blassen blauen Augen begannen sich flatternd zu öffnen, als sie erwachte. Als Justine aus dem Bett geklettert war, hatte sie unabsichtlich das Laken vom Körper der Blondine gezogen und einen flachen Bauch und ein Paar wunderbar kecker Brüste enthüllt. Die Nippel der Frau waren hart, als hätte sie in einem erregenden Traum geschwelgt und Justine zitterte mitfühlend. Verstohlen hob sie eine Hand zu ihrer eigenen Brust und erbebte, als ihre Haut auf die Liebkosung reagierte.

Verschwommen erinnerte sie sich daran, dass dies die Büßerin war, der sie in der Kirche begegnet war. Sie entsann sich, dass der Priester gesagt hatte, die Frau sollte sie zu begleiten, doch Justine hatte nicht erwartet, die Blondine nackt und schlafend an ihrer Seite vorzufinden. Ohne sich dessen bewusst zu sein, fuhr sich Justine mit der Zunge über die Lippen. Obszöne Bilder begannen sich ihren Weg in ihre Gedanken zu bahnen und sie wurde ganz schwach davon, denn ein Bild gefiel ihr besser als das andere.

Zum ersten Mal stellte sie fest, dass sie selbst nackt war.

Ihr Körper hatte unverwechselbare Spuren von den Misshandlungen, die sie in der Kirche erduldet hatte, davon getragen. Eine kräftige Rötung auf ihrer Brust – ein Abschiedsgeschenk des Bischofs, wie sie sich erinnerte – loderte deutlich sichtbar auf ihrer blassen Haut. Die eingetrockneten Überreste des priesterlichen Samens – beißend und Übelkeit erregend – klebte zwischen ihren Brüsten und am Ansatz ihrer Schenkel. Sie konnte nicht wirklich sagen, sie wäre stolz auf diese Souvenirs, doch sie sah auch nicht ein, warum sie sich vor der Büßerin verstecken sollte. Justine fand es nur natürlich, sich neben die Frau zu setzen anstatt zu versuchen, sich zu verbergen und verhüllen.

Das helle Gewebe des Bettlakens schmiegte sich kühl an ihren nackte Hintern. Ihre Empfindlichkeit schien plötzlich zu wachsen und sie konnte spüren, wie der Stoff über die Lippen ihrer Pussy strich. Die Liebkosung war anregend und erweckte in ihr einen Hauch schwacher Vorfreude. Erstaunt über ihren eigenen Wagemut und erregt von den Bildern, die in ihrem Kopf herumwirbelten und langsam Form annahmen, strich Justine mit ihrem Handrücken über die weiche Wange der Büßerin.

Die Frau blinzelte und öffnete die Augen.

Ein leises Lächeln umspielte ihre Lippen.

Und sie erhob keine Einwände, als Justines Hand tiefer glitt. Der einzige Wechsel in ihrem Gesichtsausdruck bestand in einem breiter werdenden Lächeln, eine wortlose Ermunterung fortzufahren.

Justine beobachtete sich selbst als würde sie die Szene durch die Augen eines Fremden betrachten. Ihre Hand schob sich Zentimeter für Zentimeter abwärts, den ganzen langen Hals entlang, wobei sie einzelne blonde Strähnen zur Seite strich. Ihre Fingerspitzen kribbelten, als wären sie elektrisch aufgeladen. Justine zögerte und holte einmal kurz Luft, bevor sie den Mut fand, die nackte Brust der Frau zu berühren. Die Haut war wunderbar weich und als sie mit dem Finger über die Erhebungen der Brustwarzen fuhr, spürte Justine erstaunt, wie die kleine feste Knospe vor Erregung immer dicker wurde.

Sie taten einen gemeinsamen, gierigen Atemzug.

Justine erwog, etwas zu sagen, doch dann entschied sie, dass es das Gegenteil bewirken und die Stimmung zerstören würde. Sie sprach nicht die Sprache der Büßerin – es war schon immer eine Quelle bitterster Enttäuschung für sie gewesen, dass sie die Feinheiten des Französischen nicht verstand – und Justine befürchtete, dass jedes Gespräch, zu dem sie in der Lage wären, nur gestelzt und ohne Ergebnis sein würde. Den ganzen Zirkus durchzumachen, bis sie einen Weg gefunden hätten, miteinander zu kommunizieren schien ihr besonders überflüssig, da es klar war, dass sie gar keine Worte brauchten.

Sie ließ ihr Selbstvertrauen in der Stille heranwachsen, senkte ihren Kopf bis ihre Lippen über der Brustwarze der Blondine schwebten.

Sie behielten Augenkontakt und der Gesichtsausdruck der Büßerin trieb Justines Erregung in neue, ungeahnte Höhen. Selbst ohne eine gemeinsame Sprache war sie in der Lage, so viele Dinge zu verstehen, die die Blondine ihr sagen wollte. Ermutigung lag in ihrem Blick. Die Begierde wurde durch Vorsicht und Zweifel gedämpft, doch ihre Sehnsucht war klar und deutlich erkennbar. Das Lächeln der Frau wurde breiter als Justine ihren Nippel mit der Zungenspitze berührte.

„Merci", begann sie.

Justine legte einen Finger über die Lippen der Frau, um sie zum Schweigen zu bringen.

Anstatt diese Anweisung einfach nur zu akzeptieren, nahm die Büßerin Justines Finger in ihren Mund, umschloss ihn mit ihren vollen Lippen und leckte sanft daran. Mit der Zungenspitze schlug sie schnell und sacht gegen Justines Finger und rief einen Schauder der Erregung hervor. Ihre Augen waren groß und auf ihren Wangen hatten sich Grübchen gebildet, während sie voll hitziger Wollust saugte und leckte.

Verblüfft über die Reaktion der Frau, zog Justine ihre Hand fort.

Die Büßerin und sie betrachteten einander in einer angespannten Stille und Justine fragte sich, ob sie einen Versuch unternehmen sollte, sich mit ihr zu unterhalten. Die Aussicht, in ihrem Koffer nach dem Wörterbuch zu wühlen, war wenig reizvoll. Und selbst, wenn sie es gefunden hatte, glaubte Justine nicht, dass es ihnen viel nützen würde, ein bonjour, au revoir oder vielleicht sogar ein comment allez-vous auszutauschen. Obwohl das Buch, das sie gekauft hatte, als sehr umfassend angepriesen wurde, hatte sie den Verdacht, dass sie die Übersetzungen der Fragen, auf die sie am dringendsten eine Antwort wollte, nicht darin finden würde.

„War dein Gemeindepfarrer schon immer so ein perverser Bastard?" und „Wie viel Kontrolle habe ich über deinen Körper?" oder „Willst du wirklich all die Vergnügungen erleben, die ich in deinen Augen sehe?" waren selten in Wörterbüchern zu finden.

Noch während sie diese Gedanken in ihrem Kopf hin- und herwälzte und versuchte zu begreifen, was von ihr erwartet wurde, in welche Beziehung sie zu der Büßerin stehen sollte, trafen sich ihre Lippen.

Im Nachhinein hätte Justine nicht sagen können welche von ihnen damit angefangen hatte. Sie wusste nicht, ob die Blondine sich ihr entgegen gestreckt hatte oder ob sie sich über die Frau geschoben hatte. Das einzige, was sie mit Sicherheit wusste, war, dass ihre Körper wunderbar zusammen passten und sie sich in einer leidenschaftlichen Umarmung wieder fanden. Die leichte Decke wurde zur Seite geschoben, als nackt Haut gierig nackte Haut berühren wollte. Die kecken Brüste drückten sich an Justines Brust und sie war entzückt, als sie spürte, wie das weiche Schamhaar über ihren Schenkel rieb. Als sich ihre Arme und Beine ineinander verschlangen, wurde sie fast wahnsinnig in einem peinigenden Ansturm von Erregung.

Doch es war der Kuss, der ihr als bemerkenswertester Aspekt dieses Morgens im Hotelzimmer in Erinnerung blieb. Obwohl sie einander umarmten und sich mit animalischer Gier berührten; obwohl sie sich die Schenkel, Brüste und Beine mit ihren Fingernägeln zerkratzen; die andere voller Inbrunst packten, umfassten und drückten; so war es doch die Weichheit des Kusses, der sich in Justines Erinnerung eingrub. Ihre Zungen berührten, erforschten und schmeckten einander. Die Lippen der Büßerin glitten mit Leichtigkeit über Justines Mund. Die einzigen Momente, in denen sie ihren Kuss unterbrachen, waren diejenigen, wenn sie ihren Kopf leicht abwandten um vor Befriedigung zu keuchen. Doch diese Momente gingen rasch vorüber, denn sie fuhren bald schon gierig damit fort, einander zu schmecken.

Es war ein Wechselspiel, das Justine vor Erwartung fast lähmte.

Sie wusste nicht, warum gerade diese Form von Intimität ihr als die begehrenswerteste erschien. Die Büßerin hatte bereits zwei Finger in die glitschige Spalte von Justines Pussy geschoben und ließ sie gemächlich in der feuchte Enge hinein und wieder heraus gleiten. Das Pochen in Justines Klitoris wurde zu einem unbehaglichen Schmerz und der Rhythmus beschleunigte sich jedes Mal, wenn die Blondine mit dem Daumen über die bebende Knospe strich.

Die Anzeichen eines sich nähernden Orgasmus wurden deutlicher.

Begierig darauf, die Frau kennen zu lernen, tätschelte Justine die Brüste der Blondine und ergötzte sich an deren Größe und Festigkeit. Noch nie zuvor hatte sie eine andere Frau gestreichelt. Zugegeben, es war eine Fantasie, der sie sich in der Abgeschiedenheit ihres Bettes hingegeben hatte, doch sie hatte es nie zu mehr kommen lassen als zu erregenden Bildern, die dazu dienten, ihre eigene Lust noch weiter zu steigern. Das späte Vergnügen, die Blondine zu berühren, war berauschender, als sie es je erwartet hätte.

Doch es war immer noch der Kuss, der sie wie ein Schlag traf und den sie für den erotischsten Teil ihres ganzen Abenteuers hielt.

Die Blondine quetschte einen dritten Finger in Justines nasses Loch.

Sie bewegte ihr Handgelenk vor und zurück, benutzte niemals Gewalt, doch die ganze Zeit über trieb sie Justine voran zu einer ganz neuen Ebene der Wollust. Das schlürfende Schmatzen ihrer Schamlippen hallte durch die Stille des Zimmers und Justine konnte das Geräusch selbst über dem pochenden Vibrieren des Adrenalins in ihren Schläfen hören. Ausufernde Wellen versprachen sie in einem Meer aus anschwellender Euphorie zu ertränken und sie konnte nicht entscheiden, ob sie sich dem Orgasmus hingeben oder sich gegen seine verführerische Kraft stählen sollte.

Ein Klopfen an der Tür drohte ihre Stimmung zu verderben. Wie ertappte Verschwörer wandten die Büßerin und sie augenblicklich den Kopf und starrten zur Tür. Justine hatte noch genügend Zeit, um festzustellen, dass sie beide ein erschrockenes und schuldbewusstes Gesicht machten, dann schloss sie die Augen angesichts des ekstatischen Rausches, der sich in ihrem Schoß aufbaute. Sie fuhren fort, einander zu genießen, achteten nicht darauf, wer auch immer Einlass begehren mochte und schwelgten weiterhin in der Umarmung der anderen, während ihre Höhepunkte immer näher rückten.

Die Blondine keuchte unter Justine, ihre Wollust spiegelte sich in jedem ihrer Atemzüge und den hitzig gespitzten Lippen, die nicht aufhörten, Justine zu küssen. Bei dem vertrauten Kitzeln tief in ihrer Gebärmutter wusste Justine, dass ihr eigener Höhepunkt sich seinem Gipfel nährte. Sie drückte ihre inneren Muskeln um die Finger zusammen, stieß kräftig gegen die Hand der Büßerin und wartete darauf, dass die Ekstase durch ihren Körper wogte.

Ein weiters Klopfen ertönte von der Tür.

„Madame Justine? Sind sie wach? Darf ich eintreten?"

Die junge, weibliche Stimme hatte einen harten Akzent. Obwohl sie von der anderen Seite der geschlossenen Tür kam, konnte Justine sich vorstellen, dass sie zu einer dunkelhaarigen Schönheit, bekleidet mit einer Art Dienstmädchenuniform, gehörte. Sie wusste nicht, woher dieses Bild vor ihrem geistigen Auge kam und bevor es in ihrem Kopf Fuß fassen konnte, hatte sie es schon wieder verloren, während sie sich auf die Frau in ihren Armen konzentrierte.

Die Büßerin drückte ihren nackten Körper enger an Justine. Einen Arm schlang sie um Justines Taille, wobei die Hand ihre Kehrseite packte. Ihre andere Hand steckte zwischen ihren ineinander verschlungenen Körpern, wobei die Finger energisch in Justines Spalte eindrangen. Mit einer wunderbaren Geschicklichkeit bahnte sich die Büßerin ihren Weg durch Justines Nässe und wieder heraus. Ihr Kuss dauerte immer noch an, erregt berührten sich ihre Zungen und glitten spielerisch umeinander. Ein Zittern begann sie beide zu schütteln und Justine seufzte, als ihre Körper gemeinsam heftig erbebten.

„Madame Justine?"

Dieses Mal vernahm Justine das Geräusch eines Schlüssels, der in einem Schloss umgedreht wurde, noch bevor sie sich der Stimme der Klopfenden gewahr wurde. Die Panik, die sie zuvor empfunden hatte, kam mit all ihrer brutalen Macht zurück, doch sie brachte es nicht über sich, ihre Verschmelzung mit der Büßerin zu beenden. Sie stieß selbst drängend gegen die Hand in ihrer Pussy, fest entschlossen, ihren Körper über den Abgrund des Orgasmus hinaus zu treiben, den sie jetzt so dringend brauchte. Justine knurrte vor Befriedigung, als die erste Woge der Lust in ihrem Körper aufstieg.

Sie zitterte immer noch unter den Wirren des Orgasmus als sie aus dem Bett stolperte und zu der Tür hastete, um zu verhindern, dass die Ruferin in den Raum hinein platzte. Ihr Körper wollte sich in das Laken schmiegen und die Lust bis zum letzten auskosten, doch ihr Schamgefühl gestattete ihr nicht, sich in solch einer unwürdigen und peinlichen Situation erwischen zu lassen. Nach all den Demütigungen und all der Verlegenheit, die sie am vergangenen Abend hatte erdulden müssen, glaubte Justine nicht, noch eine weitere Schande ertragen zu können und sie war von sich selbst überrascht, dass sie die Entschlossenheit fand, zur Tür zu eilen.

Zu spät, sie sah ein Dienstmädchen bereits in der offenen Tür stehen. Ihr ausdrucksloses Gesicht verriet nichts. Das Dienstmädchen verstaute den Schlüsselbund wieder in der Tasche ihrer Schürze und musterte Justine mit einstudierter Gleichgültigkeit. „Verzeihung, dass ich Sie störe“, begann sie.

Ihre Stimme war dermaßen bar jeglichen Gefühls, dass Justine bezweifelte, dass auch nur ein Hauch von Aufrichtigkeit in der Bemerkung lag. Unsicher, ob sie überzeugend vorgeben könnte, sie hätte das Klopfen nicht gehört und nicht willens, irgendeine andere Erklärung dafür zu liefern, warum sie nicht geantwortet hatte, fragte Justine: „Was wollen Sie?“

„Captain Sartine hat den Wunsch geäußert, dass Sie ihm im Speisesaal Gesellschaft leisten mögen. Er erwartet Sie in fünfzehn Minuten.“ Sie warf einen kühlen Blick auf Justines nackten Körper und fügte hinzu: „Kleider liegen für Sie in der Garderobe bereit.“

„Wer ist Captain Sartine?“

„Das wissen Sie nicht?“

„Nein.“

Das Lächeln des Dienstmädchens war beinahe rachsüchtig. „Captain Sartine ist der Mann, den Sie in fünfzehn Minuten im Speisesaal treffen werden.“ Ohne noch etwas zu sagen, ließ sie Justine und die Büßerin allein.

6.

Captain Sartine saß am Kopfende einer langen Tafel. Justine konnte sehen, dass es sich bei ihm um eine imposante Erscheinung handelte und sie vermutete, dass er normaler Weise die Aufmerksamkeit des gesamten Raumes auf sich ziehen würde. Sein sorgfältig gestutztes Haar war tiefschwarz und kurz geschnitten, so dass es ihm ein militärisches Aussehen gab. Er trug ein weißes Hemd, dass sich um seine muskulösen Schultern und den Brustkorb schmiegte und hielt sich mit einer Steifheit gerade, die ihn wie ein lang gedienter Soldat aussehen ließ. Es fiel nicht schwer, sich ihn als Befehlshaber eines Regiments vorzustellen, wie er Befehle heraus brüllte und größtes Vergnügen an der Ausübung seiner Autorität hatte. Alles an ihm deutete darauf, dass er im Mittelpunkt jeglicher Aufmerksamkeit stehen sollte.

Doch Justine warf ihm nur einen kurzen Blick zu.

Der Raum war geräumig und strahlend hell.

Neben dem dominierenden Esstisch unter einem glitzernden Kronleuchter schien ihr die gesamte Gestaltung und Dekoration typisch zu sein für die zeitgenössische französische Eleganz. Die pastellfarbenen Wände wurden von vorhanglosen Fenstern unterbrochen, von denen jedes einen majestätischen Blick auf die Täler der Provence draußen bot. Ein azurblauer Himmel erhob sich über grünen Feldern, pittoresken Hecken und einem sich in der Ferne dahin windenden Fluss. Ohne ihren Auftrag, so wusste Justine, hätte sie den ganzen Tag damit zubringen können, jede Feinheit der Aussicht zu bewundern und dabei an endlosen Schalen, gefüllt mit Café au lait, zu nippen.

Doch an diesem Morgen blinzelte Justine nur kurz in die Richtung.

Sie hatte die hübschen und aufmerksamen Dienstmädchen in ihren schwarzen Röcken, weißen Blusen und den Nahtstrümpfen noch gar nicht bemerkt; oder die faszinierende Sammlung von Impressionisten, die die Wände schmückte.

Ihre Aufmerksamkeit richtete sich ganz und gar auf das Paar, das auf der Mitte des Tisches fickte.

Beide waren nackt.

Er war ein riesiger Mann und aus dem, was sie sehen konnte, schloss Justine, dass er attraktiv war, auch wenn sein Gesicht und Oberkörper unter der Frau verborgen waren, die rittlings auf ihm saß. Jeder Muskel trat vor Anspannung deutlich hervor. Er war mit einer athletischen Statur gesegnet, die Haut sonnengebräunt und feine blonde Haare gaben ihm einen goldenen Schimmer. Seine großen Hände streichelten und liebkosten seine Gespielin mit ruhiger Eindringlichkeit.

Justine schnappte verhalten nach Luft und wandte ihre Aufmerksamkeit der schlanken Frau zu, die breitbeinig auf ihm saß. Auf seinem Stecken aufgespießt bewegte sie ihre Hüften gemächlich auf und nieder, während sie ihn ritt; ihre Seufzer wurden vor offenkundigem Vergnügen mal lauter, mal leiser. Ihre Taille sah Aufsehen erregend schmal aus – eine optische Täuschung, wie Justine vermutete, hervorgerufen durch die ungelenken Bewegungen ihrer Hüften, die diese breiter erscheinen ließen. Sie kniete über ihrem Liebhaber, so dass die köstlichen Sohlen ihrer kleinen Füße unter ihrem Hintern zu sehen waren. Justine konnte erkennen, dass die Zehen der Frau fest zusammengrollt waren, als würde sie von demselben Gefühl extremer Lust ergriffen, das auch den Mann quälte, den sie ritt.

Von der obszönen Menge an rosigem Fleisch wie hypnotisiert; unsicher, ob sie schockiert, ablehnend oder erfreut reagieren sollte, konnte Justine nur stumm glotzen, während das Paar sich immer mehr umeinander wand.

„Guten Morgen, Justine“, rief Sartine fröhlich aus. „Willkommen in meinem Hotel.“

Sie konnte ihren Blick nicht von dem Paar losreißen. Der vor Nässe glitzernde, erigierte Schwanz des Mannes glitt weiterhin in den Schoß der Frau hinein und wieder heraus. Sie konnte sehen, wie sich die Haut vom Ansatz seines Schwanzes bis zum straff gerunzelten Sack seines Hodens dehnte. Der Rest seines Schwanzes war tief in der Spalte der Frau vergraben. Ihre Pussy glich üppigem, rosigem Samt. Kirschrote Lippen schimmerten aus dem dunklen, feuchten Wald aus dichtem Schamhaar hervor. Ihre geröteten und nass schimmernden Lippen glitten mit Leichtigkeit über seinen Schwanz und sie stöhnte leise vor Lust.

„Der Kaffee ist noch warm“, sagte Sartine und deutete auf einen kleinen Tisch an seiner Seite. Justine sah, dass es außer Getränken und Geschirr auch eine kleine Auswahl an Croissants gab. Nach all dem, was am vergangenen Tag geschehen war, wusste Justine, dass sie hungrig sein müsste, doch sie war ganz in Anspruch genommen von der unerwarteten Darbietung von Intimität und konnte jetzt nicht an Essen oder Trinken denken. Sie beobachtete das Paar auf dem Tisch, während dieses das

Tempo ihres Liebesspiels um einen Bruchteil erhöhten.

„Geben sie nicht ein großartiges Paar ab?“

Sartine hatte die Worte ausgesprochen, die in ihrem eigenen Kopf herum geisterten. Nach den schäbigen und verstörenden Ereignissen in der Kirche konnte Justine über die Schönheit des nackten Paares auf der Mitte des Tisches nur staunen. Sie spürte nichts von der Beunruhigung, die sie empfunden hatte als sie den ketzerischen Befehlen des Priesters gehorcht hatte und die Beteiligten waren perfekte Vertreter einer gesunden und erstrebenswerten Normalität. Zugegeben, es war nicht wirklich normal, dass ein Paar es mitten auf dem Esstisch in einem öffentlich zugänglichen Zimmer miteinander trieb, während Bedienstete und Gäste herum standen und ihnen zuschauten. Doch nachdem sie von dem Priester und dem Bischof unter den Statuen der Madonna und des Gekreuzigten benutzt worden war, brachte Justine es nicht über sich, das Paar für seine Ortswahl zu verdammen.

„Sie sehen umwerfend aus“, flüsterte Justine.

Die Frau wandte den Kopf, um sie mit einem warmen Lächeln willkommen zu heißen. „Merci“, murmelte sie, bevor sie sich wieder dem Mann unter ihr widmete. Ihre Hüften waren nicht einmal aus dem perfekten Rhythmus gekommen. Als sie sich umgedreht und gesprochen hatte, war sie weiterhin mit vollkommener Präzision über dem langen, dicken Schwanz ihres Gespielen auf und nieder geglitten.

„Ich genieße es, alle meine Angestellten zu beobachten“, erklärte Sartine leichthin.

Er erhob sich aus seinem Sessel und geleitete Justine ritterlich zu ihrem Platz. Mit einem Fingerschnipsen forderte er ein Dienstmädchen auf, Justine die Arbeit abzunehmen und ihr Kaffee und einige Croissants zu bringen. Justine wurde an das andere Ende der langen Tafel gesetzt, von wo aus sie einen perfekten Blick auf den in die schöne Französin hinein und aus ihr heraus gleitenden Schwanz hatte. Das Essen und Trinken blieb unbeachtet vor ihr stehen. Der Duft von frisch gebackenem Brot und köstlichem schwarzen Kaffee wurde ignoriert, während sie das Parfum aus Schweiß, Sex und Nacktheit in sich aufsog.

„Ich halte mich nicht für einen Voyeur per se“, erklärte Sartine, während er seinen Platz am Kopfende der Tafel wieder einnahm. Er sprach, als wären sie in eine leidenschaftliche Diskussion vertieft anstelle dieses Austauschs, in dem Justine kaum mehr als vier verständliche Worte hervorgebracht hatte. „Doch es liegt etwas ästhetisch Stimulierendes in der menschlichen Gestalt während des Liebesspiels. Ich liebe das Heben und Senken von Maries Brüsten; die Spannung in Pierres Körper; die wunderschöne Vereinigung, in der ihre Körper sich wiederfinden; und natürlich, die Schönheit des Orgasmus. Ich könnte ihnen stundenlang zusehen, insbesondere, wenn die Beteiligten so überwältigend sind wie dieses Paar."

Endlich gelang es Justine, ihren Blick von Pierre und Marie loszureißen. Selbst wenn sie nicht zusah, fing sie immer noch die Gerüche ihrer warmen Körper auf und hörte das Grunzen und Stöhnen ihrer Wollust. Auch wenn sie sich selbst nicht für eine Expertin hielt, dachte sie, es klänge, als benutzten sie einander mit einer erzwungenen Langsamkeit. Das Drängen hinter jedem Keuchen und die Nässe, die aus Maries Spalte quoll und Pierres Schwanz benetzte machten deutlich, dass das Paar kurz vor der unvermeidbaren Erlösung stand. Justine holte tief Luft, hoffte, dass ihre Stimme nicht schwankte und fragte: „Haben Sie das Manuskript, Captain Sartine?"

Er lachte. „Das ist eine sehr direkte Frage."

„Ich bin hier, um ein Manuskript zu erwerben." Schließlich besann sie sich doch auf den Kaffee und die Croissants vor ihr und bediente sich. Jetzt, da sie endgültig den Blick von Pierre und Marie abwenden konnte, war sie fest entschlossen, sich nicht wieder von dem Vergnügen, ihre prachtvollen Körper ineinander gleiten zu sehen, hypnotisieren zu lassen. Sie schluckte ein Stückchen Croissant herunter, nippte an ihrem Kaffee und fragte: „Haben Sie das Manuskript, um dessen Willen ich hier bin?"

„Nein", lächelte Sartine.

Justine schürzte enttäuscht die Lippen. „Und warum bin ich hier?"

„Es kann sein, dass du versuchst La Coste zu bekommen. Aber das ist nicht der Grund, aus dem du in meinem Hotel bist."

Sie hob eine Augenbraue und musterte ihn wachsam. „Ich verstehe nicht."

„Denkst du, dass wir einen hübschen Anblick bieten?“

Die Frage kam von Marie.

Justine war gezwungen, ihren Blick von Sartine abzuwenden und starrte auf die Frau, die ihr ein freundliches Lächeln zuwarf. Sie war wahrhaftig ein wunderschönes Beispiel von Weiblichkeit. Nackt, die gut sichtbaren Brüste mit den steil aufgerichteten Brustwarzen wiegten leicht hin und her, während sie sich selbst über dem Schwanz zwischen ihren Beinen hob und senkte. Ihre Haut hatte einen dunklen oliven Teint, der ihr vollkommen schwarzes Haar hervorhob. Die Farbe ihrer Nippel und der Vorhöfe war dunkel und so verführerisch wie der Milchkaffee in Justines Tasse.

„Verzeihung?“ keuchte Justine. Maries hypnotisierender Blick hatte sie in den Bann gezogen und sie stellte fest, dass es nahezu unmöglich war, dem Charme dieser Frau nicht zu erliegen. Sie musste blinzeln und schüttelte ihren Kopf, um die Erregung und das Interesse abzuschütteln, die die Frau in ihr hervor rief.

„Denkst du, dass wir einen hübschen Anblick bieten?“

Ihre Stimme hatte einen starken Akzent und sie konzentrierte sich auf jedes Wort, als wäre es anstrengend, es zu erwägen und auszusprechen. Ihre Stimme hatte einen rauchigen Unterton und Justine glaubte nicht, dass sie jemals eine Stimme gehört hatte, die von Natur aus so sexy klang. Sie wand sich auf ihrem Platz als ihr klar wurde, dass man eine Antwort von ihr erwartete. Sie senkte den Kopf und wurde rot als sie sagte: „Ja. Ich denke, Sie bieten einen hübschen Anblick.“

„Würde es dir gefallen, uns zu berühren?“

Hinter Marie rekelte Sartine sich lässig und bedachte Justine mit einem wohlwollenden Blick. Seine Aufmerksamkeit schien entspannt und beiläufig zu sein, doch da lag etwas in dem verstohlenen Glimmen seiner Augen, das Justine auf den Gedanken brachte, dass er sie mit wachem Interesse beobachtete. Sie wusste nicht, ob ihre Paranoia von all dem herrührte, was am vergangenen Abend in der Kirche geschehen war oder ob ein sechster Sinn sie warnte, dass ihre Reaktion auf Maries Frage für ihren Erfolg beim Erwerb von La Coste ausschlaggebend sein würde.

Langsam streckte sie ihre Hand Marie entgegen.

Die Französin grinste und nahm ihre Finger. Die Berührung war warm und feucht unter einem leichten Schweißfilm. Als Justine ihre Hand hielt, durchfuhr sie ein elektrisierendes Kribbeln als spürte sie den Widerhall von Maries Erregung. Es war anregend genug, Marie und Pierre dabei zu beobachten, wie sie sich so unerschrocken auf der Mitte des Tisches miteinander vergnügten. Doch zu wissen, dass sie kurz davor stand, in ihre Intimitäten mit einbezogen zu werden, ließ Justine vor Erregung ganz schwindelig werden.

„Ich denke, du würdest es viel besser machen als ich“, teilte Marie ihr im vertraulichen Ton mit.

„Das bezweifle ich“, sagte Justine aufrichtig. Verschämt hob sie ihren Blick um Marie anzusehen und fügte hinzu: „Ich sähe gewiss nicht so attraktiv aus.“

Maries schlanke Finger umschlossen Justines Handgelenk und sie dirigierte sie zur Mitte ihres Rückens, wo Justine sie berührte. „Pierre hat meinen Rücken völlig ignoriert“, sagte sie schmollend. „Und ich finde es einfach hinreißend zu spüren, wie Finger meinen Rücken hinab wandern. Das kannst du doch für mich tun, nein?“

Justine kam der Bitte nach und ließ ihre Finger sanft über die Mitte von Maries Rücken gleiten. Die Haut unter ihren Fingern war seidenweich und sie teilte die offensichtliche Lust der Frau, die wie ein Echo zu ihr zurückwehte, als Marie zitterte und ein atemloses „Merci“ flüsterte. Entzückt von dem Gefühl, den nackten Körper der Frau zu erforschen, konnte Justine der Verlockung nicht widerstehen und streichelte sie ein weiteres Mal. Ihre Finger glitten mit Leichtigkeit die Rundungen ihres Rückens entlang, doch dieses Mal gestattete sie ihnen, noch tiefer zu wandern, bis sie die Spalte zwischen Maries perfekt gerundeten Arschbacken erreichten.

„Du möchtest mehr berühren als meinen Rücken?“ erkundigte sich Marie. Sie warf einen kurzen Blick über ihre Schulter. Ihre großen, dunklen Augen wirkten im Schatten ihrer Haarsträhnen noch dunkler.

Bevor Justine wusste, was sie darauf antworten sollte, hatten Maries Finger schon ein zweites Mal ihr Handgelenk umschlossen. Ihr Griff war fest, aber nicht strafend und Justine beobachtete mit einer seltsam distanzierten Ehrfurcht, wie ihre Hand vorsichtig an den Punkt geführt wurde, an dem sich Maries und Pierres Körper vereinigten. Bevor ihre Finger sich mit dem nassen Fleisch verbanden, konnte sie die Hitze spüren, die von dem Paar ausstrahlte. Ihre Sinne schienen sich auf eigentümliche Weise auf jedes Detail einzustellen und sie spürte, wie sie von der Erregung angesteckt wurde, der sich das Paar so offenkundig voller Genuss hingab. Ihre Berührung verweilte noch ein wenig bei dem geschürzten Fleisch und liebkoste es behutsam, bevor es sie weiter zog zu seinem dicken und zitternden Schwanz. Sie ließ ihre Hand weiter nach unten gleiten, ergötzte sich an der Nässe, die ihn überzogen hatte und jetzt ihre Handfläche benetzte und legte sie über den taufrischen Hafen von Maries Pussy.

Die Lippen lagen eng an dem Schwanz, der in sie eindrang. Justine konnte sehen, dass die Haut sehr gedehnt und sehr empfindlich war. Sie vermutete, dass das der Grund war, warum Marie so begeistert stöhnte, als Justine sie verstohlen zwischen den äußeren und den inneren Lippen liebkoste.

Die Französin murmelte einen Schwall atemloser Dankesworte, rieb sich noch heftiger an Pierre und näherte sich eindeutig ihrem eigenen Höhepunkt. Unter ihr wurden Pierres deutlich sichtbaren angespannten Muskeln noch fester und Justine schätzte, dass sie beide auf ihren Orgasmus zusteuerten. Maries Zehen waren unglaublich fest zusammen gekrümmt und ihr dunkler Teint wurde in einem Ansturm betörender Erregung noch dunkler.

Justine war sich nicht sicher, ob von ihr erwartet wurde, dass sie mit ihren Berührungen fortfuhr oder ob sie ihren Nutzen für das Paar erbracht hatte und ihre Hand zurück ziehen sollte. Ihre Finger waren klebrig von den Säften der Liebenden und obwohl sie die Verlockung spürte, ihren Duft einzuatmen und vielleicht sogar ihren Geschmack zu kosten, würde sie diesem Impuls nicht nachgeben, solange Sartine sie beobachtete.

Nicht, dass die Gefahr besonders groß wäre, dass Sartine Notiz von ihr nahm, dachte sie mürrisch. Marie und Pierre fesselten seine Aufmerksamkeit, als sie einander mit immer größerer Wildheit ritten. Der Tisch wackelte, während sie mit wachsender Kraft gegen einander stießen. Justine sah, wie sich konzentrische Kreise auf der Oberfläche ihres Kaffees ausdehnten und war ganz fasziniert von der Feststellung, dass jeder von ihnen für einen köstlichen, lustvollen Schauder stand.

Plötzlich überkam sie der Impuls, an dem Orgasmus beteiligt zu sein, streckte den Arm und griff zwischen Pierres Beine. Ihre Finger entdeckten seinen Sack und sie stellte aufgrund der Anspannung fest, dass das Fleisch tatsächlich kurz vor einem noch zurückgehaltenen Orgasmus pulsierte. Sie umschloss seinen Schwanz mit ihren Fingern und drückte leicht, wobei sie spürte, wie Maries Schoß immer wieder ihre Finger küssten. Sie wusste, dass das Paar kurz vor dem Orgasmus stand und als Pierre stöhnte und Marie seufzte begriff sie, dass sie genau den richtigen Moment gewählt hatte um sie zu berühren.

Pierres Schwanz pulsierte zwischen ihren Fingern. Er schwoll an und erbebte wiederholt als er schaudernd seinen Höhepunkt durchlebte. Justine hatte vorgehabt, ihre Hand zurückzuziehen, doch Marie wählte just diesen Augenblick um sich hart an Pierres zuckenden Körper zu pressen.

Als Sartine das Vergnügen erwähnt hatte, dass er daraus zog, Maries Orgasmus zu beobachten, war Justine über den Kommentar hinweg gegangen. Doch jetzt, als sie das dramatische Seufzen der Frau hörte und das Beben ihres nasses Fleisches spürte, verstand sie genau, was er gemeint hatte. Marie versteifte sich, als der Höhepunkt von ihrem Körper Besitz ergriff; ihr Gesicht rötete sich; die Muskeln traten hervor und sie gab sich dem Moment mit offenkundiger Ausgelassenheit hin.

Justines Finger waren zwischen Marie und Pierre gefangen und sie konnte nur die Beben genießen, die ihre Körper schüttelten. Er grunzte und presste sich gegen den Tisch, während sie ihren Kopf zurückwarf und dankbar stammelte. Als Justine in der Lage war, ihre Finger wieder hervorzuziehen, waren sie klebrig von den miteinander vermischten Säften des Paares. Die Fingerspitzen pochten, als hätten sie ihre eigene Miniaturversion des Orgasmus von Marie und Pierre durchlebt.

„Sagte ich nicht, dass es ein Vergnügen ist, sie zu beobachten?“ murmelte Sartine.

Justine schaute auf und sah, dass sein Blick nun auf ihr ruhte. Justine erinnerte sich, dass Mrs. Weiss Sartine als einen ‚aalglatten Bastard’ beschrieben hatte und wog ihre Antwort mit der angemessenen Vorsicht ab. Sie wartete, bis Marie und Pierre von dem Tisch geklettert waren und sie zum ersten Mal einen Blick auf Pierres Gesicht werfen konnte, wobei sie überrascht war, wie gut er aussah; dann betrachtete sie Sartine sorgfältig, bevor sie etwas erwiderte. „Warum bin ich hierher gebracht worden? Wenn Sie das Manuskript, das ich zu erwerben wünsche, nicht besitzen, welchen Grund gibt es dann für mich, hier zu sein?"

Er nippte an seinem Kaffee, bevor er antwortete, was Justine daran erinnerte, dass auch sie durstig war. Als sie die Tasse an ihre Lippen hob, konnte sie Maries und Pierres Duft wahrnehmen, der immer noch an ihren Fingern hing. Das moschusartige Parfum war aufdringlich und drohte ihre Gedanken wieder zu dem dekadenten Anblick, den sie soeben genossen hatte, abschweifen zu lassen. Verärgert über ihre Unfähigkeit sich zu konzentrieren, wischte Justine sich die Finger an ihrem Rock ab und starrte Sartine an.

„Du bist nicht hier, um das Manuskript zu erwerben", erklärte er geduldig. „Die Gemeinschaft bat mich, zu prüfen, ob du aus dem passenden Stoff gemacht bist, um La Coste zu erwerben. Deshalb bist du hier."

Justine runzelte die Stirn. „Ich dachte, der Priester sollte mich prüfen."

„Das hat er auch", pflichtete er ihr bei. „Der Priester, mit dem du dich gestern getroffen hast, versicherte mir, dass du in der Lage bist, seine Anforderungen in Bezug auf Sakrilegien zu erfüllen. Doch du musst noch zwei weitere Prüfungen bestehen, bevor du dich wirklich als würdig erwiesen hast."

Justine war erstaunt, als sie hörte, wie die Ereignisse des gestrigen Abends in einem nüchternen Satz zusammengefasst wurden. Den inneren Aufruhr, den sie durchlitten hatte und all die abscheulichen Vergnügungen bedeuteten ihr weit mehr als nur den Anforderungen eines Mannes in Bezug auf Sakrilegien zu erfüllen.

„Wenn der Priester meine Bereitschaft Sakrilegien zu begehen geprüft hat", begann sie vorsichtig, „was werden Sie dann prüfen?"

Sartines Lächeln war verführerisch. „Das ist eine sehr kluge Frage", gab er zu. „Die Gemeinschaft bat mich, dich zu prüfen und ich habe meine Angestellten angewiesen, sich dir zur Verfügung zu stellen. Ich bin sicher, du bist dir bewusst, dass der Marquis für seine Schändungen und dem Schwelgen in Sadismus berühmt geworden ist, doch die Menschen vergessen oft das stärkste seiner Motive. Das werden wir hier prüfen."

Justine konnte ihr Herzrasen spüren, als sie endlich die Armee von Dienstmädchen bemerkte, die an den Wänden aufgereiht dastanden. Ein paar von ihnen hatten Marie und Pierre aus dem Saal geführt, doch diejenigen, die übrig geblieben waren, starrten sie jetzt mit gierigem Interesse an. Jedes von ihnen war ebenso schön wie Marie. Gekleidet in den knappen Kostümen aus schwarzen Röcken, weißen Blusen und dunklen Strümpfen, sah jedes von ihnen aufregend und einladend aus. Davon überzeugt, dass ihr Geist und ihr Körper etwas Zeit brauchten, um sich von den Exzessen zu erholen, die sie bisher hatte erdulden müssen, zerbrach sie sich den Kopf, um einen Weg zu finden, wie sie sich von der schwindelerregenden Zügellosigkeit distanzieren konnte, die offenkundig um sie herum herrschte. Sie zwang sich, ihre Stimme fest klingen zu lassen, richtete ihren Blick wieder auf Sartine und fragte: „Was ist für Sie das stärkste Motiv des Marquis?"

„Lust. Nichts als endloses hedonistisches Vergnügen."

Sie öffnete ihren Mund, nicht sicher, ob sie mit ihm streiten sollte oder ihn fragen, wie er gedachte sie zu prüfen. Sie nahm sich Zeit um nachzudenken und die Reste eines Croissants zu vertilgen, bis sie schließlich einen Weg sah, sich die notwendige Pause von Sartine und den Forderungen der Gemeinschaft, zu verschaffen. Sie hielt seinem Blick stand und sagte: „Ich werde in keine weiteren Tests einwilligen, bis ich nicht den Beweis gesehen habe, dass das Manuskript tatsächlich existiert."

Er schüttelte den Kopf und lachte. „Ich glaube wirklich nicht, dass du in der Position bist …"

„Nein", sagte Justine fest. „Ich unterziehe mich mit Freuden allen notwendigen Prüfungen, die der Verkäufer für notwendig hält. Ich denke, ich habe meine Bereitschaft dazu in der letzten Nacht unter Beweis gestellt. Aber es wird keine weiteren Prüfungen geben, ehe ich nicht den Beweis gesehen habe, dass La Coste sich tatsächlich im Besitz Ihrer Gemeinschaft befindet." Sie stand vom Tisch auf, in der Absicht majestätisch zurück in ihr Zimmer zu stürmen, doch Sartine war schneller.

Seine Hand fiel auf ihre Schulter und als sie sich umdrehte, war sie von seinem gewaltigen Umfang überwältigt. Sein Mund hörte nicht auf ihr zuzulächeln, doch sein Blick blieb auf perverse Art undurchdringbar. Sie sah, dass er drei Blatt Papier in der Hand hielt, beinahe als hätte er diese besondere Forderung voraus geahnt. Ein oberflächlicher Blick auf die Qualität der Ausdrucke und die charakteristische Beschriftung am Fuß jeder Seite sagten ihr, dass sie ein Fax der Dokumente sah, die an sein Hotel geschickt worden waren.

„Hier", sagte er und stieß die Blätter gegen ihre Brust.

Justine nahm die drei Bögen und versuchte ihre Verwirrung nicht zu zeigen. Sie hatte doch nur gehofft, sich einen Tag der Erholung nach dem Martyrium in der Kirche gönnen zu können und sich selbst vorzubereiten auf was immer Sartine von ihr verlangen mochte. Während sie auf das plumpe Gekritzel des fremdsprachigen Textes starrte und darum kämpfte, einen Sinn in der Sprache, die sie nicht verstand und einer Handschrift, die sie nicht entziffern konnte, zu erkennen hörte sie sich selbst, wie sie ihm dankte.

„Nimm sie mit auf dein Zimmer", ermutigte Sartine sie. „Studiere sie in der nächste Stunde." Er warf einen Blick auf seine Armbanduhr und fügte hinzu: „Um zwölf Uhr werde ich dir zwei meiner Angestellten schicken, um dich abzuholen. Bis dahin solltest du dich von der Authentizität dieser Seiten überzeugt haben."

Seine Worte hallten in ihren Gedanken wider als würde die Tür eines Notausgangs krachend ins Schloss fallen. Sie befand sich im Besitz von Papieren, die faktisch wertlos waren. Und, ohne sagen zu können, wie er das geschafft hatte, hatte Justine eingewilligt, sich dem Mann in genau einer Stunde hinzugeben. Der Gedanke daran machte sie in einer Mischung aus Furcht und Erregung ganz krank.

7.

Sobald die Uhr zwölf geschlagen hatte, holten Marie und ein Dienstmädchen Justine aus ihrem Zimmer ab. Die beiden Frauen begleiteten sie und zupften dabei aufgeregt an Justines Kleidung und Haaren herum. Das

Band wurde aus ihrem Pferdschwanz entfernt, so dass ihre kastanienbraune Lockenpracht sich über ihre Schultern und den Rücken ergoss. Ein einzelner Knopf an ihrem Kragen wurde geöffnet, dann ein weiterer an der Seite ihres Rockes und noch einer an ihrer Bluse. Die Veränderungen an ihrer Kleidung waren nur subtil – nicht so schwerwiegend, dass Justine meinte, protestieren zu müssen – doch zusammen führten sie dazu, dass sie sich fühlte, als wäre sie für ein kühnes, abscheuliches und dekadentes Unterfangen zurecht gemacht worden. Sie blickte von einem hübschen Frauengesicht zum anderen und fragte: „Wohin gehen wir?“

„Captain Sartine möchte, dass du die Annehmlichkeiten des Penthouse genießt.“

„Was hat er mit mir vor?“

„Nichts, was du nicht genießen würdest.“ Marie flüsterte ihr diese Erklärung zu, während sie eine Tür öffnete und Justine hinein geleitete. Der Raum war riesig, durch große Fenster an allen Wänden flutete das Licht herein. Wie in dem Speisesaal hatte Justine einen prachtvollen Ausblick, an dem sie sich unter anderen Umständen Stunde und Stunde hätte ergötzen können. Doch es war der Hauch von Hedonismus, der über diesem Raum lag, der ihre Aufmerksamkeit fesselte. Die Opulenz der Einrichtung – ein mit einem Voile verziertes Himmelbett, eine Reihe von Polsterliegen sowie bequemen Sesseln - schufen ein elegantes Boudoir, das Justine an Parfums, Leidenschaft und Lust denken ließ. Sie konnte die halbnackten Gestalten sehen, denen hier zu begegnen sie erwartete hatte – ein Dienstmädchen, das ihren Rock hochgezogen hatte, um den spitzenbesetzten Saum ihrer schwarzen Strümpfe und das weiße Dreieck ihres Slips zu zeigen; Pierre, der sich in einer offenen Robe rekelte und dabei seinen schlanken, athletischen Körper entblößte – doch ihre Aufmerksamkeit wurde von keiner dieser Gestalten erregt. Ihr Blick hing an Sartine, der auf sie zukam, um sie zu begrüßen. Seine Arme waren zur Begrüßung weit geöffnet und Justine versteifte sich, als er sie in einer Umarmung umfing. Sie bemühte sich, ihn ihre natürliche Reserviertheit nicht spüren zu lassen, die sie diesem vergleichsweise Fremden und seiner aufdringlichen Nähe entgegen brachte.

„Es ist mir ein großes Vergnügen, dich hier zu haben“, sagte Sartine leise.

„Ich bin sicher, es wird ein Vergnügen sein, hier zu sein", erwiderte sie vorsichtig.

Sie konnte die Größe seiner Erektion durch seine Hose hindurch spüren. Der gewaltige Stecken bohrte sich mit einer unheimlichen Intimität in ihren Bauch, bei der sie dachte: „Zu viel und zu schnell." Hinter Sartine rekelte sich Pierre auf dem Himmelbett, während das entblößte Dienstmädchen träge auf einer in der Nähe stehenden Chaiselounge lag. Es war zermürbend, dass alle Augen auf sie gerichtet waren und Justine konnte spüren, wie sich ihr Magen zusammen krampfte, als sie versuchte heraus zu finden, was man von ihr erwartete. Sie zweifelte nicht daran, dass sie Sex wollten, doch ihr war auch klar, dass es anders werden würde als ihre Erlebnisse in der Kirche. Ihr Herz begann vor Panik, Beklommenheit und Gier zu rasen.

„Setz dich doch", schlug ihr Sartine vor und ermunterte sie, auf einem Sessel neben einem der Fenster Platz zu nehmen. Er schnippte energisch mit den Fingern. Zwei Dienstmädchen eilten an seine Seite, während Justine es sich auf dem Sessel bequem machte. Sie betrachteten ihren Dienstherrn mit einem erwartungsvollen Ausdruck sklavischer Unterwürfigkeit, der zugleich erregend und erniedrigend war. Justine war sich immer noch nicht sicher, was von ihr erwartet wurde und achtete sorgsam auf jedes Wort, das der Mann von sich gab. „Diese Lady ist ein ganz besonderer Gast für uns", erklärte Sartine den Dienstmädchen. „Vergewissert euch, dass sie mit angemessener Ehrerbietung behandelt wird. Es ist eure Aufgabe, dafür zu sorgen, dass dieser Tag in ihrer Erinnerung bleiben wird."

Justine wusste nicht, was sie von der Formulierung ‚angemessene Ehrerbietung' halten sollte, doch sie versuchte, ihre Überraschung zu verbergen, als sich ihr die beiden Frauen zu Füßen warfen. Eine von ihnen begann sofort damit, ihren linken Fuß mit sanften Küssen zu bedecken, während die andere liebevoll Justines rechten Oberschenkel streichelte. Die Berührungen waren verstörend intim, doch sie schwor sich, dass sie dem animalischen Schauder, der sich in ihrem Schoß rührte, nicht nachgeben würde. Nichtsdestotrotz zog sich ihre Brust zusammen und jeder Atemzug wurde zu einer anstrengenden Qual.

„Marie!“ rief Sartine. „Ich bin sicher, unser Gast hätte nichts gegen ein Glas Wein einzuwenden. Pierre! Hör auf, auf dem Bett herum zu lümmeln, du fauler Sack. Komm her und stell dich Justine vor.“

Plötzlich im Mittelpunkt der Aufmerksamkeit, konnte Justine sich nur auf ihrem Sessel winden und versuchen, sich nicht von ihrer Verlegenheit überwältigen zu lassen. Die fügsamen Dienstmädchen fuhren damit fort, ihre Beine zu streicheln und ihre Füße, Waden und Schenkel zu küssen. Während Marie ihr ein Glas Bordeaux reichte, kniete Pierre neben ihr nieder und presste seine Nase an Justines Ohr. Sie hatte sich schon vorher aufgrund seines guten Aussehens für ihn interessiert. Jetzt, wo er ihr so nahe war, konnte sie spüren, wie die Erregung, die er bei ihr hervorrief, sie anschwellen ließ.

„Sie haben sehr feinfühlige Hände“, murmelte Pierre.

Die Bemerkung ließ sie erröten, da sie sie daran erinnerte, wie sie ihn im Speisesaal berührt hatte. Seine Worte zu hören, die sie sanft am Nacken kitzelten, war beinahe so, als würde sie den Moment noch einmal erleben, in dem sie mit der einen Hand seinen Sack umfasst und mit der anderen sanft seinen Schwanz liebkost hatte. Sie wusste, wenn sie ihre Augen schlösse, könnte sie das Gefühl genau nachempfinden, wie sein Schwanz in ihrer Handfläche pochte.

Hastig nippte Justine an ihrem Bordeaux.

Als sie aufblickte, stellte sie fest, dass Marie nackt vor ihr stand. Sartine hielt die Frau locker umarmt: eine Hand auf ihrer nackten Brust, sein Bein zwischen ihren Schenkeln, die an die Beine eines Fohlens erinnerten. Das Paar betrachtete einander voller Leidenschaft und Justine vermutete, dass sie einander regelmäßig liebten. Aus ihren Blicken sprühte unverhüllte Sehnsucht und Justine konnte sich gut vorstellen, dass Sartine und Marie in einer freizügigen, glühenden und leidenschaftlichen Beziehung miteinander verstrickt waren.

Sartine drehte sich um, schaute Justine an und fragte: „Ist alles zu deiner Zufriedenheit?“

Sie musste das Bild erst abschütteln, das sich vor ihrem geistigen Auge gebildet hatte: Sartine und Marie, ineinander verschlungen, und bat ihn, seine Frage zu wiederholen. Die Mädchen zu ihren Füßen lösten anregende Schauder aus, die sie atemlos und unsicher in ihren Reaktionen werden ließen. Pierre erzählte ihr, warum er ihre Berührung als so stimulierend empfunden hatte und jedes seiner Worte reizte ihren herrlich empfindlichen Hals. Nun, während sie dabei zusah, wie Sartine Marie tätschelte, fragte Justine sich, warum sie jemals Vorbehalte gehabt hatte, sich diesem Mann oder seinem Gefolge hinzugeben. Die Atmosphäre in diesem Raum war ungewöhnlich befreiend und Justine stellte fest, dass sie, anstatt den Verlockungen, die ihr präsentiert wurden, zu widerstehen, ihren geheimsten Gelüsten nachgeben wollte.

„Ist alles zu deiner Zufriedenheit?" wiederholte Sartine pflichtgetreu.

Sie wusste nicht, ob der Rotwein außergewöhnlich schnell seine Wirkung entfaltete oder ob es irgendetwas in dem Ambiente dieses Penthouses gab, das ihre Vorbehalte dahin schmelzen ließ. Was auch immer der Grund sein mochte, Justine spürte, wie ihre inneren Muskeln weich wurden, während ihre Lust langsam wuchs. „Sie haben mich sehr herzliches empfangen", versicherte sie ihm. „Das ist mehr Gastfreundschaft als ich je erwartet hätte. Ich danke Ihnen."

Er wischte ihren Dank mit einem Achselzucken beiseite. „Haben die Seiten ausgereicht um dich davon zu überzeugen, dass sich La Coste tatsächlich in unserem Besitz befindet?"

„Sie scheinen authentisch zu sein", gab sie behutsam zu.

Es war eine sehr zurückhaltende Antwort, denn in Wahrheit war sie sich nicht sicher, ob die Seiten echt waren oder nicht und dieser Umstand war die Quelle einer bitteren persönlichen Enttäuschung.

Die drei Seiten, die Sartine ihr gegeben hatte, sahen wie authentische Kopien eines Manuskripts aus dem achtzehnten Jahrhundert aus, doch Justine hatte keinerlei Möglichkeit, den Inhalt auf Richtigkeit zu überprüfen. Noch nie hatte sie sich stärker über ihre Ignoranz der französischen Sprache gegenüber geärgert und sie verfluchte sich selbst, dass sie sich nicht die zusätzliche Mühe gemacht hatte, sie zu erlernen. Unter diesen Umständen war es besonders lästig, weil sie glaubte, etwas in der Handschrift zu erkennen, was eine Urheberschaft de Sades glaubhaft machte. Sie war sich nicht sicher, ob es die Neigung der mikroskopisch kleinen Handschrift war oder irgendetwas Charakteristisches an den akribischen Formen der kleinen Akzente über den Vokalen. Doch es gab irgendein Detail in den gefaxten Seiten, aufgrund dessen sie glauben wollte, dass es sich dabei um authentische Kopien von La Coste handelte.

Wenn sie nur in der Lage wäre, genügend Französisch zu sprechen, um die Büßerin zu fragen, hätte diese ihr bei der Übersetzung helfen können. Es war so schrecklich einfach, sich eine Unterhaltung darüber vorzustellen, aus der sie hätte schließen können, ob das Geschriebene de Sades vertrautem Stil entsprach oder nicht. Doch da es keinen Weg für sie gab, miteinander zu kommunizieren außer sich zu küssen, hatte Justine gewusst, dass ihr diese Möglichkeit versperrt blieb.

Sie hatte kurz in Erwägung gezogen, Mrs. Weiss anzurufen und ihre den Text möglicher Weise laut vorzulesen, so dass ihre Chefin ihn hätte übersetzen können. Doch die Vorstellung, der Frau ihre unbeholfene Aussprache des Französischen zu offenbaren und sich zwangsläufig der Lächerlichkeit preiszugeben, hatte sie abgeschreckt. Zudem wusste sie, dass sich Mrs. Weiss gar nicht in der Bibliothek aufhielt und dass sie ihr Bestes tat, um ihr Inkognito zu bewahren, denn sie hatte heute Morgen keine Nummer auf ihrem Display gesehen.

„Ich freue mich, dass ich dir einen Gefallen tun konnte", sagte Sartine lächelnd. Er löste sich behutsam aus Maries Umarmung und trat näher. Er öffnete beiläufig zwei Knöpfe von Justines Bluse, enthüllte die feine Spitze ihres BHs sowie die anschwellenden Brüste und fügte hinzu: „Vielleicht kannst du jetzt mir einen Gefallen tun?"

Sie blickte von seinem gewinnenden Lächeln auf die Vorwölbung seiner Erektion in seiner Hose. Sie hatte sich so leicht von dieser lasziven Stimmung einlullen lassen, dass sie bereit war sich auf alles einzulassen, was Sartine wollte. Das Gefühl der Lippen und Finger der Dienstmädchen auf ihren Beinen lösten ein heftiges Verlangen in ihr aus. Das Paar wurde stetig beherzter, stahlen sich mit ihren Liebkosungen immer weiter ihre Beine hoch und erzeugten eine tiefe und eindringliche Geilheit. Jedes Mal, wenn Justine sie anschaute, wurde sie mit einem verführerischen, zum Kuss gespitzten Mund oder einem Schimmer aus den glühenden Augen belohnt.

Pierre schob behutsam die Bluse von ihrem Hals und murmelte dabei, dass sie eine aufregende und schöne Frau sei. Er fuhr mit seinen Lippen wenige Millimeter über ihrer Haut entlang und sie konnte seine drohenden Küsse spüren als er über die winzigen Härchen auf ihren Schultern strich. Es war eine Liebkosung, die keine Berührung einforderte und sie schwindelig vor wachsendem Verlangen werden ließ.

Sie hob den Blick und sah Sartine in die Augen. Beherzt fragte sie: „Was kann ich für Sie tun?"

Er lachte leise in sich hinein und streichelte mit seinen Fingern über ihre Wange. „Ich möchte dir ein oder zwei Fragen stellen, bevor wir weiter machen", erklärte er. „Das macht dir doch nichts aus, nicht wahr?"

„Sie haben meinen Morgen so angenehm gestaltet, dass ich mir nicht vorstellen kann, dass mir irgendetwas etwas ausmachen könnte", gab sie zurück. Entgegen ihrer Worte spürte Justine ein unangenehmes Bohren in ihrem Bauch. Mr. Weiss hatte sie gewarnt, dass Sartine ein aalglatter Bastard sei. Sie fühlte sich in dem Penthouse behaglich und entspannt; die Aussicht auf einen vergnüglichen Nachmittag lag vor ihr; elektrisierende Erregung braute sich in ihrem Schoß zusammen und plötzlich sorgte sie sich, dass sie vielleicht ein geheimes Detail ausplaudern könnte und damit ihre Aussicht, La Coste zu erwerben, zunichte machen würde. Nichtsdestotrotz hielt sie seinem Blick stand, da sie wusste, dass sie die ehrliche und offene Fassade aufrechterhalten musste, und sagte: „Fragen Sie was immer Sie möchten."

Er gab den beiden Dienstmädchen ein Zeichen und Justine spürte beunruhigt, wie die Finger der Frauen unter den Saum ihres Rockes glitten. Sie gingen vom beiläufigen Liebkosen ihrer Schenkel zum behutsamen Herantasten unter ihrem Rock und den Rändern ihres Slips über. Jede neugierige Zärtlichkeit, die sie ihr bislang hatten zuteil werden lassen, hatte eine Fülle an Wollust ausgelöst. Doch diese neue Intimität erzeugte eine Hitze, die Justine nicht erwartet hatte. Sie konnte die femininen Fingerspitzen spüren, die das weiche Fleisch ihrer Schenkel streichelten. Als die beiden Frauen bei ihren Erkundungen mutiger wurden, spürte sie, wie sanft und verspielt an ihren Schamlippen gezogen wurde.

Justine schnappte zögernd nach Luft und hob ihren Blick erneut, um Sartine anzuschauen. Aus dem Augenwinkel nahm sie wahr, wie Marie ihr halbvolles Glas Bordeaux auffüllte. Nachdem sie der Frau gedankt hatte, tat sie einen kräftigen Zug und genoss die fruchtige Süße. Ein erwartungsvolles Schweigen hatte sich über den Raum gelegt, in dem jeder darauf wartete, das Sartine etwas sagte.

„Warum willst du La Coste besitzen?"

„Warum? Es wurde vom Marquis de Sade geschrieben. Welchen anderen Grund sollte ich brauchen?"

Er grinste als könnte er das Motiv nur zu gut verstehen. „Natürlich", pflichtete er ihr bei. „Und willst du es für dich selbst oder für jemand anderen erweben?"

„Für mich selbst. Ich möchte La Coste haben und ihm einen Ehrenplatz in meiner privaten Bibliothek einräumen."

„Hat du vor, es zu veröffentlichen?"

Sie schnaubte geringschätzig. „Natürlich nicht."

Das waren die Fragen und Antworten, die sie mit Mrs. Weiss durchgespielt hatte. Ihre Chefin hatte sich geweigert zu erklären, warum so viele Fragen gefragt werden würden oder warum es nötig war, den Kauf in einem Schleier der Heimlichkeit zu verhüllen, doch sie hatte sich vergewissert, dass Justine ganz genau wusste, wie sie auf jede mögliche Frage zu antworten hatte. Justine war fast dankbar für das Training, das sie hatte ertragen müssen, auch wenn es mit den stetigen Liebkosungen von Sartines Angestellten nicht ganz die Art von Untersuchung, war, die sie erwartet hatte. Die Mädchen spielten nun beherzt an ihrer Spalte herum, die Finger glitten an den nassen Lippen entlang und drangen bisweilen neckend in sie ein. Ein Fingernagel kratzte an der empfindlichen Oberfläche von Justines Klitoris und sie schnappte heftig nach Luft und versuchte, ihre Reaktionen unter Kontrolle zu halten. Ihr Herz hämmerte pochend und ihre Stirn wurde nass vor Schweiß. In ihrem BH hatten sich – für Sartine, Marie und Pierre deutlich erkennbar, wie sie vermutete – ihre Brustwarzen hart und stolz aufgerichtet. Sie schaute kurz an sich herunter und stellte fest, dass die starren Knospen schweigend um Berührung bettelten.

„Sind dir irgendwelche dieser Namen bekannt?" begann Sartine. Er räusperte sich und sagte: „Marais?"

„Marais ist doch der Verkäufer, nicht wahr?"
„Ja. Aber kennst du ihn?"
Sie schüttelte den Kopf. „Nein."
„Dupont?"
„Nein."
„Weiss?"
„Warten Sie", sagte sie plötzlich. „War Dupont nicht der Name auf einem der Grabsteine bei der Kirche, hinter denen ich mich letzte Nacht verstecken musste? Der Name kommt mir vage bekannt vor."
Sartine dachte darüber nach und zuckte dann die Achseln. „Kann sein", gab er zu. „Es ist der Familienname des Gemeindepfarrers, den du kennen gelernt hast: Der Gentleman, der die Verantwortung für die Prüfung der letzten Nacht trug."
Justine ließ sich das eben Gehörte durch den Kopf gehen und dachte, dass es zu dem verderbten Priester passte, die Gelegenheit zu nutzen und den Frieden der Begräbnisstätte seiner Familie zu stören. Vater Dupont hatte sie tief beeindruckt und sie wusste, dass sie noch über Jahre hinaus über seine Verderbtheit staunen würde. Die Vorstellung, jemals wieder eine andere Kirche zu besuchen, kam für sie nicht mehr in Betracht und sie würde sich vermutlich jedes Mal, wenn sie in Zukunft etwas Religiöses sah, unangenehm an ihre Nacht mit dem Priester erinnert fühlen.
„Ich glaube, der Name kommt mir bekannt vor", murmelte sie. Sie fragte sich, ob Sartine bemerken würde, dass sie seine Frage zum Namen Weiss nicht beantwortet hatte. Sie wusste nicht, ob er in der Lage war, die Unwahrheit aus dem Klang ihrer Stimme herauszuhören oder das Aufflackern eines verräterischen Gesichtsausdruck wahrzunehmen, doch sie wollte seine Fragen nicht mit eine direkten Lüge beantworten, bevor nicht alle anderen Möglichkeiten erschöpft waren.
„Es scheint, als wären wir in der Lage, uns gegenseitig Gefallen zu tun", vertraute er ihr an. Er nahm ihr das halbleere Glas aus der Hand, trat etwas zurück, um es auf einen Beistelltisch zu stellen und sagte: „Eine einzige Sache muss ich dich noch fragen".
Ihr Herz raste noch schneller und sie fragte sich, ob er noch einmal auf Mrs. Weiss zurückkommen würde. Er nahm seine Position vor ihr wie-

der ein, doch dieses Mal war sein Gesicht nur wenige Zentimeter von ihrem entfernt. Sie konnte sehen, dass er sie intensiv studierte, als sei er in der Lage, die Wahrheit von ihrem Gesicht abzulesen, bevor sie die Chance hatte eine Lüge zu ihrer Verteidigung zu stammeln. Die Vorstellung zu scheitern braute sich bedrohlich vor ihrem inneren Augen zusammen und ließ sie erbeben.

„Bist du es wert, La Coste zu erwerben?"

Justine hätte am liebsten einen Seufzer der Erleichterung ausgestoßen. Sie betrachtete ihn kühl und fragte: „Ist das nicht Ihre Aufgabe, das heraus zu finden?"

Er lachte und zog Marie in seine Arme. „Sie ist genau die richtige kleine Schlampe, meinst du nicht auch?" Seine Hände fanden die Brüste der Frau und die Finger glitten zwischen die lockeren Knöpfe ihrer Bluse. Er tätschelte sie ganz offen, während Justine atemlos in ihrem Sessel saß und zusah, wie sie sich umeinander wanden.

„Ich finde es ungerecht von dir, wenn du sie so wollüstig lässt", sagte Marie heftig atmend. Während sie sprach, gab Sartine ihre Brust frei. Ihre schokoladenfarbenen Brustwarzen ragten steil über ihrer oliven Haut in die Höhe. Der winzige Knopf war bereits hart und Justine wurde ganz schwach bei der verlockenden Vorstellung, einfach aufzustehen und an der Frau zu saugen. Sie leckte ihre Lippen, ohne sich darum zu scheren, ob diese Geste sie obszön aussehen ließ und flehte Marie schweigend an. Wenn Sartine ihr nicht das Glas fortgenommen hätte, hätte sie einen weiteren Schluck von ihrem Rotwein genommen, um ihre nervöse Erregung zu beruhigen. Das drängende Verlangen nach Befriedigung brodelte in ihrem Schoß und sie wand sich ruhelos auf ihrem Sessel. Pierres zärtliche Küsse machten ihre Schultern weiterhin ungehörig empfindlich und die neckenden Berührungen der Dienstmädchen hatten eine flüssige Hitze zwischen ihren Beinen entfacht.

„Du meinst also, ich sollte Erbarmen mit ihr haben?" wollte Sartine wissen. Er rollte Maries steife Nippel zwischen einem Finger und Daumen hin und her, während er über den Vorschlag nachdachte. „Meinst du nicht, ich sollte dich zuerst befriedigen, meine Liebe?"

„Pierre", schnauzte Marie und ignorierte Sartine. „Bereite Justines

Frustration ein Ende." Sie starrte auf die beiden Dienstmädchen und fügte hinzu: „Ihr zwei könnt ihm dabei helfen. Das arme Mädchen hofft verzweifelt darauf, kommen zu dürfen und mein sadistischer Gatte hat wieder nur Gemeinheiten im Kopf."

Sie gab ihre Anweisungen in demselben scharfen Ton, den auch Sartine benutzte und Justine war entzückt als sie feststellte, dass sie augenblicklich befolgt wurden. Pierre zog Justine aus dem Sessel, hob sie mit Leichtigkeit hoch und trug sie hinüber zum Himmelbett. Die Dienstmädchen hatten Platz gemacht, doch eine von ihnen ergriff die Gelegenheit und zog Justine den Rock aus während die andere ihr den Slip abstreifte. Die Bluse rutschte von ihren Schultern, als Pierre sie quer durch den Raum trug und als er sie auf das seidenen Laken gelegt hatte, stellte sie fest, dass ihr BH ebenfalls verschwunden war.

Erstaunt über ihre Aufmerksamkeit für Details, konnte Justine nur an die Enthüllung denken, dass Sartine und Marie verheiratet waren. Sie hatte gesehen, wie die Frau im Speisesaal rittlings auf Pierre gesessen hatte und Sartine hatte kühl dabei gesessen und das verderbte Schauspiel genossen. Sie hatte vermutete, dass das Paar eine ungewöhnliche Beziehung führte, doch sie hatte nicht erwartet, dass sie ein Ehepaar waren. Die Enthüllung zeigte ihr, dass sie eine neue Ebene von Dekadenz und Lasterhaftigkeit entdeckt hatte.

„Sie muss einmal richtig verwöhnt werden", sagte Marie streng zu Pierre. „Stell dir vor du würdest mich nehmen."

Justine zitterte als sie den Befehl hörte. Die Dekadenz, nackt zu sein und von prachtvollen Fremden umringt zu sein verstärkten ihre Erregung und Erwartung. Sie war sich dem weichen Gewebe an ihrem Rücken und Hintern voll und ganz bewusst und entzückt über die Art und Weise, wie es die Hitze ihres fiebrigen Fleisches besänftigte. Pierre setzte sich auf sie, während die beiden Dienstmädchen Justines Brüste und ihre Pussy mit hungrigen Küssen bedeckten. Die Spitze seines Schwanzes streifte ihre Schamlippen und sie begriff, dass eines der Mädchen seinen Schwanz hielt und damit ihre Lippen neckte.

„Bist du hier, weil du nach sexuellem Vergnügen trachtest?" flüsterte er.

Justine traute sich nicht zu sprechen und konnte nur nicken. „Ich denke, dafür bist du am richtigen Ort gelandet“, sagte er und grinste. Während er sprach, schob er seine Hüften vorwärts. Die Mädchen hielten Justines Schamlippen auseinander, spreizten behutsam das Fleisch, so dass er mit Leichtigkeit in sie hinein gleiten konnte. Er war dick genug, dass sie seine Anwesenheit mit ihren inneren Muskeln spüren konnte und die stöhnte glücklich, als er energisch noch tiefer in sie eindrang.

Der Priester hatte sich am vergangenen Abend als geschickter Liebhaber erwiesen, doch das beunruhigende Element des Sakrilegs hatte es Justine schwer gemacht, das Erlebnis zu genießen. Bei dieser Gelegenheit, mit zwei schönen Mädchen, die an ihren Brustwarzen leckten und mit ihren Schamlippen spielten, während ein prachtvoller Mann in ihrer Nässe ein und aus glitt, erinnerte sich Justine daran, wie einfach es war, sich vollkommener Lust hinzugeben. Sie hob ihre Hüften an, um Pierre das Eindringen zu erleichtern und wurde damit belohnt, dass der Ansatz seines Schwanzes kräftig gegen die harte Perle ihrer Klitoris stieß. Eines der Dienstmädchen keuchte geräuschvoll und nachdem sie einen kurzen Blick in ihre Richtung geworfen hatte, stellte Justine erfreut fest, dass die Frau ihren Rock hochgeschoben hatte und gierig ihre eigene Pussy befingerte.

Überall gab es Hinweise auf Selbstbefriedigung: von Sartine und Marie, die sich auf der einen Seite des Bettes küssten und einander liebkosten bis hin zu dem Dienstmädchen, das an Justines Brust saugte, während sie Pierres liebevoll streichelte. An ihrem Hedonismus teilhaben zu dürfen war berauschend und Justine gab sich ganz dem Moment hin, ohne sich um die Folgen zu kümmern. Sie hatte Sartines Fragen beantwortet, hatte ihn überzeugt, dass ihre Beweggründe, La Coste erwerben zu wollen, sie qualifizierten und nun war sie in der Lage, jedes Vergnügen zu genießen ohne die Furcht, als Schwindlerin enttarnt zu werden,.

Pierre ritt sie in einem schier unerträglichen Tempo. Während ihr Körper nach dieser energischen und fordernden Hast schrie, schien er davon überzeugt zu sein, dass sie eine Phase gemächlicherer Intimität brauchte. Jeder Stoß war ein kleines bisschen weniger kräftig als sie es sich wünschte und Justine drängte sich selbst gegen ihn in dem Versuch, sein Tempo wieder zu beschleunigen.

Das Mädchen zu ihrer Linken, das sich mit einer eindrucksvollen Geschwindigkeit selbst befriedigte, stöhnte als sie ihrem Schoß einen Höhepunkt zu entlocken begann. Ihre leisen Keucher vermengten sich mit einem Schwall kehliger französischer Wörter, von denen Justine wusste, dass sie sie niemals würde übersetzen können. Sie konnte sehen, dass sich die Frau nicht einmal die Mühe gemacht hatte, ihre Unterhose auszuziehen und ihre Fingerknöchel dehnten sichtbar den Zwickel, während sie wie wild an sich rieb. Als ihr Orgasmus schließlich kam, verdunkelte sich der hellweiße Schritt in ihrem Slip von einem Schwall ihres Liebessaftes. Sie schaute hoch, sah Justine an und sie tauschten einen stummen und tiefgründig wissenden Blick. Das Dienstmädchen zu ihrer Rechten, die pflichtbewusst an Justines Brust leckte, murmelte unverständliche Worte der Ermunterung. Justine konnte nicht entscheiden, ob die enthusiastischen Bemerkungen an sie oder an den Mann zwischen ihren Beinen gerichtet waren. Das Dienstmädchen fühlte sich offensichtlich sehr von Pierre angezogen, ein Detail, das sich unschwer aus ihrem bewundernden Lächeln und der ehrfürchtigen Art seinen nackten Körper zu berühren, deuten ließ. Doch Justine dachte, dass der derbe Tonfall in den Ausrufen des Mädchens, zusammen mit köstlichen Nuance ihres Akzents, aus jedem gemurmelten Fluch eine herrliche Untermalung für diese ungehemmten Atmosphäre boten.

„Genießt du zuhause deine Lust auch auf diese Art, Justine?"

Die Frage kam von Sartine, der gerade Pierre beiseite stieß.

Justine war am Boden zerstört, als das prachtvolle Stück aus seinem engen Gefängnis entrissen wurde und wollte schon vor Enttäuschung aufheulen. Der Orgasmus war verdächtig nah gewesen und sie war entsetzt über die Ungerechtigkeit, dass ihr der Schwanz gestohlen wurde, gerade als sie dabei war, den Gipfel ihres eigenen Höhepunktes zu erklimmen. Sie zitterte vor Verlangen nach Erleichterung und seufzte vor Zufriedenheit als sie das Ausmaß der Erektion sah, die Sartine vor ihr hin und her schwang. Eines der Dienstmädchen packte den Schwanz ihres Herren und dirigierte ihn zu dem nassen Spalt von Justines Schoß.

Marie kletterte auf das Bett und setzte sich so hin, dass ihre Scham über Justines Gesicht schwebte. Der Duft ihrer Nässe war betörend und aufregend und es war fast mehr, als Justine ertragen konnte. Die Pussylippen der Frau waren schmollend vorgeschoben und bettelten darum, geküsst zu werden. Während Justine sich der reinen Wonne hingab, die Sartines Eindringen ihr bereitete, fürchtete sie fast, ihr Körper würde aufgrund des Übermaßes an Empfindungen explodieren.

Fingernägel bahnten sich ihre Wege über ihre Beine und den Bauch.

Jede noch so leichte Liebkosung kam zu der Wollust hinzu, die von ihren Brüsten, ihrem Schoß und ihrem Mund ausging. Ihr Orgasmus baute sich mit unglaublicher Geschwindigkeit auf und Justine wusste, wenn der Höhepunkt aus ihr hervor bräche, wäre er überwältigend.

„Genießt du zuhause deine Lust auch auf diese Art?" fragte Sartine sie noch einmal.

Justine riss ihren Mund von der Nässe in Maries Schoß fort und schüttelte den Kopf. Ihre Lippen und der Mund waren schlüpfrig von den Resten der Erregung der Frau und das Verlangen, wieder in diesen Geschmack einzutauchen, ließ ihren Bauch sich vor Aufregung zusammenkrampfen. „Ich habe es noch nie zuvor so sehr genossen", gab sie aufrichtig zu. Sie kämpfte darum, einen kühlen Kopf zu bewahren und nicht ihre Dankbarkeit laut heraus zu schreien, als sie dieses Geständnis machte. Ein quälender Gedanke ganz hinten in ihrem Kopf ließ sie sich fragen, ob dieser Exzess an Empfindungen ebenso aufregend war wie der Kuss, den sie mit der Büßerin getauscht hatte. Doch Justine war sich sicher, dass die Lust, die sie im Augenblick empfand, überragender sein musste.

„Dies ist das intensivste Erlebnis, dass ich je hatte", versicherte sie ihm.

„Meinst du das ernst?"

„Ja, natürlich. Warum?"

Er lachte und bohrte sich tief in sie hinein. „Ich bin nur überrascht, dass du dieses Maß an Befriedigung nie zuvor erlebt hast", murmelte Sartine. „Und ich bin gespannt, wie du reagieren wirst, wenn wir heute Abend richtig anfangen, dich zu verwöhnen."

Mit seinem Schwanz tief in ihrem Loch vergraben spürte Justine, wie ihr Orgasmus in hohen Wogen ihren Körper zu überfluten begann. Sie biss sich auf ihre Unterlippe, bemüht, einen Schrei zurückzuhalten, doch dann entschied sie, dass sie ihn nicht länger unterdrücken konnte. Ihr dankbares, schrilles Kreischen hallte durch das Penthouse.

Ihr überglückliches Heulen war immer wieder den Rest des Nachmittags über zu hören. Sartine ritt sie, bis sein Schwanz schließlich anschwoll und pulsierte und in einer nassen, klebrigen Explosion in ihrem Schoß abspritzte. Er hatte sich kaum aus ihr zurückgezogen, als Pierre schon wieder zur Stelle war und mit Leichtigkeit in ihrem klitschnassen Loch hin und her glitt. Nachdem sie Marie bis zum Höhepunkt geleckt hatte, tauschte sie ihren Platz mit einem der Dienstmädchen und gestattete Justine, ein frisches Loch zu lecken, während sie selbst gierig an einer nackten Brust saugte. Alle fünf wechselten ständig ihre Plätze und erinnerten Justine ständig daran, dass sie im Mittelpunkt ihrer Aufmerksamkeit stand und dass jeder Gedanke ihrer Lust und Befriedigung galt. Nach drei Stunden tat Justine von diesem Exzess der Wollust alles weh und sie war bereit, Sartine anzubetteln, aufzuhören und ihr etwas Erholung von dieser Maßlosigkeit zu gönnen. Die Zuckungen von zu vielen Orgasmen ließen sie jede weitere Woge der Lust fürchten. Nachdem sie so lange Zeit in einen Mantel aus Schweiß eingehüllt war, fühlte sie sich ausgetrocknet und dehydriert.

Als ob er spürte, dass sie eine Atempause brauchte, schnippte Sartine mit den Fingern und befahl, dass die nachmittägliche Unterhaltung zum Abschluss gebracht werden sollte. Er machte einige Bemerkungen über notwendige Vorbereitungen für den bevorstehenden Abend, doch Justine verstand nur, dass er ihre Session zu einem Ende brachte und dass sie die Möglichkeit haben würde, sich zu erholen.

Pierre und Marie verabschiedeten sich mit köstlichen Küssen auf ihre Lippen und die Augenbrauen von ihr. Die Feinheit ihrer Gesten machte Justine glauben, dass sie an diesem Nachmittag der zügellosen Leidenschaft die Zuneigung zweier echter Freunde gewonnen hatte. Die beiden Dienstmädchen bedachten Justine mit überraschend verschämten Blicke und gaben ihr das verwirrende Versprechen, später nach ihr zu sehen. Sartine legte galant eine Robe um Justines Schulter und führte sie zurück in ihr Zimmer und zur Büßerin.

Vom Wein und dem exzessiven Genuss solcher Wollust ganz schwindelig, stolperte Justine beinahe in die Arme der Frau, als sie auf das Bett zu wankte um sich Schlafen zu legen.

„Justine?“ begann die Büßerin.

„Nein“, sagte Justine und schob die Frau fort. Sie versuchte sich an das französische Wort für Schlaf zu erinnern, doch das führte nur dazu, dass ihr wieder einmal bewusst wurde, wie wenig sie über diese Sprache wusste. Erschöpft nach dem Durchleben von mehr Orgasmen als sie sich hätte erinnern können, versuchte Justine die Büßerin beiseite zu schieben, während sie auf das Bett zu stolperte. „Ich müde“, murmelte sie, als sie auf das Bett fiel und sich unter das Laken wühlte.

„Ich habe die Seiten gelesen, die du hier gelassen hast“, drängte die Büßerin.

Es dauerte einen Moment, ehe Justine begriff was die Frau gesagt hatte.

In ihrer Erschöpfung grübelte sie kurz darüber nach, wie merkwürdig es doch war, dass sie die Büßerin verstehen konnte. Sie verfiel kurz auf den Gedanken, dass sie so viele französische Ausdrücke der Wollust gehört hatte, dass sie ein zuvor unentdecktes Verständnis für die Sprache entwickelt hätte. Und dann begriff sie, dass sie Englisch gehört hatte. Sie riss die Augen auf, ihr Verlangen nach Schlaf war augenblicklich verflogen. Sie riss der Büßerin die Seiten aus der Hand, unfähig, das begeisterte Grinsen in ihren Gesichtszügen zu unterdrücken und keuchte: „Du hast dies hier gelesen?“

„Ja.“

„Kannst du sie für mich übersetzen? Kannst du mir sagen, was das auf Englisch bedeutet?“

„Wenn du möchtest, kann ich es versuchen“, erwiderte die Büßerin zögernd. „Aber …“

Justine gestatte ihr nicht zum Ende zu kommen. Sie setzte sich aufrecht aufs Bett, drückte die Seiten wieder der Büßerin in die Hand und wartete erwartungsvoll darauf, endlich zu hören, was diese Seiten des Manuskripts enthielten.

8.

„Aus der Bastille zu fliehen war ein Leichtes. Bestechliche Wächter können ebenso zuvorkommend sein wie gut bezahlte Huren, wenn man sie erst einmal gekauft hat. Hätte ich die Wahl gehabt, hätte ich den Oberschließer gebeten, mir einen zu blasen, ehe er mich aus dem Gefängnis führte.“

„Mach weiter“, sagte Justine ermunternd. „Lies mehr, bitte.“

Die Büßerin nickte und wandte ihre Aufmerksamkeit wieder der ersten Seite zu. Sie folgte dem Gekritzel mit dem Finger und ihre Lippen waren vor Konzentration vorgeschoben, als sie jedes Wort studierte, bevor sie es las und übersetze.

„Ihr könnt nicht durch Erpressung aus der Bastille entkommen’, versuchte der Schließer mir zu erklären. Ich versicherte ihm, dass ich nicht versuchte, aus der Bastille zu entkommen und dass ich niemanden erpressen wollte. Ich hatte zwei Huren dafür bezahlt, dass sie ihn zwei Wochen lang jede Nacht fickten. Jetzt, wo sie ihr Geld nicht mehr bekamen, wollten sie der Frau des Schließers erzählen, was geschehen war. Ich erklärte dem Schließer, dass mir nur erlaubt werden müsste, mich von den Einschränkungen des Gefängnis frei zu machen, so dass ich die Huren aufsuchen und sie davon abhalten könnte, seine Ehe zu zerstören.

„Denkt nur nicht, das wäre Erpressung’, ermutigte ich ihn. ‚Denkt lieber, ich würde Euch einen persönlichen Gefallen tun, den Ihr nicht wirklich verdient habt.’“

Die Büßerin hielt inne um Luft zu holen, blätterte die Seite um und fuhr dann fort.

„Frische Luft hat niemals so gut geschmeckt. Noch nie hat mich die Freiheit in solch ekstatischer Leibeigenschaft gehalten. Als die Kutsche mich zu meinem geliebten La Coste brachte, gelobte ich, meine Freiheit geziemend in der liederlichsten Weise zu feiern. Die lange Reise verging rasch, während ich mir hunderte von verschiedenen Vergnügungen ausmalte, denen ich nachgehen würde. Sobald ich zu Hause angekommen wäre, würde ich in der größten und exzessivsten Orgie der Geschichte eintauchen.“

„Mein Gott“, stieß Justine atemlos hervor.

Die Büßerin warf ihr einen unbehaglichen Blick zu. Ihr Finger blieb auf der Seite und markierte die Stelle, bis zu der sie gekommen war. Justine konnte sehen, dass die Hand der Frau zitterte und durch dieses Zittern begriff Justine, dass sie dieses aufregende Erlebnis miteinender teilten und plötzlich wollte sie sie mehr denn je.

„Es ist wirklich La Coste", flüsterte Justine.

„Es ist sehr alt", erwiderte die Büßerin zweifelnd. „Die Sprache ist ...", ihre Stimme erstarb, als sie sich bemühte, ein passendes Wort zu finden. „Es ist nicht aus dieser Zeit", sagte sie schließlich. „Ich habe die Worte umformuliert, so dass sie in meinen Ohren einen Sinn ergeben. Ist das in Ordnung?" Ihr Lächeln war entschuldigend und niedergeschlagen.

Ihre vollen, üppigen Lippen, die sich bei jedem Wort, das sie formte, dehnten und anspannten, waren zu verlockend für Justine, als dass sie noch länger hätte widerstehen können. Unfähig, den Impuls zurück zu halten, beugte sie sich über das Bett und küsste die Büßerin.

Sie konnte die anfängliche Überraschung der Frau spüren, doch sie wurde rasch von einer fiebernden und herzlichen Wärme vertrieben. Die Hände der Blondine wanderten zu ihrer Taille und umschlangen sie mit einem animalischen Hunger. Die Faxseiten waren vergessen, die Stelle, die die Büßerin markiert hatte, war vergessen und die Kopien der ersten Seiten von La Coste flatterten unbeachtete zu Boden. Im Bett unter ihnen quietschten die alten Sprungfedern, als Justine die Büßerin nach unten schob und sich rittlings auf sie setzte. Sie waren beide nackt und Justine nahm sich einen Moment Zeit, um die prächtige Gestalt ihrer Gespielin zu bewundern – den perfekten, flachen Bauch, die zierlichen Brüste und die frisch rasierte Pussy – dann befahl ihr ihre Geilheit, endlich zu handeln.

Sie küsste die Brüste der Frau, schnappte sich eine Brustwarze mit ihrem Mund und saugte kräftig daran. Dann knabberte sie sanft daran, ehe sie sich der anderen Brust zuwandte und eine weitere Reihe von sanft strafenden Küssen folgen ließ. Die ermutigenden Seufzer der Büßerin reichten aus, um Justines Erregung zu neuen Höhen zu treiben. Sie hörte die Frau keuchen und einen Schwall ausländischer Worte murmeln und wanderte mit ihrem Mund gierig zum Schoß der Büßerin. Die geröteten

Schamlippen glänzten taufrisch vor Nässe und Justine ließ ihre Zunge zögernd über die wohlriechenden Lippen gleiten. Der sanfte Duft des Schoßes war nur dezent, doch deswegen nicht weniger erregend.

„Justine", keuche die Büßerin. Sie setzte sich im Bett auf und ihr Gesichtsausdruck schwankte zwischen Sehnsucht und Besorgnis. „Bist du sicher, dass du das willst?" frage sie atemlos. „Ich dachte, du hättest den ganzen Nachmittag über … ."

Justine brachte sie mit einem weiteren Kuss zum Schweigen und stieß sie sanft zurück auf das Bett. Sie war gerührt, dass die andere Frau sich um sie sorgte, doch gleichgültig, wie sie den Nachmittag verbracht hatte oder welchen Tribut es ihrem Körper abverlangte; sie wusste, dass sie die Büßerin jetzt haben wollte und nichts würde sie von diesem Ziel abbringen. Ihre Zungen berührten einander und jede gab sich dem Geschmack der anderen hin. Beide wurden von demselben wilden Verlangen angetrieben, keine konnte der Gelegenheit widerstehen, einander zu berühren, zu streicheln und zu liebkosen. Justine konnte spüren, wie ihre Brüste von den geschickten Fingern der Büßerin massiert wurden und sie verbiss sich ein befriedigtes Stöhnen als die andere so lange mit ihre Brustwarzen spielte, bis sie steil aufgerichtet waren. Sie hatte größtes Vergnügen daran, so bewundert zu werden, bis sie sich schließlich entzog und flüsterte: „Ich bin sicher, dass ich es will. Ich habe den Nachmittag mit Sartine und seinem Harem verbracht. Es hat Spaß gebracht, doch nicht so viel Spaß, wie ich mit dir haben werde."

Mit frischer Energie gab sich Justine ganz der Leidenschaft hin und begriff, dass sie die absolute Wahrheit gesagt hatte. Wenn sie ihre Erlebnisse in dem Penthouse mit der Offenbarung verglich, die sie zusammen mit der Büßerin durchlebte, dachte sie, es wäre wie der Unterschied zwischen der Nachricht, dass es eventuell möglich sein könnte eine Kopie von La Coste zu erwerben und dem Hören der ersten Worte von den gefaxten Seiten.

Das Vergnügen, das sie in Gegenwart von Sartine und seinem Gefolge erlebt hatte, war extrem und überwältigend gewesen, doch es waren nur die körperlichen Gelüste des Fleisches gewesen. Selbst in der kleinen Gemeindkirche hatte es, wie Justine sich erinnerte, eine emotionale Verbindung gegeben, die einen größeren Eindruck hinterlassen hatte als irgendeines der Spielchen in dem Penthouse. Sie wollte nicht wahr haben, dass einige Überreste ihres Glaubens ihre Schuldgefühle bei dieser Gelegenheit verstärkt hatten, doch sie wusste, dass die Erfahrung weit tiefschürfender gewesen war.

Ebenso wusste sie, dass die aufrichtige Bewunderung, die sie in den Umarmungen der Büßerin spürte, ihre Leidenschaft stärker entfachte als alle Künste der geschickten Liebhaber aus Sartines Penthouse. Schweigend hoffte sie, dass der Ausdruck nackten Hungers in ihrem Gesicht ebensoviel auslöste.

„Wenn du dir sicher bist", gab die Büßerin nach. Sie sprach die Worte kehlig und schleppend aus. „Wenn du nicht zu müde bist."

Justine lachte leise in sich hinein und sagte, dass sie niemals zu müde sein könnte. Dies waren ihre letzten Worte, bevor sie ihr Gesicht zwischen den Beinen der Blondine vergrub. Der hitzige Geruch von Moschus und Schweiß war ein machtvolles Aphrodisiakum. Als Justine ihre Zunge über die seidigen Schamlippen gleiten ließ, schob sich ihre eigene Erregung in den Hintergrund hinter die immer heftiger werdenden Seufzer der Büßerin. Die Blondine hob ihre Hüften an, Justines Zunge entgegen und jede von ihnen bettelte die andere an, weiter zu machen.

Die Blondine wechselte ihre Position, wobei sie ihren Schoß niemals Justines Küssen entzog, sondern sich behutsam drehte, so dass sie den Gefallen erwidern konnte. Ihre nackten Körper glitten, sich aneinander reibend, übereinander, was wahnsinnig erregend war. In dem Moment, als die Büßerin begann an ihrer Pussy zu lecken, schnappte Justine nach Luft und war sich nicht sicher, ob sie seufzen oder schreien wollte. Die behutsamen Küsse, die auf ihre Schamlippen gesetzt wurden, waren sanft, süß und mächtig erregend. Sie erreichte rasch eine höhere Ebene von Befriedigung, knabberte an der heftig pochenden Knospe der Klitoris der Blondine und ließ ihre Zunge zwischen die hervorstehenden Schamlippen gleiten.

Gleichzeitig überwältigt, klammerten sie sich aneinender und durchlebten gemeinsam bebend eine Explosion der Glückseligkeit. Justine wurde an jeden wunderbaren Schmerz in ihrem Körper erinnert, doch es diente nur dazu ihr zu zeigen, dass die Büßerin ihr mehr gegeben hatte, als sie je im Penthouse hätte genießen können. Vor Lust zitternd und unsicher, ob ihr Körper noch mehr würde aushalten können, drehte sie sich zur Seite und hob die herunter gefallenen Seiten vom Fußboden auf. Der Raum um sie herum schien zu verschwimmen als hätte sie getrunken. Ihre Hände zitterten so stark, dass die Papiere flatterten als sie damit gegen die Brust der Büßerin stieß und flüsterte: „Bitte lies mir noch mehr vor. Ich möchte den Rest hören."

Nickend und sichtbar glücklich, alles zu tun, was von ihr verlangt wurde, wühlte sich die Blondine aus den Laken und setzte sich aufrecht hin. Sie durchsuchte die Seiten, ihr eleganter Finger fuhr über die dahingekritzelten Zeilen und sie fand rasch die Stelle, die sie zuletzt vorgelesen hatte.

„Meine Renée hieß mich mit einer langen und intimen Umarmung willkommen. Ich nahm sie gleich in der Tür, während der Gepäckträger auf sein Trinkgeld wartete. Der unverschämte Bastard sah zu, als ich sie wie eine hitzige Hündin deckte. Ihre heiße Pussy umschloss meinen Schwanz und sie kam sobald ich in ihr abspritzte. Aus ihrem Gestank schloss ich, dass sie seit meiner Einkerkerung darauf gewartet hatte und bei dem Gedanken an ihre Treue fühlte ich mich zugleich geehrt und unwürdig. Der Geruch war reich an unverhülltem Verlangen, doch frei vom ätzenden Odeur eines anderen Mannes. Wenn unsere Positionen vertauscht und sie diejenige, die gezwungen gewesen wäre, einige Zeit im Kerker zu verbringen, ich weiß, ich hätte bereits das Zweite unserer Dienstmädchen gefickt, noch ehe sich die Zellentür hinter Renée geschlossen hätte. Ihr edle Reinheit ließ mich staunen über diesen Schatz, den ich in ihr gefunden hatte.

Renée war nervös, aber eindeutig froh, mich aus dem Höllenloch fort zu sehen. Nachdem wir unseren Fick beendet und den Gepäckträger mit seinem Trinkgeld fortgeschickt hatten, fragte sie: ‚Was wirst du tun wollen, jetzt, wo du zu Hause bist?' Ich zögerte nicht, ihr zu antworten, weil es alles war, woran ich die ganze Fahrt über zurück in ihre Arme hatte denken können: ‚Ich werde eine großartige Orgie veranstalten', erklärte ich. La Coste wird eine Zügellosigkeit erleben, gegen die die Orgien des

Römischen Imperiums verblassen werden."

Ein Zittern floss an Justines Wirbelsäule hinab, während sie zuhörte.

Sie wusste, dass ein Teil ihrer Reaktion der Nähe zur Blondine geschuldet war: sie verursachte einen ständigen Schauder voller Erregung, dem Justine unmöglich widerstehen konnte. Und sie nahm an, dass ein Teil ihrer Geilheit von den obszönen und erregenden Details der Geschichte herrührte. So unverbrauchte Worte von de Sade zu hören und sich auf den Fortgang der Geschichte zu freuen, erfüllte sie mit Aufregung und Staunen.

Doch sie glaubte, dass der größte Teil ihrer Erregung von der Ungeheuerlichkeit kam, endlich La Coste entdeckt zu haben. So viele Dinge waren über de Sade geschrieben worden; Werke, in denen seine Persönlichkeit seziert und seine Perversionen kategorisiert wurden, so dass die Wahrheit darüber, wer er war, sich mit der Fiktion vermengte, die er geschaffen hatte. Die meisten Biographen entschlossen sich, seine Fehler zu betonen und sich auf die Tatsache zu konzentrieren, dass er exzessive und ein wenig gemeine sexuelle Interessen hatte. Justine hatte einiges an trockenem Material gelesen, in dem eingeräumt wurde, dass de Sade nichts anderes gewesen war als ein Mann seiner Zeit und dass die lange Zeit, die er hinter Gittern verbracht hatte, den Revolutionswirren zuzuschreiben waren. Doch sie hatte nichts gefunden, in dem der Mann, die Legende und sein Werk im richtigen Verhältnis zueinander beschrieben worden waren. Es war ihre inbrünstigste Hoffnung, dass dieses Tagebuch - und sie wollte nur zu gern glauben, dass dies ein authentisches Tagebuch war – einen Aspekt seines Charakters zum Vorschein bringen würde, der bisher stets übersehen worden war. Aus dem, was die Büßerin bisher übersetzt hatte, bildete sich vor Justines geistigem Auge das Bild eines Mannes, der seine Ehefrau bewunderte und verehrte. Diese Haltung allein schien im Widerspruch zu dem Bild eines Frauen verachtenden Bösewichts zu stehen, das gewöhnlich mit dem Marquis assoziiert wird.

„Die Vorbereitungen waren schnell getroffen. Renée hatte eine ganze Schar von gefälligen Dienern eingestellt und kannte genug Pächter aus dem Dorf, die für einen einzigen Taler in die tiefsten Abgründe versinken würden. Sie war von der Aussicht, solch eine Ausschweifung zu organisieren, ebenso begeistert wie ich und wir setzten uns zusammen und schmiedeten Pläne, noch während es von unserem Willkommensfick von ihren Schenkeln tropfte. Ich selbst wollte jedem mögliche Laster frönen und zählte sie meiner Liebsten alle auf. Sie überraschte mich damit, dass sie eigene Vorschläge hinzufügte, die meine Neigungen im Vergleich dazu geradezu puritanisch erscheinen ließen. Die Kollektion von Peitschen und Gerten, die sie gesammelt hatte, um auf meine Rückkehr vorbereitet zu sein, reichte aus, um meinen Schwanz augenblicklich wieder hart werden zu lassen. Ich brauchte erneute Befriedigung und ließ eines der Dienstmädchen meinen Schwanz blasen, während Renée und ich die Liste fortführten. Noch nie hatte sich Freiheit so gut angefühlt."

Justine konnte dem Drang nicht widerstehen und berührte die Frau, während diese weiter vorlas. Sie saugte kurz an ihrer Brust und spielte dann mit den seidig glänzenden, nassen Lippen ihrer Pussy. Sie lauschte dem Akzent der Büßerin und wollte tausend Fragen stellen und wusste doch, dass jede von ihnen den Zauber des Augenblicks brechen würde. Den richtigen Namen der Frau, die Ursache für ihren Gehorsam gegenüber Vater Dupont sowie die Gründe, warum sie Justine nicht schon vorher hatte wissen lassen, dass sie Englisch sprach; all das waren Einzelheiten, die Justine wissen musste. Doch anstatt auch nur eine Frage zu stellen, hörte Justine einfach nur zu, wie sie vorlas und spielte träge mit den seidigen Falten ihrer Schamlippen.

„Die Güter von La Coste lieferten genug Gaben für das Fest, das ich mir vorstellte und ich gab den Köchinnen genaue Anweisungen, was sie vorbereiten sollten. Ich war erfreut festzustellen, dass Renée attraktive Mägde in der Küche beschäftigte und ich nahm eine von ihnen auf dem Tisch, an dem sie gerade Kartoffeln schälte. Ihre Kehrseite war groß und weich und einladend. Sie hieß mich mit einem heißen Loch willkommen, das vor Erregung bereits ganz glitschig war. Renée stand dabei, sah zu und schwang eine kurze Peitsche, während ich mich an der Magd ergötzte. Ich wusste nicht, ob ihre unausgesprochene Drohung die Köchin gefügig machen, mich erregen sollte durch die Aussicht, was wir alles tun könnten, sobald die Feierlichkeiten erst einmal organisiert waren. Unabhängig von ihren Beweggründen, der Anblick reichte aus, damit die Köchin und ich rasch und geräuschvoll zu unserem Höhepunkt kamen. Ich schlug sie ein paar Mal klatschend auf die Kehrseite, damit die Metze meinen Schwanz fester packte. Es war nicht meine Absicht gewesen, so kräftig zuzuschlagen und ich war überrascht, als der dunkelrote Abdruck meiner Hand auf der riesigen Backe ihrer Kehrseite erblühte."

Justine drängte die Büßerin, ihre Beine zu spreizen. Sie hielt ihre Schenkel auseinander, schob ihre Zunge dicht an das Loch der Frau heran und atmete das Parfum des blonden Schoßes ein, dessen betörendes Bukett sie schwindelig werden ließ. Die seidigen Lippen luden zum Küssen ein. Das dezente Hervortreten ihrer Klitoris, die wachsam unter ihrer fleischigen Kapuze hervorlinste, machte Justine ganz verrückt vor Verlangen, daran zu saugen. Sie spitze ihre Lippen über der winzigen Knospe und ließ ihre Zunge über das immer schneller werdende Pulsieren rollen. Die Blondine holte stockend Luft und, als sie zu lesen fortfuhr, kamen die Worte unbeholfen taumelnd aus ihr heraus.

„Die zweite Köchin hatte mit einem widerstreitenden Ausdruck von Entsetzen und Erregung auf ihrem Gesicht zugesehen. Als ich meinen nassen Schwanz aus dem Loch der ersten Köchin zog, starrte sie darauf als bekäme sie eine widerliche Scheußlichkeit zu Gesicht. ‚Ich will das nicht in meinem Fötzchen haben!' rief sie aus. ‚Du wirst es haben wo auch immer der Marquis es haben will', sagte Renée streng. Sie beugte sich zur zweiten Köchin herunter und schwang drohend ihre Peitsche, doch ich trat dazwischen. ‚Es gibt keinen Grund, sie zu schlagen, damit sie sich unterwirft. Ich will ihr Fötzchen jetzt ohnehin nicht benutzen. Ich möchte sehen, wie sie sich an deinem Schoß ergötzt.' Die zweite Köchin schüttelte den Kopf und sah aus als sei sie fest entschlossen, sich zu verweigern, bis ich meiner Frau die Peitsche aus der Hand nahm. ‚Du wirst die Fotze meiner Frau lecken, während ich deine Kehrseite peitsche', sagte ich streng. Zu meinem Weib sagte ich: ‚Ich will sehen, wie du kommst.'"

„Ich will sehen, wie du kommst", murmelte Justine. Die Büßerin starrte auf sie herunter. Sie legte die Seiten beiseite und spreizte bereitwillig die Beine noch etwas weiter. „Dann musst du mich kommen lassen", stimmte sie zu. „Ich habe nichts mehr, was ich dir vorlesen könnte. Das war die letzte Zeile dieser Papiere."

Die Spannung zwischen ihnen war schon vorher spürbar gewesen, doch jetzt vibrierte die Luft vor Vorfreude. Justine rieb ihre Schenkel aneinander und erwiderte den Blick der Büßerin noch einen Moment, bevor sie ihren Kopf senkte. Sie presste ihre Zunge behutsam gegen die Schamlippen der Blondine, zwang die inneren Lippen sanft auseinander und begann an der Knospe ihrer Klitoris zu saugen. Ihre Finger waren zu den Schenkeln der Frau gewandert, hielten sie weit offen und genoss den Kontakt ihres Mundes mit der nackten Haut darunter. Sie veränderte ihre Küsse, aus dem trägen Herumspielen an ihrer Klitoris wurde eineindringliches Zungenspiel in ihrem Loch.

Die Blondine keuchte und knüllte mit ihrer Faust das Bettlaken zusammen. Sie lehnte sich zurück und versuchte sich zu entziehen, doch Justine hielt sie fest. „Ich sollte das für dich tun", protestierte die Büßerin. „In der Kirche … der Priester sagte … ich solle tun, was auch immer du mir sagst."

Schwer atmend riss Justine ihren Mund vom tropfenden Schoß fort, kostete von der Nässe, die jetzt ihre Lippen benetzte, und grinste. „Aber du tust doch, was ich dir sage", stellte sie fest. „Ich möchte sehen, wie du kommst und das ist es, was du tun wirst. Du wirst kommen, während ich dir dabei zuschaue."

Sie konnte sehen, dass die Büßerin sich mit der Anweisung unbehaglich fühlte, doch sie wusste auch, dass sie keinen weiteren Protest hören würde. Die Blondine ließ ihren Kopf wieder auf das Bett sinken, entspannte sich und spreizte ihre Schenkel noch etwas weiter, während Justine gierig ihren Schoß verschlang. Das Fleisch fühlte sich seidig und glatt in ihrem Mund an. Justine ließ ihre Zunge mit den Lippen spielen, entzückt über das ungewohnte Gefühl und den neuen Geschmack, eine andere Frau zu lecken. Sie hatte nicht erwartet, dass sie selbst so machtvoll darauf reagieren würde, doch jedes Mal, wenn sie die Frau vor wachsender Erregung aufseufzen hörte, konnte Justine spüren, wie ihre eigene Lust auf den gleichen hitzigen Gipfel der Wollust zusteuerte. Sie hatte erwartet, ihre Gedanken würden sich vor allem um die Entdeckung der ersten Zeilen von La Coste drehen, doch statt dessen war ihre gesamte

Konzentration darauf gerichtet, die Lust aus dem Schoß der Büßerin herauszupressen. Es war ein Genuss, ihre schwer atmenden Seufzer zu hören. Der Duft ihres Schoßes und seine warme und klebrige Nässe waren ein Genuss, den sie gerne durchlitt. Während ihre Finger mit den Lippen spielten, leicht daran zogen und sie auseinander spreizten, so dass sie besseren Zugang zu der Klitoris hatte, war Justine ganz angetan von der Erfahrung, einer Frau Lust zu bereiten.

„Justine“, murmelte die Büßerin. „Bitte. Das ist nicht so, wie es sein sollte.“

Justine hörte nicht zu.

Sie öffnete behutsam die Lippen der Pussy, strich mit der Zunge über das leicht gedehnte Fleisch und konnte jeden Schauder nachempfinden, der ihre neue Liebhaberin durchfuhr. Als sie die Frau über sich stöhnen hörte und den Widerhall des Bebens in ihrem Loch spürte, wusste sie, dass sie sie fast bis zum Höhepunkt gebracht hatte. Der Gedanke trieb sie an, noch eindringlicher zu lecken, bis die erleichterten Schreie der Büßerin durch den Raum hallten.

Heftig keuchend zog Justine sich vom Schoß der anderen zurück und betrachtete ihr glückseliges Lächeln. Der Orgasmus hatte ihre Wangen in einem wunderschönen Rot gefärbt. In ihren Augenwinkeln glitzerten Tränen des Dankes.

„Ich möchte die Nacht mit dir verbringen“, flüsterte Justine. Plötzlich wusste sie, was sie brauchte und sagte: „Ich will die heutige und jede Nacht mit dir verbringen, während du mir de Sade vorliest. Das ist es, was ich will.“

Das Gesicht der Büßerin leuchtete vor Bewunderung hell auf. „Ich will das auch. Ich will auch jede Nacht mit dir sein.“

Sie waren kurz davor, ihr Versprechen mit einem Kuss zu besiegeln, als Marie und zwei Dienstmädchen unangemeldet in das Zimmer platzten. Weder Justine noch die Büßerin wurden verlegen und die Besucherinnen nahmen ihre nackten Körper und ihre intime Umarmung hin, als wäre der Anblick etwas völlig Selbstverständliches.

„Wollt ihr etwas Bestimmtes?“ fragte Justine steif.

„Wir wollen dich“, sagte Marie lächelnd.

„Und wir werden dich bekommen“, kicherte eines der Mädchen.

Die andere stimmte in ihr Lachen ein, bis Marie sie mit einem strengen Stirnrunzeln zum Schweigen brachte. Sie wandte sich wieder an Justine, streckte eine Hand aus und sagte: „Deine Anwesenheit wird unten verlangt. Jetzt. Du musst mit uns kommen.“

Justine erwog kurz, sich zu weigern, doch dann überlegte sie es sich anders. Die Gesichter von Marie und ihren Dienstmädchen strahlten Entschlossenheit aus und keine von ihnen sah aus, als würden sie eine Weigerung akzeptieren. Maries Lächeln war steif vor Autorität, als sie sagte: „Komm schon, Justine. Du wirst uns jetzt in den Ballsaal folgen. Wir sind hier, um dich zu Captain Sartines Ball zu bringen.“

9.

Für den Rest des Abends blieben ihre Gedanken bei der Büßerin. Obwohl der Ball eine Aufsehen erregende Sache zu werden versprach und obwohl sie erwartete, dass ihr jeder körperliche Genuss angeboten werden würde, den sie sich wünschen konnte, kehrten ihre Gedanken immer wieder zu der namenlosen, blonden Frau in ihrem Zimmer zurück, in die sich glaubte verliebt zu haben.

Marie und ihre Mädchen waren nackt bis auf die Augenmasken, die sie trugen. Es war eine theatralische Andeutung von Anonymität, die niemanden täuschen konnte. Eine nackte Justine durch die Korridore des Hotels führend und den auf ähnliche Weise entkleideten und maskierten Gästen, denen sie begegneten, freundlich zunickend, umklammerte Marie Justines Arme und plapperte unablässig von dem Spaß, den sie haben würden. „Sobald der Captain erfahren hat, dass er deine Eignung bewerten soll, hat er diesen Ball sorgfältig vorbereitet“, schwärmte sie. „Wir haben unsere geschicktesten und talentiertesten Freunde eingeladen. Einige von ihnen sind viele Meilen weit gereist, um hierher zu kommen. Wir haben auch die aufregendsten Spielzeuge und Geräte, die man sich nur wünschen kann, um die sexuelle Erfahrung zu erweitern. Der Captain und ich habe Stunden damit zugebracht, passende hübsche Partner anzurufen und einen Ball zu organisieren, wie es ihn nicht mehr gegeben hat seit …“

Ihre Stimme verebbte, während sie sich um einen passenden Vergleich bemühte. „Einen Ball, wie es ihn nicht mehr gegeben hatte seit …“, begann sie von Neuem.

„… seit den Zeiten des Römischen Imperiums“, schlug Justine vor.

Marie warf ihr einen scharfen Blick zu, dann lächelte sie auf rätselhafte Weise. Aufgrund der Maske war es schwierig, ihren Gesichtsausdruck zu deuten. Mit ihren Gedanken bei der Büßerin, machte Justine sich nicht die Mühe sich darum zu sorgen, ob sie die Gattin ihres Gastgebers vor den Kopf gestoßen hatte oder nicht und ging ruhig an ihrer Seite weiter. Ein leiser Zweifel begann im Hintergrund ihres Bewusstseins an ihr zu nagen, doch sie konnte den Grund für ihr Unbehagen nicht sofort benennen. Es gab ein kleines Detail, in dem sie sich von Marie, ihren Angestellten und allen anderen, die sie trafen, unterschied. Und obwohl Justine spürte, dass es wichtig war, die Ursache für ihr Anderssein zu erkennen, konnte sie nur ein vages Gefühl von Verschiedenheit ausmachen.

Sie musste zugeben, dass Sartine und Marie eine Gästeliste von wirklich schönen Menschen zusammengestellt hatten. Das nackte Fleisch, das sie auf dem Weg zum Ballsaal zu sehen bekam, war makellos und erregend. Nahtlos braun gebrannte Körper ohne jeglichen Makel schwebten an den Seiten ihrer muskulösen, harmonierenden Partner dahin. Justine erhaschte Blicke auf sauber rasierte Spalten, sorgfältig gestutzte Schamhaare und eine Reihe von Brüsten, die von keck bis drall reichten. Eigensinnig versuchte sie, kühl und gelassen zu bleiben, als würde sie jeden Tag an einer Orgie teilnehmen. Doch nach einem Morgen mit der Büßerin und dem sehr erhellenden Tag, den sie im Penthouse verbracht hatte, fand sich Justine zwischen den zwei extremen Reaktionen Furcht und Kühnheit hin und her gerissen. Die Beklommenheit wurde noch schlimmer, als sie das Erdgeschoss des Hotels erreichten. Sie konnte das Stimmengewirr hören, das aus dem Ballsaal herauswehte und das Brummeln war fast so laut wie die vornehme Kammermusik, die das Geplapper begleitete.

Und dann wusste sie, was der Unterschied zwischen ihr und den anderen war.

„Ich habe keine Maske!“

Es war unmöglich, diese Erklärung abzugeben, ohne sich bei dem panischen Unterton in ihrer Stimme lächerlich vorzukommen. Sie schaute von der Gattin ihres Gastgebers zu den aufmerksamen Bediensteten und zu einem Paar, das sich hinter ihnen vorbei schob, um in den Speisesaal zu gelangen. Jeder andere war nackt bis auf die winzige Augenmaske, die nichts verdeckte und niemandes Identität verbarg.

„Ich habe keine Augenmaske", zischte Justine nervös.

„Natürlich hast du keine", stimmte Marie ihr zu. „Aber doch nur, weil du unser Ehrengast bist." Sie lachte leichthin und erklärte die Unterhaltung über dieses Thema damit für beendet; sie würde sich keine weiteren Proteste oder Entschuldigungen mehr anhören. Mit der Hilfe ihrer Dienstmädchen führte sie Justine in den Ballsaal, wo sie mit einer Runde stürmischen Beifalls willkommen geheißen wurden.

Zu viel passierte zu schnell und Justine bemühte sich, sich von diesem Erlebnis nicht überwältigen zu lassen. Das Streichquartett, das an dem Abend spielte – ein elegantes Trio adretter Herren im Smoking und eine schöne Frau in festlicher Garderobe – beendeten ihr Musikstück. Sie wechselten augenblicklich zu Chatschaturjans Maskenwalzer und als hätte jedermann diese Entwicklung erwartet, bewegte sich die Menge vom Tanzboden fort. Ein Blitzlichtgewitter fing den Augenblick für die Nachwelt ein und Justine erschrak bei der Vorstellung, dass ihre Nacktheit von unzähligen Kameras eingefangen wurde; doch diese geringere Sorge wurde in den Hintergrund ihrer Überlegungen gedrängt als sie feststellte, dass sie allein in der Mitte des Saales stand, mit einhundert oder mehr nackten, sie bewundernden Fremden um sie herum. Während sie bislang gedacht hatte, die Masken seien nur eine lahme Ausrede für eine Verkleidung, begriff sie plötzlich, dass ihr Vorhandensein dem Erlebnis eine beunruhigende Schärfe verlieh. Sie konnte Marie oder ihre Dienstmädchen nicht länger erkennen: die Leute, die ihr auf dem Weg zum Ballsaal so liebenswürdig zugenickt hatten, waren nun ebenso unvertraut wie die vollkommen Fremden, die sie hier zum ersten Mal sah.

Seit sie in Duponts Kirche gesessen und sich von den Fresken und der Stille hatte einschüchtern lassen, hatte sie sich nicht mehr so allein und verletzlich gefühlt. Die Erinnerung an das Leben, das sie hinter sich gelassen hatte – düstere Bibliotheken und eine Reihe von Vergnügungen, die zwischen den Seiten der trockenen, staubigen Bücher lebten – kam ihr vor, als gehörte sie zu einem anderen Menschen. Sie konnte diese Existenz nicht mit der nackten Genuss-Suchenden in Einklang bringen, zu der sie seitdem geworden war und sie bemühte sich zu begreifen, wann die Verwandlung von Statten gegangen war. War es geschehen, als sie die Büßerin heute Morgen geküsst hatte? War es passiert als sie gemeinsam mit dem Priester die Kirche und die Reliquien geschändet hatte? Oder reichte es gar zurück zu der Begegnung mit Mrs. Weiss in ihrer privaten Bibliothek und ihrer einschüchternde Dominanz? Die Frage verwirrte Justine und sie wusste, dass sie an diesem Abend keine Antworten finden würde.

Panik stieg in ihr auf, während die derbe, trunkene Musik schriller und schneller zu werden begann.

Eine hohe Gestalt löste sich aus der Menge - sie war zugleich erleichtert und beunruhigt, als sie Sartine erkannte, der hinter seiner Maske hervor lugte - und führte sie zum schnellen Walzertakt auf die Tanzfläche.

„Ich wollte das Vergnügen des ersten Tanzes mit dir", sagte er leise, als er ihren Hals küsste. „Du siehst absolut umwerfend aus."

Sie seufzte erleichtert, als sie zusammen tanzten. Sein Körper drängte sie eng an den Seinigen, erregte sie durch den engen Kontakt und ließ sie in einem exhibitionistischen Schauder erzittern. Verwirrte und neidische Blicke blitzten unter den Masken auf, die den Rand der Tanzfläche säumten. Justine begriff, dass sie immer noch im Mittelpunkt des Interesses stand, doch mit Sartines Händen um ihren Körper und seiner erwachenden Erektion, die sich gegen ihren Bauch presste, wuchs ihr Selbstbewusstsein und sie fürchtete sich nicht länger vor dem Interesse der Fremden. Die Unruhe darüber, wann sie sich von einer Bibliothekarin in eine Libertine verwandelt hatte, ließ sich ebenso leicht beiseite schieben.

„Sie ehren mich sehr mit diesem Ball", sagte sie aufrichtig. „Marie erzählte mir, Sie hätten Stunden daran gearbeitet, jedes Detail zu perfektionieren. Ich danke Ihnen, dass Sie sich meinetwegen solche Mühe gegeben haben."

Die Hand an ihrer Taille wanderte zentimeterweise abwärts, während

Sartine Justine im Walzertakt durch den Raum führte. Sein anschwellender Schwanz drängte sich fordernder gegen sie und sie konnte spüren, wie die vertraute Hitze der Erregung in ihr aufglomm. Ihre nackten Brüste rieben an seiner glatten, männlichen Brust und sie wurde von einer herrlichen Woge der Geilheit erfasst. Die Musik ertönte weiterhin in einem wilden Rhythmus, die majestätische Melodie stieg hoch empor und stürzte wieder herab, während Sartine sie mit akkurater Anmut über den Tanzboden wirbelte.

„Du beehrst den Ball mit deiner Schönheit", gab Sartine zurück. Seine Fingerspitzen spielten mit ihrer Spalte. Er umfasste eine Pobacke und es gelang ihm, seine Finger unverschämt nah an die Lippen ihrer Pussy zu bringen. Das erregende Kitzeln, das er hervorrief, war süß genug, um Justine in seinen Armen erzittern zu lassen. „Ist alles zu deiner Zufriedenheit?"

Sie dachte daran, ihm zu versichern, dass alles ganz großartig sei, doch dann entschied sie sich dafür, den einzigen wirklichen Vorbehalt zu äußern, der sie noch bekümmerte. „Warum tragen all Ihre Gäste außer mir Masken?"

Er lachte leise in sich hinein. „Es gibt verschiedene Gründe für die Masken", erklärte er vorsichtig. Bei jedem Walzerschritt verschmolzen ihre Körper miteinander, als würden sie eine größere Nähe miteinander teilen als nur einen Tanz. Justine wusste, dass ihre Geilheit durch die spielerischen Schritte des Walzers anzuschwellen drohte und zwang sich selbst, seiner Antwort zu lauschen. „Einige meiner Gäste sind prominente Persönlichkeiten", erklärte Sartine, „und sie möchten jedes Aufsehen in den Medien vermeiden, auf einem Ball wie diesem entdeckt zu werden. Dasselbe gilt für viele hoch geachtete Akademiker, denen es zutiefst unangenehm wäre, bei der Teilnahme an solch einer wüsten Orgie wie heute Nacht erwischt zu werden. Die Masken sind aber auch ein nützliches Mittel, um dich zu identifizieren. Jeder Einzelne hier ist aufgefordert, sich mit dir zu vergnügen und dich seinen eigenen, ganz besonderen Vorlieben entsprechend zu behandeln. Wenn sie wissen, dass du die Einzige bist, die keine Maske trägt, werden sie keine Probleme haben, dich ausfindig zu machen, wenn sie deine Leidenschaft entfachen wollen."

Sie stolperte leicht und starrte in die unzähligen Gesichter um sie herum. Der Gedanke, dass von jeder Person in diesem Raum erwartet wurde, sie zu erregen und zu genießen, ließ Justine plötzlich übel werden. Es waren so viele Menschen – alle waren schön und jeder einzelne erregend genug, um zumindest eine ihrer zahllosen geheimen Fantasien anzuregen – dass sie sich Sorgen machte, der Herausforderung nicht gewachsen zu sein, Sartines Ansprüchen nicht zu genügen und sich als nicht würdig zu erweisen.

„Wenn dieser Walzer vorüber ist, werden sie über dich herfallen", erklärte Sartine. Seine Fingerspitzen hatten die nasse Spalte ihres Schoßes erreicht und der Widerhall seiner Worte schwang in seiner Berührung mit. Während sie sich in fließenden Bewegungen auf der Tanzfläche bewegten, fuhr Sartine fort, mit den öligen Lippen ihrer Pussy zu spielen. Seine Berührung war sanft und absichtslos und erweckte angesichts einer plötzlichen Woge voller Sehnsucht in ihr das Bedürfnis zu weinen. Die Steifheit seines Schwanzes an ihrem Bauch war inzwischen kaum noch zu ertragen und sie wünschte, er würde ihn benutzen, um das Verlangen zu stillen, das er in ihren Lenden wachgerufen hatte. Sie keuchte leise, drückte sich noch fester in seine Arme und küsste ihn, während sie tanzten.

Sartines Zunge spielte mit ihren Lippen, ehe er sie wieder fortzog. Er lächelte lüstern zu ihr hinunter, führte sie immer noch im Walzerschritt durch den Saal als wäre er schon tanzend geboren worden und sagte seufzend: „Ich habe ein wenig Bedenken, dass du vielleicht nicht die Person bist, in deren Besitz La Coste übergeben werde sollte. Gibt es irgendetwas, was du mir erzählen könntest, um meine Befürchtungen zu zerstreuen?"

Die Panik, die seine Worte bei ihr auslösten, reichte beinahe aus, um ihre Erregung auf einen Schlag auszulöschen. Justines Herzschlag beschleunigte sich und sie packte ihn noch fester. Ihre Gedanken waren nicht länger bei den Fingern, die zwischen ihren Schamlippen herum wühlten. Sie schluckte zweimal, während sie verzweifelt nach eine Antwort suchte, dann sagte sie: „Ich bin nicht sicher, ob ich irgendetwas sagen kann, um Ihre Befürchtungen zu zerstreuen. Sie bewerten, wie bereitwillig ich mich der Lust hingebe, oder täusche ich mich?"

„Das ist richtig."

„Habe ich mich an diesem Nachmittag im Penthouse nicht ganz und gar der Lust hingegeben? Und gebe ich mich selbst nicht bei diesem wunderbaren Ball hin, die Sie für heute Abend organisiert haben?"

„Du hast dich im Penthouse als würdig erwiesen", stimmte Sartine ihr zu. „Doch du schienst sehr begierig darauf zu sein, bei der ersten Gelegenheit fort zu kommen. Das ist kaum das Verhalten, das ich von einer engagierten Hedonistin erwarten würde."

Sie nickte, ohne seine Augen aus dem Blick zu lassen. „Ich war ungeduldig, aus dem Penthouse zu kommen", pflichtete sie ihm bei. „Ich hatte alle Vergnügungen erlebt, die ich mir hätte vorstellen können und ich wollte zurück zu der Frau in meinem Zimmer. Ich verbrachte den Rest des Nachmittags damit, ihr zuzuhören, wie sie mir de Sade vorlas, während ich ihre Pussy leckte. Wenn Sie mich noch einmal küssten, würden Sie feststellten, dass der Geschmack ihres Saftes noch immer auf meinen Lippen liegt."

Er holte tief Luft und sein Lächeln wurde breit vor Anerkennung. „Das zeigt in der Tat ein hohes Maß an Tauglichkeit", räumte er ein. „Diese Reaktion könnte beinahe ausreichen, damit ich zu einer Entscheidung komme, doch ich bin sicher, dass du nichts dagegen hast, wenn ich dir im Verlauf des Abends noch weitere Fragen stelle."

„Fragen Sie, was immer sie wollen."

Er nickte und brach den Tanz abrupt ab. Justine musterte ihn unsicher und registrierte nur am Rande, dass die Musik ebenfalls zu Ende war. Seine Finger verharrten in ihrer Spalte und ein höflicher Applaus brandete auf, mit dem die anwesenden Gäste ihre Anerkennung für das Schauspiel, das sie mit ihrem Tanz geboten hatten, kundtaten.

„Ich werde dich für den Rest des Abends genau beobachten", erklärte Sartine. „Ich werde dir ein oder zwei weitere Fragen stellen, um meine letzten Zweifel auszuräumen. Doch jetzt möchte ich, dass du den Ball genießt."

Er entfernte sich von ihr und sie fand sich unvermittelt allein und im Mittelpunkt der Aufmerksamkeit wieder, inmitten eines Raumes voll mit nackten, maskierten Fremden. Die leichte Erregung, die sie genossen hatte, verwandelte sich in ein entsetzlich unbehagliches Gefühl und Justines Blick sprang von einem teilweise verborgenen Gesicht zum anderen, während sie versuchte, die Stimmung der Menge abzuschätzen. So viele der lächelnden Blicke waren mehrdeutig, dass es schwer war zu sagen, ob sie abwägendes Interesse oder manische Bewunderung ausdrückten. Zurückweichend und sich beständig um die eigene Achse drehend begriff sie, dass sie zentimeterweise näher kamen und ihr zu Leibe rücken.

Ihre Nervosität wurde zu Panik.

Hände fielen auf ihre Arme, Schultern, Hüfte und Brüste. Münder berührten ihre Backen und Nippel. Finger stahlen sich über ihren Rücken, zwischen ihre Pobacken und in ihren Schoß. Zungen schleckten über ihre nackte Haut. Schöne Gesichter und stattliche Körper drangen in ihre persönliche Schutzzone ein und kamen unerträglich nahe. Das Glitzern der hervorragend gearbeiteten Masken verursachte ein schwindelerregendes Blinken, das sie für einen Moment blendete. Sie erhaschte Blicke auf steife Schwänze, gespreizte Pussys und nackte Brüste – eine war bemerkenswerter Weise mit einem schimmernden goldenen Stift gepierct – doch dann wurde es zu viel, um noch irgendwelche Einzelheiten zu erkennen. Der Duft nackter Haut; der Wohlgeruch von Parfum, Schweiß und Erregung; all das war zu viel, um es zu ertragen und zu verstehen, während die Menge sich auf sie stürzte. Bei den auf sie einstürzenden Gefühlen, die zwischen Entsetzen und Entzücken hin und her schwankten, war Justine sich sicher, dass sie durch die Überlastung ihrer Sinne ohnmächtig werden würde. Jede greifbare Pore ihres Körpers wurde gestreichelt, berührt oder liebkost. Für einen kurzen Moment machte sie sich Sorgen, dass sie sich nicht länger auf den Beinen würde halten könne, doch dann war das nicht mehr länger von Belang, denn sie wurde von einem Paar starker, männlicher Arme hochgehoben.

Ein Schauer unbekannter Hände streichelte und liebkoste ihren Körper. Sie wurde an ihren intimsten Stellen berührt und ihre Erregung wuchs in demselben Maße wie ihre Besorgnis. Manche küssten sie; etwas Rundes glitt an ihren Schamlippen entlang; ein mutiger Eindringling prüfte den Widerstand ihres Anus.

Trotz der grunzenden Seufzer um sie herum konnte Justine hören, dass das Streichquartett ein anderes Stück zu spielen begonnen hatte. Sie konnte die Melodie oder den Komponisten nicht einordnen, doch sie erkannte, dass die Musik von derselben verwirrenden Natur war wie Chatschaturjans Walzer, zu dem sie mit Sartine getanzt hatte. In ihrer Geilheit und Aufregung begann ihr schwindelig zu werden, während die Menge sie im Raum herum trug.

„... sieh zu, dass du ihre Pussy küsst ..."

„... ich werde sie nehmen ..."

„... musst das probieren ..."

„... fick sie gut und hart ..."

Die Stimmen verschwammen, bis sie nicht mehr sagen konnte, ob es Frauen- oder Männerstimmen waren; ob sie ihr feindlich gesonnen oder extrem erregt waren. Wie aus weiter Ferne nahm sie wahr, dass ihr Körper jetzt in eine bestimmte Richtung getragen wurde, doch diese Beobachtung trug wenig dazu bei, dass sie die Situation besser verstand oder erriet, was als Nächstes geschehen würde. Warme Finger glitten mit Leichtigkeit in ihren Schoß hinein und wieder heraus, während die Hände auf ihren Brüsten ihre harten Brustwarzen bis zu einem kaum ertragbaren Maß reizten. Jemand hatte sich beharrlich durch den engen Muskel ihres Anus gearbeitet und die aufkeimende Erwartung ließ Justine schwindelig werden in ihrem Verlangen nach einem Höhepunkt. Sie versuchte sich umzudrehen, um zu sehen, wer mit solch einer unverschämten Intimität mit ihr spielte, doch so viele Münder gierten danach, sich auf ihr Gesicht zu drücken, dass sie nicht eine Person von den anderen unterscheiden oder durch den undurchdringlichen Wald aus Masken hindurch blicken konnte.

„Hier entlang."

Sartines Stimme legte sich über das Geplapper der Menge.

„Ich will sie hier drüben haben."

Justine begriff, dass sie in die Richtung getrieben wurde, aus der die Stimme des Captains erklungen war. Sie hörte, wie Möbelstücke verschoben wurden und sich die Menge vor ihr teilte. Sie verstand erst, was geschah, als Hände unter ihren Hintern fassten, jemand ihre Pobacken auseinander zog und sie in eine sitzende Position genötigt wurde. Bevor sie die Gelegenheit hatte zu denken, dass die Gäste jetzt ja vielleicht ihren Spaß mit ihrem nackten Körper gehabt hatten, wurde sie auch schon auf den Schoß eines Fremden gesetzt.

Er war mit einem wunderbar großen und harten Schwanz gesegnet.

Die Hände, die sie hielten und in die richtige Position setzten, dehnten jetzt die Haut ihrer Pobacken, bis sie begriff, worauf der Schwanz zielte. Ein Anflug von Zweifel zog ihren Bauch fest zusammen – sie hielt den Atem an und bereitete sich innerlich auf den Schmerz vor – und dann glitt auch schon das Stück Fleisch in ihren Hintereingang. Justine schnappte nach Luft, erfreut über die Penetration und schockiert darüber, wie leicht ihr Körper dieses grobe Eindringen hinnahm. Ihr Schließmuskel wurde bis zum Bersten gedehnt – ein Schmerzkrampf drohte das Vergnügen, ganz erfüllt zu sein, in den Schatten zu stellen – und dann rasten die ersten aufkeimenden Wogen eines Orgasmus durch ihren Körper.

Es blieb keine Zeit, um das Hochgefühl des Augenblicks zu genießen. Ihr Herz raste, weitere Fremde küssten sie, Finger spielten mit ihren Pobacken und ihrem Schoß; der Schwanz bohrte sich tief in ihren Hintern. Der gleich bleibende Anstieg der Lust drohte stärker zu werden, als sie ertragen konnte. Ihre Schenkel wurden grob weiter auseinander gerissen und ein zweiter Schwanz stieß gegen ihre Spalte.

Justine schnappte nach Luft.

Sie fragte sich, ob sie dem Mann vor sich sagen sollte, dass sie bereits von hinten genommen wurde. Sie war bisher noch nie mit der Frage konfrontiert worden, wie man sich auf einer Orgie zu benehmen hatte, doch ihre Vorbehalte kamen ihr nicht über die Lippen. Er wölbte seine Hüften vor, stieß seinen Schwanz in sie hinein und sie erbebte, als er sich tief in ihre Pussy bohrte. Auf zwei Pfählen aufgespießt, spürte Justine, wie beide gleichzeitig in ihr hin und her glitten und aneinander gequetscht wurden und merkte, wie sich ein Schrei des Entzückens in ihrer Brust zusammen braute. Die Masken verbargen immer noch die Identitäten all der Menschen um sie herum – sie hatte keine Möglichkeit, herauszufinden, welcher Mann sich in ihren Schoß bohrte und kein Verlangen das Gesicht desjenigen zu sehen, der sich in ihre Kehrseite schob - doch die Anonymität der Männer verstärkten nur noch die rätselhafte Exotik des Augenblicks. Hände und Münder zerrten weiter an ihr, während sie sich grunzend ihren Weg zum Orgasmus bahnte. Mit atemloser Gewissheit wusste Justine, dass, wenn der Orgasmus käme, er sie mit einer wahnsinnigen Kraft treffen würde. Sie biss die Zähne zusammen und wappnete sich für den zu erwartenden Ansturm.

Zwei Schwänze stießen gegen ihren Mund. Sie kamen von links und rechts und sie wunderte sich kurz, ob dieser Exzess der Wollust sie vielleicht alles doppelt sehen ließ. Nachdem sie geblinzelt und den Kopf geschüttelt hatte, begriff sie, was von ihr erwartet wurde und wollte über beide Schwänze mit animalischer Gier herfallen. Sie zögerte einen Moment als sie versuchte zu entscheiden, welchen Schwanz sie zuerst in den Mund nehmen sollte. Doch nicht einen Moment lang kam ihr in den Sinn, dass sie sich ja auch verweigern könnte. Das dunkle, rötlich schimmernde Stück Fleisch und der schlanke, hellere Prügel schwebten verführerisch direkt vor ihren Lippen, ein geiles Glitzern schimmerte auf der einen Eichel, während die andere sie durch einen perlengleichen Lusttropfen hindurch anzustarren schien.

Justine wusste, dass sie sich bereits ganz dem Hedonismus dieses Abends hingegeben hatte, doch sie war fest entschlossen, jeden sich ihr bietenden Spaß auszukosten. Diese Entscheidung hatte nichts damit zu tun, dass sie Sartines Kriterien Genüge tun oder eine Fassade aufrechterhalten wollte, die letztendlich allein Mrs. Weiss diente. Sie wollte an diesem Abend jedes Vergnügen genießen, dessen sie habhaft werden konnte, weil sie wusste, dass sich ihr eine solche Gelegenheit nie wieder bieten würde. Sie öffnete ihren Mund weit, gestattete Sartines Gästen, die Grenzen zu bestimmen und beugte sich vor, bis beide Schwänze gegen ihre Lippen stießen. Justine lächelte zu den maskierten Männern über ihr hoch und lud beide Schwänze mit ihrer Zunge ein.

Der Geschmack der ersten Lusttopfen; der Geruch von Schweiß und Geilheit; das Gefühl von vier Schwänzen zugleich benutzt zu werden; die Geräusche der Menge, die sich wütend und gierig an sie drängte; der Anblick von soviel köstlicher Nacktheit; all das überschwemmte ihre Sinne. Justine hatte nicht gewusst, dass sie so leicht zum Orgasmus kommen konnte und als der erste Höhepunkt aus ihrem Körper herausgeplatzt war, war sie ebenso erschrocken über seine Geschwindigkeit und Kraft, wie die Männer, die sie benutzten.

Ein Krampf begann in ihren Lenden und lief wellenförmig schaudernd durch ihren Körper. Seine Kraft war phänomenal und rüttelte jeden einzelnen Nerv wach, bis sie sich lebendig und strahlend fühlte, weil es nichts anderes mehr gab als glühende Befriedigung. Ein Brüllen der Begeisterung kam über ihre Lippen und sie aalte sich in dem Schauder als eine zweite Woge der Wollust durch sie hindurch raste.

Der Schwanz in ihrer Kehrseite pulsierte und ihr Schließmuskel umschloss ihn in seiner ganzen Breite. Sie konnte spüren, wie der Ansatz des Schwanzes dicker wurde – und ihren Anus dabei unglaublich weit aufdehnte – dann zitterte er und spülte eine brennend heiße Woge Ejakulat in ihre Eingeweide.

Der Schwanz in ihrer Pussy zitterte als nächster. Das Tempo beschleunigte sich, während er sich tief in sie hinein bohrte und ihren Muttermund berührte. Sie keuchte, umklammerte mit aller Kraft den Mann über sich und ermattete dann als er seinen Samen tief in ihre Pussy hinein spritzte.

Die gleichbleibende Wollust war so heftig, dass es fast nicht zu ertragen war. Justine hatte nie gedacht, dass ihr Körper so viel Euphorie ertragen könnte und sie begann sich vor Furcht zu verspannen als der erste Orgasmus einen herrlichen Gipfel erreichte und dann drohte, ihre Sinne mit weiteren überwältigenden, ekstatischen Ausbrüche zu bombardieren. Zuvor hatte ihr Herz gerast; jetzt dröhnte es wie eine ohrenbetäubende Pauke. Sie leckte an den beiden Schwänzen, die ihren Mund erfüllten, verschob jede Anstrengung, die noch weiter in sich aufzunehmen auf einen Zeitpunkt nach dem Orgasmus und wurde mit zwei gleichzeitig pulsierenden Schwänzen belohnt.

Blendend hell explodierten weitere Blitzlichter. Ihre frühere Sorge, durch die Fotografien beschämt zu werden, war vergessen. Die Vorstellung, dass ihr kühnen Taten für immer festgehalten wurden, fügten dem Rausch dieses Abends nur ein weiteres Element hinzu.

Ihre Zunge war mit dem gallertartigen Geschenk von zwei Fremden bedeckt und sie schluckte schnell. Der widerliche Geschmack war zur gleichen Zeit ekelerregend und köstlich. Sie wollte es am liebsten wieder hervorwürgen und gleichzeitig vor Entzücken winseln. Ganz schwindelig von den einander widersprechenden Extremen, war sie zu sehr damit beschäftigt den Augenblick zu genießen als dass sie versuchen wollte, ihre Reaktionen zu erklären. Ganz gefangen von der Stimmung des Balls konnte sie nur noch schlucken und sich in dem Vergnügen, benutzt zu werden, suhlen.

Mit liederlicher Leichtigkeit ersetzten neue Schwänze diejenigen, die sie gerade benutzt hatten.

Der Schwanz, der in ihren Arsch eindrang, glitt mühelos hinein, das Gleitmittel des vorherigen Liebhabers half ihm dabei. Der dickere Schwanz, der in ihre Pussy gestoßen wurde, wurde genau so leicht aufgenommen und Justine wusste nicht, ob sie schockiert über ihre eigene Verderbtheit sein oder sich dem Schwindel hingeben sollte, der von der Lust an diesem neuen Extrem herrührte. Sie schluckte eine Schrei animalischer Gier herunter und widmete sich den beiden Schwänze, die gegen ihr Gesicht gestoßen wurden. Heftig keuchend leckte sie an beiden gleichzeitig und ließ ihre Zunge mit rollenden Bewegungen über ihre vorgewölbten Eicheln kreisen.

Sie verlor den Überblick über die Anzahl von Männern, die sie benutzten und die Menge an Orgasmen, die sie bewirkten. Nicht in der Stimmung für Zählspielchen, gab sie sich einfach dem köstlichen Gefühl hin, zu einem Höhepunkt nach dem anderen gebracht zu werden. In der Ferne konnte sie hören, wie das Streichquartett von einer Melodie zur Anderen wechselte, doch es war lediglich eine Hintergrundmusik, die nicht wirklich in ihr Bewusstsein drang. Ein Teil von ihr begriff, dass der Abend nur so dahin raste, doch ihre Gedanken konzentrierten sich allein auf ihre persönliche Lust, sie scherte sich nicht um irgendwelche Details. Als der letzte Schwanz in ihrem Mund abgespritzt hatte, und die reichliche Gabe über ihre Unterlippe in den cremigen Bart lief, der bereits ihren Unterkiefer beschmierte, wollte Justine vor Dankbarkeit nur noch weinen.

„Willst du La Coste für dich selbst haben, Justine?“

Sie sah den Fragesteller blinzelnd an und stellte fest, dass es Sartine war. Nach den berauschenden Freuden, die sie gerade genossen hatte, stand diese Frage in einem misstönenden Widerspruch zu der Stimmung des Abends. Der gesunde Menschenverstand sagte ihr, dass er diesen Moment gewählt hatte, weil er glaubte, ihre Widerstandskraft sei an ihrem Tiefpunkt angelangt. Sie wusste nicht viel über die Psychologie von Interviews und Verhören, aber sie kam zu dem Schluss, dass es, wenn jemand abgelenkt war, unwahrscheinlicher war, dass er sich daran erinnerte zu lügen. Und sie vermutete, dass Sartine derselben Theorie folgte und dachte, er könnte sie überlisten und die richtige Antwort aus ihr herauslocken.

„Nein“, sagte sie leise. „Ich möchte La Coste nicht für mich selbst haben.“

Durch die Schlitze seiner Maske sah Justine, wie sich Sartines Augen weiteten.

Ohne zu zögern fügte sie hinzu. „Ich will es nicht nur für mich allein haben. Ich will es haben, damit meine neue Geliebte daraus vorlesen kann, während ich ihre Pussy lecke. Dafür möchte ich es haben.“

Sie wusste nicht, ob es Enttäuschung oder Bewunderung war, die ihn seine Augenbrauen heben ließ, doch insgeheim wusste sie, dass sie einen weiteren seiner Tests bestanden hatte. Doch sie hatte keine Zeit, sich in dem Erfolg ihrer Leistung zu sonnen, denn er wählte diesen Moment um sie einer Gruppe maskierter Frauen zu übergeben, die sich eifrig um sie drängten.

Ihre Beine begannen zu zittern und sie merkte, dass sie steif war und Schmerzen hatte, was sie nicht erwartet hatte. In der sitzenden Position, zu der sie genötigt worden war, hatte sie nicht gemerkt, wie viel Kraft und Energie sie verbraucht hatte. Doch es schien als hätte jeder heftige Orgasmus seinen Tribut gefordert und ihre Muskeln zuckten als hätte sie gerade ein anstrengendes Fitnesstraining hinter sich. Sie wollte sich durch diese Unannehmlichkeiten nicht die Lust an diesem Abend verderben lassen und stolperte ungeduldig auf die wartende Menge zu.

Eine Brust wurde gegen ihren Mund gedrückt.

Sie hatte kaum begonnen, an dem Nippel zu saugen, als eine weibliche Zunge auch schon an dem glänzenden Überzug aus Samen schleckte, der ihre Oberschenkel bedeckte. Finger und Lippen verbündeten sich und trieben sie in eine plötzliche Raserei der Ekstase. Jede Erinnerung an Schmerz und Qual war mit einem Mal vergessen und das Verlangen nach noch mehr Lust gewann die Oberhand. Im tiefsten Winkel ihres Bewusstseins wusste Justine, dass sie sich noch nicht vollständig von dem Sperrfeuer von Höhepunkten erholt hatte, das bereits auf sie nieder geprasselt war. Doch die Gruppe weiblicher Gäste stieß sie weiter voran zu einem Punkt ohne Wiederkehr und sie war glücklich, dass sie sich einfach ihrer Führung überlassen konnte. Die inneren Muskeln ihres Schoßes zitterten von den wiederholten Krämpfen und Zuckungen, die sie hatte ertragen müssen und Justine konnte sich nicht dazu durchringen, gegen den Druck, noch mehr auszuhalten, anzukämpfen.

Geschickte Münder näherten sich ihrem Schoß, spielten mit ihrer Klitoris und legten sich behutsam auf ihre klebrigen Schamlippen. Manikürte Nägel und samtige Finger streichelten ihre Haut mit einer Sanftheit, die den Gipfel der Sinnlichkeit bildete. Justine hielt den Atem an und ließ die Luft dann in einem langen, heiteren Seufzer entweichen. Sie starrte hinunter auf ihre Brust und sah zwei schöne maskierte Gesichter, die sich an ihren Brüsten gütlich taten. Sie schaute abwechselnd von einem schelmischen Lächeln zum anderen, zitterte, als beide Brüste gereizt wurden, bis sie es kaum noch aushielt während ihre Erregung sich zu neuen Höhen hinauf schraubte.

Die Dynamik der Männer wurde rasch zu einer bloßen Erinnerung, als die behutsame Leidenschaft der weiblichen Gäste Justine in eine Schwindel erregende Offenbarung der Ekstase geleitete. Sie stöhnte, als ihr Schoß sich verengte und seufzte, als ein sorgsam platzierter Kuss das Verlangen nach einem Orgasmus stillte. Ganz verzaubert davon, dass sie an einem einzigen Abend so viel Lust erleben durfte, entspannte sie sich in den Armen der Frauen um sie herum und ließ es zu, dass ihr Körper geleckt, berührt und liebkost wurde.

Der Höhepunkt kam dieses Mal noch kraftvoller.

Finger hatten sich in ihren Schoß gebohrt, glitten mit Leichtigkeit in ihr vom Sperma noch feuchtes Loch. Eine geschickte Hand spielte an der Knospe ihrer Klitoris, quetschte die kleine Perle sanft zusammen und gab ihr genau die Stimulation, nach der sie so verzweifelt verlangte. Zwei Finger – die möglicherweise zwei verschiedenen Personen gehörten - drangen in ihren Anus ein und wanden sich mühelos hin und her. Eine schwindelerregende Woge der Wollust überkam Justine und riss sie mit sich in einen Wirbelsturm der Glückseligkeit. Ihr Mund war trocken; die Halssehnen waren vor Anstrengung bis zum Zerreißen gespannt und ein Schauder nach dem anderen ließ ihren Körper erzittern. Sie keuchte, grunzte und fluchte, während dieses Durcheinander der Wollust sie durchschüttelte. Wimmernd vor qualvoller Lust riss sie sich von all den geschickten Händen los, die mit ihrem nackten Körper spielten und rollte sich zu einem zufriedenen Ball zusammen.

Die Menge zog sie zurück in ihre Umarmung und streckte wieder ihre Gliedmaßen.

Während sie zuvor nichts als Sanftheit in den Liebkosungen gespürt hatte, konnte Justine jetzt etwas Hartes in jedem Kuss und jedem Knabbern wahrnehmen. Die Lichter über ihr produzierten einen prachtvolle Heiligenschein über jeder Frau, die sich über sie beugte und Justine benutzte gierig ihren Mund, um Pussys, Brüste und Hintern zu lecken, die gegen ihr Gesicht gestoßen wurden. Der Gestank sexueller Erregung lag in jedem Atemzug und jedes Mal, wenn sie schluckte, schmeckte sie die Geilheit heraus. Sprühregen aus feuchtem Moschus gingen über ihren Augenbrauen, Wangen und dem Kiefer nieder, tränkten sie mit dem Parfum purer Lust und ließen sie vor Verlangen nach Erlösung erbeben. Jedes Mal, wenn ein paar geschickte Lippen oder Finger sie über die Grenze zum Orgasmus stießen, wollte sie vor Dankbarkeit so heftig weinen, dass es wehtat.

Etwas veränderte sich; sie spürte maskuline Hände, die sie umarmten. Justine war hocherfreut, als ihr eine Champagnerflöte in die Hand gedrückt wurde. Sie trank gierig das angebotene Getränk, während jemand sie stützte. So viel war geschehen, von solch einer Intensität, dass sie den Durst gar nicht gemerkt hatte, der ihre Kehle ausgedörrt hatte. Als sie das Glas geleert hatte hob sie ihren Blick um zu sehen, wer so großzügig gewesen war, ihr den Champagner zu reichen.

Sartine lächelte sie hinter seiner Maske an. „Arbeitest du für Dupont oder Weiss?“

„Sie wissen bereits, für wen ich arbeite“, seufzte sie. „Warum versuchen Sie, mich mit diesen lästigen Fragen zu necken? Glauben sie, ich hätte Sie in die Irre geführt? Halten Sie mich für falsch?“

„Für wen arbeitest du?“ drängte Sartine. „Ich weiß, dass du bei einem der Seniormitglieder angestellt bist. Gib mir einen Namen, dann weiß ich es sicher. Es wird meine Entscheidung über deine Tauglichkeit nicht beeinflussen. Du hast bereits bewiesen, dass du eine Hedonistin ganz nach meinem Geschmack bist.“

Sie holte tief Luft, blickte in seine faszinierenden braunen Augen und sage: „Ich arbeite für La Coste. Ich habe keinen anderen Herrn außer dem Werk des Marquis.“

Er lächelte.

Justine wusste nicht, wie sie zu dieser Einsicht gekommen war, doch sie war sich sicher, dass sie ihn endlich überzeugt hatte, dass ihre Motive den von ihm eingeforderten Kriterien entsprachen. Sie gestatte ihm, ihr einen sanften Kuss auf die Lippen zu hauchen und verschmolz dann mit ihm, als seine Zunge ihren Mund eroberte. Sie konnte spüren, dass sie beide von einer wachsenden Leidenschaft davon getragen wurden und war erstaunt, als er einen Schritt zurück trat und mit den Fingern schnippte.

Ein Dutzend Männer erschien hinter ihm und starrten sie lüstern und voll hungriger Leidenschaft an. Die Frauen, die sich ihr zur Seite gesellten, hatten denselben Ausdruck von Gier, Lust und Entschlossenheit. Mit wild hämmerndem Herzen begriff Justine, dass jedes Vergnügen, das sie bislang genossen hatte, verblassen würde im Vergleich zu dem, was sie jetzt erwartete, was auch immer das sein mochte.

10.

„Du hattest in der letzten Nacht einen merkwürdigen Telefonanruf.“

Justines Mine erhellte sich, als die Büßerin sprach und sie drehte sich um, um ihr zuzulächeln. Die plötzliche Bewegung erinnerte sie an den Muskelkater, der den Exzessen gefolgt war, in deren Genuss sie auf Sartines Ball gekommen war. Es war unmöglich, keine Grimasse zu schneiden. Der steinerne Sitz und die Dunkelheit um sie herum trugen nicht dazu bei, ihre Qualen erträglicher zu machen. Sie saßen in einem trostlosen Keller und das einzige Licht kam von einem vergitterten Fenster hoch über ihnen. Die Luft war dumpf von dem abgestandenen Geruch nach Schmutz und Feuchtigkeit. Doch all das war vergessen, als sie den fröhlichen Schwung in der Stimme der Büßerin hörte.

„Ein Telefonanruf? Wer war es?"

„Ich weiß nicht", sagte die Büßerin leise. „Es war eine seltsame Unterhaltung. Es war eine ziemlich steife Lady. Sie fragte nach dir. Aber sie hat ihren Namen nicht genannt. Nur eine Nachricht. Und das war ziemlich seltsam."

Justine runzelte die Stirn und versuchte ihren müden Kopf dazu zu bringen, das Rätsel zu lösen, wer sie angerufen haben könnte und warum. Sie konnte sich nur eine potentielle Anruferin vorstellen, die ihren Namen nicht nennen und die man eine ‚ziemlich steife Lady' nennen könnte. Grimmig bereitete sie sich innerlich auf die Nachricht vor, die die Büßerin von Mrs. Weiss entgegen genommen hatte. „War sie grob zu dir?"

„Nicht gröber als viele andere Engländer, die ich kennen gelernt habe."

„Wie lautet die Nachricht?"

„Das ist ja das Merkwürdige. Sie hat ihren Namen nicht genannt. Sie würde ihren Namen nicht nennen. Aber sie sagte es, um dich daran zu erinnern, dass du sie nicht kennst." Die Büßerin zuckte die Achseln. Unsicher lächelnd sagte sich: „Das ist also eine Nachricht?"

„Ja", stimmte Justine ihr grimmig zu. „Es ist wirklich so merkwürdig, wie es dir vorkommt."

Sie schloss ihre Augen, verärgert darüber, dass Mrs. Weiss immer wieder auf diesem Punkt herum ritt, als wäre es etwas, was sie leicht vergessen könnte. Justine wusste, dass sie ihr Wissen um die Identität der Frau nicht offenbaren würde. Sie hatte es sich zum Prinzip gemacht so zu tun, als würde sie den Namen Weiss nicht kennen, wann immer Sartine diesen Punkt zur Sprache gebracht hatte. Und sie verstand nicht, warum ihre Chefin solch eine große Sache aus dem Thema machte. Die wiederholten Anweisungen gaben Justine das Gefühl, als fehlte Mrs. Weiss das Vertrauen in ihre Fähigkeit, einer einfachen Anweisung Folge zu leisten.

„Ergibt die Nachricht einen Sinn für dich?"

Justine nickte. Sie grinste, als die Büßerin eine Hand auf ihr Knie legte und spürte, wie sich ihre mürrische Stimmung zu heben begann. Finger auf der nackten Haut waren stets aufregend und ein Prickeln lüsterner Geilheit begann sich in ihren Lenden zu regen. Justine musterte das Gesicht der Frau um heraus zu finden, ob sie in dieselbe verderbte Richtung dachten und war erfreut, das Lächeln der Blondine zu sehen, aus dem das Versprechen hitziger Ausgelassenheit hervorschimmerte.

Die letzte Nacht hatte zu schnell geendet; Erschöpfung hatte Justine in einen Zustand sich dahin schleppender Begeisterung versetzt und sie war in ihr Zimmer zurück getragen worden. Die Büßerin hatte sie gebadet, ins Bett gebracht und ihr gestattet zu schlafen. Sie war vor Justine aufgewacht, als der Wecker klingelte und hatte ihr vorsichtig geholfen, sich für die Reise zum Schloss Vincennes anzukleiden. Aus ihren Studien über de Sades Leben wusste Justine, dass dies der erste Ort war, an dem der Marquis inhaftiert gewesen war.

Normalerweise wäre sie begeistert gewesen, solch ein historisches Gebäude betreten zu dürfen. Es stand unter der Verwaltung des Verteidigungsministeriums und war nur denen zugänglich, die eine entsprechend Befugnis vorweisen konnten. Normalerweise wäre sie entzückt gewesen, einen so schwer zugänglichen Bereich betreten zu dürfen und wusste, dass ihre Begeisterung an Wahnsinn gegrenzt hätte.

Doch da sie sich nach den Ausschweifungen auf Sartines Ball schwach und müde fühlte, hatte sie nicht mehr die Kraft gefunden, irgendein Interesse an ihrer Umgebung zu zeigen. Versteckt hinter den dunklen Gläsern einer Sonnenbrille hatte sie zugelassen, dass ihre Limousine durch die reich verzierten Tore des Schlosses rollte und keine Einzelheiten wahrgenommen, als die Büßerin sie eine Reihe von Steinstufen hinab in den Kerker unter dem Hauptturm geführt hatte.

Erst jetzt, als sie den aufreizenden Schimmer im Lächeln der Büßerin sah, kehrten Justine Gedanken zu der Erregung zurück, die sie immer wieder heimsuchten, seit sie in Frankreich angekommen war. Sartines Fahrer hatte ihnen Anweisungen gegeben, wo sie warten sollten und jetzt, da sie allein waren, fragte Justine sich, ob dies vielleicht die Gelegenheit für sie war, um sich dem betörenden Charme der Büßerin hinzugeben. Die schwellenden Brüste der Frau pressten sich gegen die enge Bluse. Justine konnte die Umrisse eines mit Spitzen besetzten BHs erkennen, doch sie konnte auch sehen, dass das Gewebe so zart war, dass es die anschwellenden steifen Brustwarzen nicht in ihre Schranken weisen konnte. Beide Knospen sprangen Justine keck entgegen und erinnerten sie an die unbeschwerte Beziehung, die sich zu der wunderbaren Frau an ihrer Seite entwickelt hatte. Ganz aufgeregt bei der Aussicht, was sich noch alles ergeben konnte, während sie warteten, erwiderte Justine das Lächeln der Büßerin und beugte sich vor, um ihre Lippen mit einem zarten Kuss zu beehren.

„NEIN!"

Dem Ausruf folgte das Pfeifen einer niedersausenden Gerte. Justine und die Büßerin wichen augenblicklich auseinander und die Gerte traf die steinerne Bank zwischen ihnen. Justine blickte auf, bereit ihre Wut herausplatzen zu lassen. Doch als sie die Gestalt sah, die Böses ahnen ließ und drohend über ihr in die Höhe ragte, blieben ihr die Worte im Hals stecken. Neben ihr keuchte die Büßerin in offensichtlichem Entsetzen auf. Justine sah die hektische Bewegung, als die Frau eine Hand vor ihren Mund schlug, um einen Schrei zu unterdrücken.

Groß und breit war der Mann und in eine tiefschwarze Robe gehüllt. Eine Kapuze verdeckte sein Gesicht in einem dunklen Wirbel wechselnder Schatten. Justine konnte sehen, dass er unter der Robe eine schwarze Hose und schwarze Schuhe trug und seine sauberen Hände mit den sorgfältig manikürten Fingern deuteten darauf hin, dass sich eine verständige Person hinter dieser Verkleidung verbarg. Doch da er sich mit einer geradezu übernatürlichen Heimlichkeit an sie herangeschlichen hatte, eine Gerte schwang und in einer Haltung vollkommener Dominanz über ihnen stand, wagte sie nicht, seine Autorität herauszufordern.

„In diesem Kerker werdet ihr einander nicht berühren", knurrte er. „Eure Bewegungen werden hier ausgesprochen beschränkt sein."

Die Büßerin starrte ihn mit solch offenkundigem Entsetzen an, dass Justine die Frau am liebsten tröstend in den Arm genommen hätte. Sie starrte die vermummte Gestalt an und versuchte den Mut aufzubringen ihn zu fragen, wer er sei und wer ihm die Befugnis gegeben hatte, sich so zu benehmen, doch sie brachte kein Wort heraus. Die Gerte, die er in der Hand hielt, sah aus wie eine heimtückische Waffe und sie zweifelte nicht daran, dass er keine Skrupel haben würde sie zu benutzen, wie es ihm gerade passte. Bei diesem Gedanken zog ihr Bauch sich unangenehm zusammen.

„Setzt euch auf die Bänke an den gegenüberliegenden Wänden des Raumes“, befahl er. Mit der Gerte deutete er auf eine zweite Steinbank gegenüber derjenigen, die sie sich teilten. „Es macht es leichter für euch beide, der Versuchung, euch zu berühren, zu widerstehen.“

„Wer sind Sie?“ brachte Justine heraus.

„Ich bin der Mann, der euch Befehle erteilt.“

Sie holte tief Luft und wollte ihn gerade darauf hinweisen, dass er ihr keine Befehle geben würde, da sie nicht vorhatte, ihm zu gehorchen. Doch bevor sie ihren Trotz äußern konnte, war die Büßerin schon zur anderen Seite des Kerkers gehuscht und hatte sich steif auf die Steinbank gesetzt. Sie fuhr damit fort, die vermummte Gestalt mit vor Entsetzen weit aufgerissenen Augen anzustarren und Justine schmerzte das offensichtliche Unbehagen der Frau.

Ein strahlend weißes Lächeln schimmerte aus den Schatten unter der Kapuze hervor. Sie sah ein boshaftes Blitzen dort, wo sie seine Augen vermutete und wurde unsicher bei dem Gedanken, dass sie gerade lüstern gemustert wurde. Als wollte er sie in ihrer Furcht bestärken, keuchte er das Wort: „Ausziehen!“

Justine rührte sich nicht, fest entschlossen, nicht zu gehorchen.

Es war unmöglich zu leugnen, dass die Vorstellung sie erregte. Da stand sie in dem Kerker von Vincennes – möglicherweise ganz in der Nähe der Zelle, in der de Sade selbst gefangen gewesen war – und eine drohende Gestalt befahl ihr, sich auszuziehen. Es war eine sexuelle Fantasie, die sie in ihren Gedanken bereits hunderte von Malen durchgespielt hatte, doch sie sträubte sich, sich so einfach zu unterwerfen. Sie würde darauf bestehen, dass sie nicht so eine leichte Beute war und schüttelte energisch den Kopf.

„Ausziehen!“ befahl die vermummte Gestalt. Er wandte sich von Justine ab und starrte die Büßerin an, so dass sie wusste, dass der Befehl ihnen beiden galt. „Los, ausziehen. Zieht eure Kleidung aus. Ich will euch nackt sehen. Beide. Jetzt!"

Justine biss die Zähne zusammen, endlich gab es einen Befehl, dem sie sich widersetzen konnte, dann stand sie auf und starrte ihn an. „Ich werde keine Anweisung mehr befolgen, bis Sie mir nicht gesagt haben, wer Sie sind." Sie stemmte ihre Hände auf die Hüften, fest entschlossen wie ein Furcht einflößender Gegner auszusehen. Ihre Hoffnung, ihm zu trotzen, begann zu schwinden als sie sah, dass die Büßerin sich bereits ihrer Kleider entledigte.

Der Rock und die Bluse der Blonden waren rasch zur Seite geworfen. Sie stieg aus ihren Schuhen und streifte dann ihren Slip und den BH ab. Die Kühle des Kerkers reichte aus, um bei ihr eine Gänsehaut zu verursachen und Justine fand sich hin und her gerissen zwischen dem Vergnügen, den Körper der Büßerin zu bewundern und der Enttäuschung zu wissen, dass sie nun dem Vorbild ihrer Freundin folgen und sich ebenfalls ausziehen musste, wie es ihnen befohlen worden war. Zögernd und immer noch nach einer Möglichkeit suchend, die Peinlichkeit zu vermeiden, griff sie nach den Knöpfen ihrer Bluse.

„Wirst du dich jetzt wohl endlich ausziehen?" wollte er wissen. „Oder möchtest du, dass ich dir helfe?"

Verärgert und unbehaglich angesichts der Anonymität des Mannes öffnete Justine trotzig ihre Bluse. Nachdem sie einen ganzen Abend lang von einer Gruppe von über einhundert maskierten Fremden bestürmt wurde, hätte sie gedacht, es würde ihr nichts mehr ausmachen, sich vor irgendjemandem auszuziehen. Doch als sie mehr und mehr Haut entblößte und das anerkennende Krächzen hörte, das unter seiner Kapuze ertönte, wurde Justine von einem tiefen Gefühl der Erniedrigung erfasst. Ihre Wangen wurden dunkelrot, ihr Puls beschleunigte sich und sie stellte entsetzt fest, dass sich eine hitzige Feuchtigkeit zwischen ihren Beinen ausbreitete.

Er strich mit seiner Gerte über ihren Rücken. Das aufgerollte Ende der Leders streifte die schmalste Stelle ihres Rückens, dann ihre Unterhose und zum Schluss ihre nackten Schenkel. Die Berührung war nicht mehr als eine sanfte Liebkosung, doch sie zuckte zusammen, als hätte er sie mir aller Kraft auf den Hintern geschlagen.

„Zieh alles aus“, beharrte er. Er drehte sich kurz um, um die Büßerin anzustarren, seine Kapuze bewegte sich als würde er zustimmend nicken dann wandte er sich wieder Justine zu. „Ich habe dir gesagt, du sollst dich ausziehen und wenn du nicht schneller machst, werde ich deine Kehrseite peitschen und dir die Kleider eigenhändig vom Leibe reißen. Ist es das, was du willst?“

Anstelle einer Antwort streifte sie hastig ihre Unterwäsche ab. Die schnellen Bewegungen brachten ihr all ihre Schmerzen und Qualen ins Gedächtnis zurück, die sie versucht hatte zu vergessen, doch sie ließ nicht zu, dass ihre Pein sich auf ihrem Gesicht widerspiegelte. Nackt vor ihm stehend, sich selbst stolz und gerade haltend, versuchte sie nicht zu zittern als er die Gerte hob. Ihre nackten Brüste sahen blasser aus an diesem Morgen, ein scharfer Kontrast zu der kirschroten Schwellung ihre steifen Nippel. Sie wollte nicht hinnehmen, dass die Schikane der vermummten Gestalt sie erregt hatte und zog es vor zu glauben, dass sie immer noch wund war von den Qualen des letzten Abends. Diese Erklärung konnte aber nicht die aufgerichteten Haare in ihrem Nacken verbergen oder die Hitze, die die Muskeln ihres Schoßes zum Zittern brachten. Doch alles war besser als zu denken, die schroffe und unheimliche Gestalt, die sie mit einer Gerte bedrohte, könnte sie erregen.

„Sind Sie jetzt zufrieden?“ fragte sie kurz angebunden.

„Du bist ausgezogen. Jetzt dreh dich um und beug dich vor.“ Justine war nahe daran, sich empört zu weigern, als er sich zu der Büßerin umdrehte und ihr denselben Befehl gab. „Dreh dich um und beug dich vor. Ich werde eure beiden Hintern zur Vorbereitung striemen.“

„Wer sind Sie?“ zischte Justine. „Und mit welchem Recht stellen Sie diese Forderungen?“

„Willst du La Coste erwerben?“

„Ja, aber…“

„Dann beug dich vor.“

Es war ein Streit von dem sie wusste, dass sie ihn nicht gewinnen konnte. Die Büßerin hatte sich bereits vornüber gebeugt, ihre perfekte Kehrseite ausgestellt und die Spalte in der Mitte glitzerte in derselben verderbten Erregung, die auch Justine quälte. Sie hielt den Atem an, hoffte, dass die Androhung der Strafe nicht ernst gemeint gewesen war, doch dann verpuffte diese Idee, als ein Hieb mit der Gerte sie in ihren Hintern biss.

„Justine!“

Der besorgte Aufschrei der Büßerin war ein Flüstern gegen ihr eigenes gequältes Zischen. Eine lodernde Linie voller Schmerz brannte auf beiden Backen von Justines Hintern und die Hitze in ihrem Schritt wurde feuchter und wilder. Sie stützte sich ab, bereit, einen weiteren Gertenhieb entgegenzunehmen. Doch als sie das Pfeifen hörte und das Klatschen, mit der die Spitze auf nacktes Fleisch traf, begriff sie, dass es ihre blonde Geliebte war, die den zweiten Schlag erhalten hatte.

Die Büßerin ließ ein leises Stöhnen hören.

Justine wollte sich gerade umdrehen, bereit, der vermummten Gestalt zu sagen, dass er keinen Grund hatte, ihre Gefährtin zu schlagen. Er landete einen boshaften Hieb auf ihrer linken Backe und dieser Hieb war kräftig genug, um jeden Ansatz einer Beschwerde, die sie hatte vorbringen wollen, im Keim zu ersticken. Sich selbst umklammernd versuchte sie, nicht vor Schmerzen zu wimmern und starrte über ihre Schulter zu ihm hinüber, während er einen weiteren Schlag gegen die Kehrseite der Büßerin führte. Als Justine ihre Freundin kreischen hörte, konnte sie beinahe den Schmerz der Frau spüren.

„Sechs für jede“, sagte die vermummte Gestalt feierlich. „Es werden mehr, wenn ihr weiterhin darauf besteht rumzuzappeln.“

Es war ein unbarmherziger Befehl und Justine wog die beiden Möglichkeiten ab, entweder sich ihm zu widersetzen oder zuzulassen, dass die Züchtigung fortgesetzt wurde. Ihr gesunder Menschenverstand sagte ihr, dass sie nachgeben und die Qualen durch die Gerte über sich ergehen lassen sollte, doch sie wollte sich nicht so einfach vier weiteren Schlägen von solch brutaler Kraft unterwerfen. Ein Teil ihres Trotzes entsprang ihrem natürlichen Selbstschutzgefühl, doch der größere Teil rührte daher, dass sie wusste, was geschehen würde, wenn sie erst einmal nachgab. So lange sie die vermummte Gestalt herausforderte konnte Justine die Erregung verdrängen, die die Züchtigung bei ihr hervorrief. Sie befürchtete, dass, sobald sie aufhörte, seine Autorität in Frage zu stellen, ihr Körper keinen Grund mehr hätte, auf die verhassten Qualen zu reagieren.

Beim Zischen eines weiteren Schlages, der der Büßerin galt, hätte Justine am liebsten über die Ungerechtigkeit geheult. Sie erstickte ihren Schluchzer, als die Blondine aufschrie und wappnete sich dann gegen den nächsten Schlag, der, wie sie wusste, ihre eigene Kehrseite treffen würde.

Die vermummte Gestalt enttäuschte sie nicht.

Er zielte mit der Gerte auf ihren Hintern und entzündete eine Linie aus flüssigem Feuer über ihren Backen. Während Justine nach Luft schnappte und darum kämpfte, nicht von der Woge aus weiß glühender Hitze übermannt zu werden, die die Spitzen ihrer Schenkel versengte, spürte sie, wie die Wärme in die feuchten Lippen ihres Schoßes hinein strahlte. Der Schmerz machte sie wütend und erregte sie und sie verfluchte im Stillen ihren Körper, dass er so viel Lust bei dieser schmerzhaften Züchtigung empfinden konnte.

Die Büßerin stöhnte, als ein weiterer Hieb ihren Hintern traf.

Justine dachte, es sei schwer herauszufinden, was sie stärker leiden ließ: das schmerzhafte Brennen der Schläge oder die Schreie der Büßerin. Dem Mitleid erregenden Seufzen der Blondine zu lauschen - und zu wissen, dass sie allein aus dem Grund litt, weil sie Justine nach Vincennes begleitet hatte – war fast mehr, als sie ertragen konnte. Als die Gerte sie in ihren eigenen Hintern biss, schloss Justine, dass sie den Vorteil hatte, dabei noch eine gewisse Lust zu empfinden. Das unglückliche Schluchzen der Büßerin zu hören ließ sie sich schuldig fühlen und machte sie unglücklich.

Ein weiterer scharfer Biss der Gerte hinderte sie daran, diesen Weg ihrer Gedanken weiter zu verfolgen. Ihr Peiniger schlug die Büßerin ein weiteres Mal und dann noch einmal Justine. Die Kraft eines jeden Schlages war unbeschreiblich und sie schnappte keuchend nach Luft, während sie versuchte ihren Körper dazu zu bringen, den Schmerz zu akzeptieren.

Am Rande ihres Bewusstseins konnte sie sich ausmalen, wie ihre Kehrseite mit leuchtend roten Striemen überzogen war. Das Bild war ihr ebenso verhasst wie der Schmerz selbst, weil es eine neue Woge unerwünschter Erregung auslöste. Nachdenklich starrte sie auf die abgenutzte Steinbank vor sich. Sie wagte nicht, die Augen zu schließen aus Angst, dieses Bild wieder vor ihrem geistigen Auge zu sehen und von seiner Macht überwältigt zu werden. Aus den Schmerzen, die sie spürte schloss Justine, dass ihre blassen Backen mit roten Striemen gezeichnet waren, von denen eine glühende Hitze ausstrahlte. Sie konzentrierte sich auf die Steinbank und wagte nicht, über die Schulter zu blicken, weil sie wusste, dass der Anblick des gezüchtigten Hinterns der Büßerin ebenso erregend sein würde wie das Bild, das sie sich von ihrem eigenen Hintern ausmalte. Sie atmete tief ein, sagte sich, dass die Folter fast vorüber war und wimmerte mitfühlend, als die Büßerin aufschrie. Eine Träne bahnte sich ihren Weg über ihre Wange, doch Justine konnte nicht entscheiden, ob sie über ihre eigene missliche Lage weinte oder über die Qualen, die ihre Freundin zu erdulden hatte.

Die Gerte zischte und fuhr fauchend auf ihren Hintern nieder.

Justine versteifte sich und hörte dann die Büßerin ein weiteres Mal aufschreien.

Ihre Kehrseite war ganz betäubt von der Misshandlung und sie wollte nicht glauben, dass sie den letzten Schlag überhaupt noch spüren würde, bis er die Spitze ihrer Oberschenkel traf. Sie ließ sich nicht länger leugnen, diese wahnsinnige Erregung, die jetzt in ihrer Spalte glühte. Als ihr gestattet wurde, sich aufzurichten und sie sich der vermummten Gestalt zuwandte, wusste sie, dass die Zeichen ihrer Erregtheit so auffällig waren wie eine Neonreklame. Ihre Brustwarzen waren hart aufgerichtet, die Hitzewelle aus ihrem Schoß hatte ihre Schamlippen klebrig vor Nässe werden lassen und sie wusste, dass ihre Gesichtsfarbe alles verraten würde.

Doch sie schaffte es immer noch, ihn anzustarren, sobald sie sich nicht mehr vornüber beugen musste. „Wer sind Sie und was wollen Sie?“ keuchte Justine. „Jeder andere, den ich auf dieser Reise getroffen habe, war so höflich gewesen, sich vorzustellen. Sie sind einfach nur ein Feigling, der sich unter seiner Kapuze versteckt und meine Gefährtin und mich tyrannisiert. Wer sind Sie? Warum haben Sie meine Freundin und mich dermaßen gezüchtigt?“

„Ich bin die Einleitung“, sagte er grinsend.

„Ich verstehe nicht.“

„Ich bin nicht die Person, die dich züchtigen wird. Ich bin lediglich eine Einführung in das, was du in den nächsten paar Tagen zu erwarten hast.

Mir wurde nur gesagt, ich solle hier herunter gehen und euch zur Vorbereitung nackt ausziehen lassen und euch striemen."

„Vorbereitung auf was?" fragte Justine wachsam.

„Vorbereitung auf mich", dröhnte eine Stimme aus dem Treppenschacht über ihnen.

Sie drehten sich alle um, um die unheilvolle Gestalt anzustarren, die zu ihnen herabstieg. Das Gesicht unter einer Kapuze verborgen, eine Peitsche in der einen Hand schwingend und eine lange Kette in der anderen, war die Gestalt bedrohlich und Furcht einflößend. „Du bist in deinen Reaktionen auf Sakrilegien geprüft und akzeptiert worden. Du bist zu einer Orgie ausschweifender Vergnügungen in Sartines Hotel eingeladen worden und er informierte mich, dass du das Zeug zu einer echten Hedonistin hast. Nun kommt die wahre Prüfung deiner Fähigkeiten."

Justine starrte den Neuankömmling an, war sich sicher zu wissen, was als Nächstes käme und sich vor den Worten fürchtend, die sie hören würde. Die zweite vermummte Gestalt trat nah an sie heran und warf die Kapuze zurück um ein vertrautes Gesicht zu enthüllen, das vor grober Raserei und Wut verzerrt war. Justines plötzliches Begreifen traf sie wie ein heftiger Schlag ins Gesicht.

„Mein Name ist Mrs. Weiss", dröhnte die Frau. „Und ich bin hier, um zu sehen, wie du auf Schmerz und Züchtigungen reagierst."

11.

„Du hast es meinem Assistenten sehr schwer gemacht", knurrte Mrs. Weiss. „Hast du eine Erklärung für dein Benehmen?"

„Ich war …", begann Justine. Ihr gesunder Menschenverstand sagte ihr, dass sie einfach nur erklären brauchte, dass der Assistent sich geweigert hatte zu sagen, wer er war oder zu erklären, welche Befugnisse er hatte. Es war nicht ihre Absicht gewesen, es irgendwem schwer zu machen: sie hatte nur in ihrem eigenen Interesse und dem der Büßerin gehandelt. Es schien ihr ein vernünftiges Argument zu sein, doch die Worte weigerten sich, über ihre Lippen zu kommen und sie konnte nur unsinnige Brocken stammeln.

„Ich wollte nur … ich meine … er wollte nicht sagen …“

„Nur gut, dass wir uns nicht mit irgendwelchen Sprachprobleme plagen müssen“, höhnte Mrs. Weiss. Ihr abweisender Seufzer deutete an, dass der Austausch von Höflichkeitsfloskeln beendet war. „Halt den Mund“, schnauzte sie. „Beug dich vor und zeige mir deinen Arsch. Lass mich sehen, ob mein Assistent dich so gezeichnet hat, wie du es verdienst.“

Justine zögerte einen winzigen Moment lang.

Mrs. Weiss schlug sie hart ins Gesicht.

Der Schlag war nicht kräftig gewesen, doch er war plötzlich und unerwartet gekommen. Ihr wurde schwindelig von der Gewalt, mit der die Handfläche ihre Wange berührt hatte und sie keuchte überrascht. Zu verwirrt um zu wissen, wie sie reagieren sollte, starrte sie ihre Brotherrin schweigend an und versuchte Worte herauszubringen, die ihre Empörung zum Ausdruck bringen würden.

„Sie … Sie haben mich geschlagen!“

„Ich werde dich wieder schlagen, wenn du nicht tust, was ich dir sage.“ Mrs. Weiss sprach in einem gelangweilten, sachlichen Ton. „Ich werde nicht viele meiner Anweisungen wiederholen. Ich erwarte, dass du mir auf der Stelle gehorchst und ich werde jedes Zögern als Rebellion ansehen und entsprechend bestrafen. Jetzt halt den Mund und beug dich vor, oder ich werde dich wahrhaftig noch einmal schlagen.“

Justine gehorchte mit unziemlicher Hast. Sie drehte der Frau den Rücken zu und nahm dieselbe erniedrigende Haltung ein, zu der sie schon der Assistent gezwungen hatte. Ihre Verwundbarkeit in dieser Situation erweckte in ihr das Bedürfnis, sich furchtsam zu ducken, doch sie schlug sich diese Idee energisch aus dem Kopf. Es war schon schlimm genug, sich Mrs. Weiss unterwerfen zu müssen, auch ohne die tiefe Scham, die sie immer stärker empfand. Es würde noch schwerer werden, wenn sie die Frau wissen lassen würde, welch ein Durcheinander ihre Dominanz hervorrief. Justine war sich der grausamen Art von Mrs. Weiss bewusst und konnte sich das Entzücken der Frau vorstellen, wenn sie erkannte, welche Kränkung sie ihr zugefügt hatte.

Kühle Hände streichelten die brennenden Backen ihres Hinterns. Justine konnte hören, wie ihre Arbeitgeberin tief Luft holte und fragte sich, ob dieses Geräusch ein Zeichen der Erregung, des Schreckens oder der Enttäuschung war. Sie versuchte, ihren Körper nicht zu deutlich auf das brennende Unbehagen reagieren zu lassen, als die Frau mit ihren Fingernägeln über ihre gezüchtigte Kehrseite kratzte. Es war offensichtlich, dass Mrs. Weiss die Striemen, die ihren Hintern zeichneten, absichtlich berührte. Sie glitt an jeder Schwellung mit einem kräftigen Fingerdruck entlang, was die quälende Erinnerung an den Moment wach rief, in dem die Striemen entstanden waren. Sie umfasste mit jeder Hand eine Backe, zog sie auseinander, bis das Fleisch von Justines Pussy gedehnt war, dann seufzte sie wieder.

„Ist das nicht wieder mal verdammt typisch?" knurrte Mrs. Weiss streitsüchtig. „Wenn du willst, dass ein Job gut erledigt wir, musst du ihn verdammt noch mal selbst übernehmen."

Der kühle und strafende Griff der Frau ließen Justines Pobacken los, doch sie befürchtete, dass ihr Martyrium noch lange nicht vorüber war. Justine holte tief Luft, gestattete sich keinen Gedanken daran, was für ein Bild sie wohl abgeben mochte, so nackt und vornüber gebeugt, und versuchte sich zu entspannen in der Hoffnung, dass sie jede Züchtigung und Misshandlung würde annehmen können, was auch immer Mrs. Weiss ihr auferlegen würde.

„Ich will eine Peitsche." Ohne sich umzudrehen wusste Justine, dass die Worte dem Assistenten galten. Der stahlharte Klang in Mrs. Weiss Stimme war so kalt und kompromisslos wie immer.

„Ich habe dir doch gesagt, dass eine Gerte verdammte Scheiße ist. Ich sagte, eine Katze oder Brennnesseln wären für diesen Job am besten geeignet, aber hast du mir verdammt noch mal überhaupt zugehört, du Schwachkopf?"

Ihrer Frage folgte eine gemurmelte Entschuldigung und das Geräusch von Schritten, die eilig die Steintreppe hinauf polterten. Justine starrte demütig auf den Boden und wagte nicht, ihre Position zu verändern, um nicht Mrs. Weiss Zorn auf sich zu ziehen oder eine Bestrafung zu provozieren. Sie setzte alles daran, still stehen zu bleiben, während sie die Schauder, die ihren Körper durchschütteln wollten, zu unterdrücken versuchte. Es war eine anstrengende Position, um lange darin zu verharren und sie war nahe daran, ihre Ruhe mit einem schrillen Schrei zu beenden, als Mrs. Weiss einen Finger in ihre Pussy schob.

„Das habe ich mir doch gedacht“, knurrte die Frau.

Zitternd erwiderte Justine nichts. Sie verharrte vollkommen bewegungslos, als die schlanken Finger tiefer zwischen ihre Schamlippen glitten. In der Stille konnte sie den Kontrast zwischen der Glätte der manikürten und polierten Nägel und den Falten an Mrs. Weiss Knöcheln spüren. Das Innere ihres Schoßes fühlte sich so unglaublich empfindlich an, dass sie sogar glaubte, die Wirbel der Fingerabdrücke zu spüren, als die Frau sie tief an ihren intimsten Stellen berührte.

„Die Gerte hat dich vielleicht nicht so gezüchtigt, wie ich es wollte, aber sie hat dich verdammt geil gemacht, oder etwa nicht?“

Justine spürte, wie die Schamesröte in ihrem Gesicht noch dunkler wurde.

Der Finger wurde aus ihrer Pussy gezogen und eine Hand landete klatschend auf ihrem Hintern. Der Schmerz kam unerwartet und war heftiger, als sie erwartet hätte. Justine wusste nicht, ob Mrs. Weiss ihr Handgelenk auf besondere Weise bewegt hatte oder ob sie es einfach nur geschafft hatte, einen gerade erst gezüchtigten Teil der Pobacke mit entmutigender Präzision zu treffen. Was auch immer der Grund war, Justine schloss ihre Augen und versuchte, sich mit dem Aufflackern des brennenden Schmerzes auf ihrem Hintern abzufinden.

„Ich habe dir eine Frage gestellt“, zischte Mrs. Weiss. Sie hatte ihre Stimme gesenkt, so dass sie die Worte in Justines Ohr spucken konnte. „Ich habe dir eine Frage gestellt und wann immer ich dir eine Frage stelle, wirst du mir auf der Stelle antworten. Hast du mich verstanden?“

„Ja“, keuchte Justine. „Ich habe Sie verstanden.“

„Die Gerte hat dich wirklich verdammt geil gemacht, nicht wahr?“

„Ja“, platzte Justine heraus. Die Scham über dieses Eingeständnis war vergessen, während sie hastig versuchte, die Frau hinter sich zu beschwichtigen. „Ja, die Gerte hat mich geil gemacht.“

Dieses Mal wurden zwei Finger in ihren Schoß gestoßen.

Justine wusste nicht, ob sie über ihre Bereitschaft, sich dieser Frau zu unterwerfen, entsetzt sein sollte oder nicht und ob sie sich vor der Leichtigkeit, mit der die Finger in ihre Pussy glitten, ekeln sollte. Zu begreifen, dass die Züchtigung und Demütigung sie äußerst erregten, machte sie krank vor Ekel vor sich selbst, doch das verstärkte nur noch die stinkende Hitze zwischen ihren Beine. Ihre Scham wurde noch größer, als Mrs. Weiss ihre Finger langsam tief in sie hinein schob und sie dann wieder heraus gleiten ließ.

„Was hat dich am meisten erregt? War es der Schmerz? Oder die Demütigung?“

„Ich …“

Als sie zögerte, versteiften sich die Finger in ihrem Schoß. Justine wusste, dass sie nur einen Hauch davon entfernt war, dass die Hand aus ihrem Schoß gezogen wurde und energisch klatschend auf ihrem Hintern landete. Ängstlich darauf bedacht, die Strafe zu vermeiden – bestrebt, jede unnötige Züchtigung zu vermeiden – sagte sie rasch: „Ich weiß nicht.“

Die Hand entspannte sich und nahm seine Bewegung wieder auf. Mrs. Weiss ließ ihre Finger langsam hinein und heraus gleiten und erregte einen Sturm düsterer Erregung in den Muskeln von Justines Schoß. Obwohl sie dazu imstande schien, ein beachtliches Maß an Schmerzen zuzufügen, wenn die Lust dazu sie überkam, war es augenscheinlich, dass sie ebenso sehr mit zermürbender Geschicklichkeit verwöhnen konnte. Justine hielt den Atem an, wünschte sich, ihr Körper wäre nicht so leicht erregbar, während ein kräftiges Prickeln der Wollust ihren Schoß aufwühlte.

Ihre Nippel wurden steif. Ihr Puls hämmerte mit frischer Kraft in ihrer Klitoris. Und sie wusste, dass sie nichts tun konnte, um Mrs. Weiss davon abzuhalten, erbarmungslos über sie zu herrschen.

„Du musst doch eine Vorstellung haben“, schmeichelte Mrs. Weiss ihr. Ihr Tonfall war trügerisch heiter und Justine warnte sich selbst, sich nicht von dem Anflug spielerischer Neckerei hinreißen zu lassen. „Bist du nass geworden, als mein Assistent dir sagte, du sollst dich ausziehen? Hast du dich bei der Demütigung dieser Anweisung innerlich gekrümmt? Hat dich die Aussicht, dich für einen vermummten Fremden ausziehen zu müssen, erregt? Oder hast du erst begonnen, richtig geil zu werden, als er dir mit der Peitsche auf den Arsch knallte? War es der Schmerz, der dich so heiß und nass gemacht hat?“

Justine wog schnell ihre Möglichkeiten ab, bevor sie etwas erwiderte. Sie konnte sich nicht daran erinnern, welcher Teil dieser heißen Episode ihre Erregung ausgelöst hatte. Sie war sich nicht einmal sicher, ob ihre Geilheit durch die Züchtigung und Demütigung durch den Assistenten hervorgerufen worden war oder ob sie bereits vom Kuss der Büßerin so erregt gewesen war. Die letzte Option schien ihr am wahrscheinlichsten, doch es bestand auch die Möglichkeit, dass die ganze Atmosphäre von Vincennes diesen Effekt auf sie hatte.

Seit ihren Tagen auf der Universität als sie zum ersten Mal entdeckt hatte, dass sie sich zu de Sades Prosa hingezogen fühlte, waren Vincennes, die Bastille und La Coste gleichsam heilige Stätten für Justine. Die Sehnsucht, sie zu besuchen, hatte sie niemals verlassen und sie hielt es nicht für unbegründet zu glauben, dass jeder dieser heiligen Orte Einfluss auf ihre Reaktionen haben könnte. Sie hatte sich gewiss schon unzählige Fantasien ausgemalt, in denen sie an all den Orten misshandelt und benutzt wurde und sie hielt es nicht für unwahrscheinlich, dass ihre Erregung daher rührte, dass ein lang gehegter Traum Wirklichkeit geworden war.

„Wirst du mir antworten, Justine?“ wollte Mrs. Weiss mit trügerischer Freundlichkeit wissen. „Oder muss ich dich an die Regeln erinnern, nach denen es hier läuft?“

Die Finger in ihrer Pussy versteiften sich und Justine wusste, dass sie nur noch einen halben Hauch davon entfernt war, dass Mrs. Weiss sie aus ihrem Loch zog und ihr mit der Hand auf den Arsch klatschte. Die Aussicht, diese Erniedrigung zu erdulden, war undenkbar und sie beeilte sich, eine Antwort zustande zu bringen.

„Ich denke …“, begann sie.

Die Finger entspannten sich und schoben sich wieder hinein und heraus.

Justine hätte am liebsten vor Erleichterung geseufzt. Sie wusste, dass sie, wenn sie genau zuhören würde, das sanfte Schlürfen würde wahrnehmen können, mit dem ihre Schamlippen die hin und her gleitenden Finger küssten.

„Ich denke, es war …“

Justine fragte sich, ob sie, wenn sie sagte, die Demütigung hätte sie am meisten erregt, Mrs. Weiss nicht dazu ermutigte, ihr eine heftigere körperliche Bestrafung zuteil werden zu lassen. Das Gleiche, wenn sie sagte, der Schmerz hätte sie nass werden lassen: Justine dachte, dass die Frau sich dann vielleicht entscheiden könnte, ihre Quälereien auf psychologische Spielchen mit Scham und Peinlichkeiten zu konzentrieren. Nach dem Wenigen, was sie über Mrs. Weiss wusste, war sich Justine sicher, dass die Frau jede Menge Vergnügen daraus zog, andere Menschen sich unglücklich und unbehaglich fühlen zu lassen. Sie versuchte zu entscheiden, welche Erwiderung ihr eigenes Leben einfacher machen würde war der verzweifelte Versuch, ihre Peinigerin zu überlisten.

Die Anstrengung ließ sie zittern und schwitzen und wachsende Panik in ihr aufsteigen.

„Ich denke …“

„Du denkst ziemlich viel und redest verdammt wenig“, knurrte Mrs. Weiss. Ihre Hand fuhr mit unnötiger Heftigkeit vor und zurück. Die Möglichkeit, dass ihre Stimmung kippte, war zum Greifen nah. „Beantworte die verdammte Frage, Schlampe. Was hat dich nass gemacht? Schmerz oder Demütigung? Ich will die Wahrheit und ich will sie jetzt.“

In dem Wissen, dass die Wahrheit keine Alternative war – wobei sie sich nicht einmal sicher war zu wissen, was wirklich die Wahrheit war – holte Justine zitternd Luft und sagte: „Ich glaube, es war der Schmerz.“ Sie konnte spüren, wie die Muskeln in ihrem Schoß um Mrs. Weiss Finger zitterten, als sie die Erklärung abgab. „Ich bin sicher, dass es der Schmerz war“, entschied sie. „Er hat mich nass werden lassen.“

Fußschritte waren auf der Steintreppe zu hören und der Assistent stammelte eine aufrichtige Entschuldigung, als er an Mrs. Weiss Seite stolperte. Justine war erstaunt darüber, dass der Mann sich so schnell von einer Gestalt, die Böses ahnen ließ, in eine bloße Hilfskraft verwandelt hatte, deren Anwesenheit so leicht in Vergessenheit geraten konnte. Sie wunderte sich, dass ihre Brotherrin so geschickt darin war, ihre Untergebenen zu manipulieren.

„Wird dies her Ihren Zwecken genügen, Madame?“ fragte er.

Justine blickte aus ihrer Haltung nicht auf, um sein Herannahen zu beobachten. Sie hörte nur sein gemurmelte Entschuldigung, als er Mrs. Weiss etwas reichte, das unheilvoll raschelte. Die Finger wurden aus ihrem Schoß gerissen und Justine fühlte sich nass, leer und frustriert. Sie versuchte, tief einzuatmen – um sich selbst zu beruhigen und sich auf das vorzubereiten, was auf sie zu kommen würde – doch sie hatte den immer stärker werdenden Verdacht, dass keine noch so ausgiebige Vorbereitung sie, auf was Mrs. Weiss auch immer austeilen wollte, hätte vorbereiten können.

„Der Schmerz hat dich am meisten erregt?" Sie klang sehr rücksichtsvoll.

Justine wagte es, einen Blick über ihre Schulte zu werfen und sah, wie die Frau beiläufig die Peitsche untersuchte, die ihr Assistent gefunden hatte. Es war ein entsetzlich aussehendes Instrument, trotz der weichen Lederriemen, die unschuldig nach unten hingen, doch Justine argwöhnte, dass es eine Menge Schmerzen bereiten würde, wenn sie diese erst zu spüren bekäme.

„Ich bin so froh, dass es der Schmerz war, der dich am meisten erregt hat. Das bedeutet, dass du mich für sehr großzügig halten wirst, wenn ich anfange dir weh zu tun." Ihr freundlicher Tonfall verschwand und wurde durch den scharfen Befehlston ersetzt, in dem sie zuvor schon ihre Anweisungen gebellt hatte. „Hände nach hinten, du Schlampe. Zieh deine Arschbacken auseinander. Jetzt!"

Justine zögerte beinahe. Der Befehl kam so schnell und war so entsetzlich und grundlos, dass sie sich fast vor Empörung dagegen sträubte. Doch sie machte sich klar, dass solch eine Aufmüpfigkeit ihr Leiden nur noch größer werden lassen würde, griff nach hinten, legte einen Hand auf jede Arschbacke und zog diese auseinander.

Einen Moment lang glaubte sie, es könnte auf der ganzen Welt nichts Schrecklicheres geben. Die Peinlichkeit, sich selbst auf diese Weise präsentieren zu müssen, lähmte sie. Das Unbehagen und die Demütigung, ihren Anus und ihre Schamlippen zur Belustigung ihrer Chefin zu dehnen, waren so heftig, dass sie diese Ungerechtigkeit nicht einmal in ihren Gedanken richtig fassen konnte. Und dann schlug Mrs. Weiss sie und Justine entdeckte, dass es weit Schlimmeres gab als bloße Verlegenheit.

Die Peitsche war eine einzige Qual.

Etwas sauste knisternd durch die Luft – eine Reihe von Lederriemen, die sich steif aneinander rieben – und fraß sich wie ein Brandeisen in ihre Kehrseite. Justine konnte ein protestierendes Aufheulen nicht zurückhalten, als die geknoteten Spitzen der Peitsche über ihre Backen kratzen. Sie bissen sich in den Ring ihres Anus und peinigten ihre Schamlippen. Das Aufflackern des Schmerzes kam plötzlich, scharf und schauderhaft. Ihr Körper war augenblicklich in Schweiß gebadet.

Ihre vom Angstschweiß schlüpfrig gewordenen Finger glitten von ihrem Hintern.

„Ich habe gesagt, du sollst dein verdammtes Arschloch aufhalten", brüllte Mrs. Weiss.

Die Peitsche fuhr zweimal auf sie nieder, einmal auf jede Backe.

Es war nicht der intensive Schmerz wie bei dem Hieb auf ihre offen präsentierte Spalte, doch der Schmerz war dennoch heftig. Justine wusste nicht, ob es an den frischen Zeichnungen der Gertenhiebe lag, dass sie solche Qualen litt, oder ob die Peitsche ein grausameres Strafinstrument war, als sie erwartet hatte. Was auch immer der Grund sein mochte, sie schrie ein weiteres Mal vor Entsetzen auf und beeilte sich, ihre Hände auf ihren Hintern zu bekommen um zu tun, was Mrs. Weiss von ihr verlangte und sich selbst richtig offen zu halten und darzubieten. Ihre Fingernägel kratzen am gezüchtigten Fleisch und obwohl sie am liebsten zurückgeschreckt wäre, zwang sie sich selbst still zu stehen und die Misshandlung der Frau über sich ergehen zu lassen.

„So ist es besser. Lass noch einmal los und ich werde dich für den Rest des Tages auspeitschen." Wie um ihren Worten Nachdruck zu verleihen, ließ sie die Peitsche hart auf Justines Kehrseite niederfahren.

Justines Schrei hallte von den steinernen Wänden des Kerkers wider. Der bittere und panikerfüllte Schrei klang mitleiderregend, doch als Mrs. Weiss fortfuhr sie zu schlagen, während sie aufheulte, begriff Justine, dass niemand kommen würde, um ihr zu helfen. Die Erkenntnis, dass all ihr Schreien absolut nutzlos war ließen die Schmerzensqualen noch unerträglicher erscheinen und ihre Schreie verebbten zu leisen Schluchzern.

„Du kannst ruhig schreien, wenn du willst", ermutigte Mrs. Weiss sie. „Es ist befriedigend zu wissen, dass ich meinen Job ordentlich erledige."

Justine scherte sich nicht darum, etwas auf diese Bemerkung zu erwidern. Die wütende Hitze in ihrem Schoß brannte wie Lava. Während der Schmerz in Wellen durch ihren ganzen Körper lief, schlängelte sich ein Pochen düsterer Erregung aus ihrem Bauch in ihr Bewusstsein. Die inneren Muskeln ihrer Pussy bebten vor wachsendem Verlangen und sie wappnete sich für einen weiteren Hagel an Schlägen.

„Ist das genug Bestrafung für dich?“ wollte Mrs. Weiss wissen.

Sie hieb mehrmals mit der Peitsche zu, geißelte Justines Fleisch und rief eine unerträgliche Hitze in ihren Schamlippen hervor. Ihr Ziel war bereits wund und Justine schüttelte den Kopf, ein stummer Versuch, die körperlichen Qualen abzuwehren.

„Wenn du körperliche Züchtigung so sehr magst, ist das genug, um dich zu befriedigen?“

Eine Reihe von harten Schlägen zeichneten ein Muster auf ihren Hintern, erst auf der rechten, dann auf der linken Arschbacke. Ein dritter Hieb zielte weiter nach unten und traf voller Wut die dargebotene Spalte und brachte Qual und Pein über ihren Anus und die Schamlippen. Blitze reiner Wollust strahlten von der überempfindlichen Haut um ihren Schoß herum aus. Mrs. Weiss wiederholte die Schlagfolge mit energischer Entschlossenheit, wobei sie besonderen Nachdruck auf den letzten Schlag legte. Schwer atmend fragte sie noch einmal: „Ist das genug, um dich zu befriedigen?“

„Mehr als genug“, keuchte Justine.

Jedes Mal, wenn die mehrschwänzige Peitsche durch die Luft zischte, dachte Justine, sie wäre bereit die Folter zu ertragen. Jedes Mal, wenn die Peitsche auf ihr Fleisch traf, zuckte sie zusammen und ließ ein verzweifeltes Stöhnen hören. Zugegeben, der Schmerz war erregend – ein Wirrwarr aus dunklen Gelüsten erblühte in ihren Lenden und sie konnte spüren, wie sie auf einen ungewollten Höhepunkt zuraste – doch als sie aus Versehen ihre Finger streckte, als die Wollust überhand nahm, hörte sie Mrs. Weiss in offensichtlichem Missfallen knurren, als Justines Griff um ihre Arschbacken sich lockerte.

Der Peitsche traf scharf auf ihren Hintern während Mrs. Weiss schnauzte: „Mach verdammt noch mal, was ich dir sage. Halt deine Arschbacken auseinander, bis ich dir was anderes sage!“

Bei jedem beißenden Hieb hätte Justine am liebsten weinen mögen angesichts des erniedrigenden Schmerzes. Die Schläge, die Mrs. Weiss jetzt mit aller Kraft austeilte, verwandelten sich von einschneidend zu unerträglich. Während sie darum kämpfte, sich selbst offen zu halten und versuchte Justine, sich irgendwelcher Worte zu erinnern, die ihre Chefin vielleicht veranlassen könnten, ein wenig Gnade zu zeigen.

„Sie müssen aufhören. Sie verletzen sie.“

Die Schläge hörten auf und Justine begriff, dass die Büßerin für sie das Wort ergriffen hatte. Sie blickte über die Schulter und sah die nackte Blondine aus dem Schatten heraus und Mrs. Weiss beherzt gegenüber treten. Unter dem stürmischen Hämmern in ihren Schläfen konnte sie spüren, wie ihre Gefühle zwischen Dankbarkeit und Entsetzen hin und her schwangen. Ein Teil von ihr wollte die Büßerin warnen, in den Schatten zurückzukehren und im Verborgenen zu bleiben, doch der größere Teil von ihr war dankbar für die Ablenkung, die ihrer Qual ein Ende bereitet hatte.

„Sie benutzen unnötige Gewalt und Sie verletzen sie“, sagte die Büßerin jetzt. „Können Sie ihre Schreie nicht hören? Verstehen Sie nicht, dass sie will, dass Sie aufhören?“

Mrs. Weiss ignorierte die Büßerin und wandte sich ihrem Assistenten zu.

„Wer zum Teufel ist das?“

Immer noch unter seiner Kapuze versteckt zuckte er die Schultern. „Sie war hier, als ich ankam. Ich weiß nicht, wer sie ist. Ich ging davon aus, sie gehöre irgendwie dazu.“

„Das ist keine Antwort.“ Mrs. Weiss drehte sich um, um Justine anzustarren. Sie deutete mit der Peitsche auf die Büßerin und fragte: „Wer zum Teufel ist sie? Was macht sie verdammt noch mal hier?“

Justine schluckte und suchte nach einer Erklärung für die Anwesenheit ihrer Gefährtin. „Vater Dupont hat befohlen, dass sie mich begleiten soll.“

„Hat sie einen Namen?“

„Schon möglich. Ich meine, natürlich. Aber ich bin nie dazu gekommen. Ich meine, ich habe nie …“

Mrs. Weiss hob eine Augenbraue und ihr Lächeln verbreiterte sich in offenkundiger Anerkennung. Das kurze Anheben ihrer Stimmung wurde jedoch rasch durch ein drohendes Stirnrunzeln ersetzt als sie sagte: „Es spielt keine Rolle, wer sie ist oder wie ihr Name ist.“ Sich an ihren Assistenten wendend sagte sie: „Die Schlampe hat hier nichts zu suchen. Sie zu, dass du sie loswirst. Ich will nicht, dass sie meinen Kerker in Unordnung bringt.“

„Nein!“ schrie Justine. Sie konnte sehen, dass ihr Aufschrei ihrer Chefin gar nicht gefiel, doch sie war weit davon entfernt, sich um Mrs. Weiss zu kümmern. Sie richtete sich auf, wissend, dass sie damit das Missfallen der Frau erregte und sich damit ziemlich sicher eine weitere Bestrafung einhandeln würde, und sagte: „Ich will, dass sie bei mir bleibt. Ich habe mich ...“, sie stockte, bevor sie die Worte aussprach, die ihr auf der Zungelagen und nahm dann rasch den Faden wieder auf, „... ich habe mich so daran gewöhnt, sie um mich zu haben.“

„Wie rührend“, höhnte Mrs. Weiss. „Und wie verdammt wenig es mich interessiert. Sie hat hier nichts zu suchen, also wird sie gehen.“ Sie wandte ihre Aufmerksamkeit wieder dem Assistenten zu und schnauzte: „Schick die Schlampe zurück in ihr Dorf. Schick sie Sartine oder Dupont. Schick sie hin, wo immer sie verdammt noch mal will. Es ist mir egal, was du mit ihr machst, aber schaff sie mir aus den Augen.“

„Ich will nicht, dass sie geht“, sagte Justine trotzig.

Der Assistent zögerte.

Die Büßerin warf Justine ein Lächeln voll warmer Dankbarkeit zu.

Mrs. Weiss trat zwischen sie und starrte Justine an. „Was willst du?“ zischte sie. „Willst du La Coste oder willst du diese Schlampe? Die Wahl liegt bei dir, aber ich sage dir gleich, dass du nur eins von beiden haben kannst.“

Justine starrte sie an. „Meinen Sie das ernst?“

„Verdammt ernst. Was willst du haben? Die Schlampe? Oder La Coste?“

Betäubt von der Ungeheuerlichkeit der Entscheidung, die sie zu treffen gezwungen war, schaute Justine vom hilflosen Gesicht der Büßerin in Mrs. Weiss’ grausam höhnisches Lächeln. Die Vorstellung, sich für das eine und gegen das andere zu entscheiden war undenkbar und sie schüttelte ihren Kopf als wollte sie sich weigern, eine Entscheidung zu fällen.

„Was willst du haben?“ drängte Mrs. Weiss. „Ich kann die Entscheidung für dich treffen, aber ich will, dass du die Worte aussprichst. Die Schlampe? Oder La Coste? Wähle weise oder deine Suche nach dem verdammten Buch wird hier und jetzt zu Ende sein.“

Justine senkte ihren Blick und starrte auf das Dunkel des Fußbodens. Unfähig die Büßerin anzuschauen, da sie den Ausdruck von Verletztheit oder Tadel nicht sehen wollte, den die Augen der Frau zeigen würden, seufzte sie schwer und flüsterte „Ich will La Coste.“

12.

Sobald der Assistent die Büßerin aus dem Kerker geführt hatte, entspannte sich Mrs. Weiss. Sie deutete Justine, sich auf die Steinbank zu setzen und zog ein Päckchen Zigaretten aus ihrer Robe. Justine lehnte die angeboten Zigarette höflich ab und hätte sich auch gern der Anweisung, auf der Steinbank Platz zu nehmen, widersetzt. Doch Mrs. Weiss war unerbittlich und widerstrebend fügte sich Justine. Die raue Oberfläche scheuerte an ihrem gezüchtigten Hintern und die Kühle des Steines diente nur dazu, sie daran zu erinnern, dass ihre Kehrseite mit schmerzhaften Striemen übersät war. Von einer Stellung in die andere zu rutschen brachte ihr nichts ein, außer, dass sich ihr Unbehagen noch weiter verschärfte, so dass sie schließlich still sitzen blieb und den Missstand akzeptierte, es nicht sonderlich bequem zu haben.

Mrs. Weiss nahm gegenüber von Justine Platz und lehnte sich zurück, während sie ernst ihre Beine übereinander schlug. „Das hast du gut gemacht, dass du so weit gekommen bist“, sagte sie, nachdem sie sich eine Zigarette angezündet hatte. Sie nahm ein paar Züge und fügte hinzu: „Ich hatte mir Sorgen gemacht, du könntest meine Identität aufdecken.“

Mit den Gedanken immer noch bei der Büßerin sagte Justine nichts. Die Erkenntnis, dass sie die Blondine niemals wieder sehen würde, ließ ihre Stimmung auf einen neuen Tiefpunkt sinken. Die Erniedrigung nackt und gezwungen zu sein, ihren bloßen Hintern auf einen schmirgelpapierartigen Sitz zu drücken, war fast vergessen, während sie über den Verlust ihrer Geliebten brütete. Sie hätte geweint, wenn sie nicht der Meinung wäre, dass es Mrs. Weiss ein gewisses Maß an Vergnügen bereiten würde.

„Ich bin überrascht, dass du Dupont überzeugt hast. Er kann englische Frauen nicht ausstehen, doch ich glaube diese Art von Bigotteric ist typisch für froschfressende Katholiken wie ihn.“ Sie lachte schnaubend und fügte hinzu: „Ich fürchtete schon, er würde sich als grober Klotz erweisen. Hat Sartine es dir schwer gemacht?“

„Ich habe seine Prüfung bestanden, oder nicht?“

Mrs. Weiss schnippte Asche von ihrer Zigarette auf den Fußboden. Sie betrachtete Justine mit einem Ausdruck, der an Missbilligung grenzte. Ihr Lächeln verzerrte sich zu einem bösartig lüsternen Grinsen als sie fragte: „Wie lange hast du noch vor, wegen deiner kleinen Freundin eingeschnappt zu sein?“

Die Bemerkung traf sie und Justine hob den Blick um die Frau anzustarren. Entschlossen, ebenso hoch zu pokern wie Mrs. Weiss, fragte sie: „Was würde geschehen, wenn ich irgendwem sagte, dass Sie meine Auftraggeberin sind?“

Mrs. Weiss schleuderte ihre halb aufgerauchte Zigarette zur Seite und stand auf. Sie packte Justine mit festem Griff bei den Haaren, zog sie von der Steinbank hoch und zwang sie, auf dem Boden nieder zu knien.

Zu Boden starrend, voller Angst vor dem, was sie in Gang gesetzt hatte, fand Justine sich vom bedrohlichen Schatten der Frau eingehüllt. Wenn es irgendeine Möglichkeit gegeben hätte, ihre Frage zurückzunehmen, hätte sie es rasch ausgespuckt, doch sie wusste, dass es zu spät war, um etwas zurückzunehmen. Alles, was sie tun konnte war zu zittern und zu versuchen, sich gegen den Ansturm von Mrs. Weiss’ Zorn zu wappnen.

„Das ist eine verdammt gute Frage.“ Mrs. Weiss’ Stimme war bar jeglichen Humors. Ihre Fingernägel bohrten sich in die deutlichen Striemen, die sich auf Justines Kehrseite abhoben und es war offensichtlichen, dass sie sich jede Mühe gab, ihr Schmerzen zuzufügen. Die Backen von Justines Hintern wurden auseinander gezogen, eine Handfläche rieb über das glühende Fleisch ihrer Schamlippen; knochige Finger kneteten die schlimmsten Striemen und Prellungen durch. Justine kämpfte darum, ihre

Fassung zu bewahren und ließ die Misshandlungen ohne Widerworte über sich ergehen. Sie schnappte mehrmals nach Luft, als sie versuchte, sich von der Züchtigung nicht berühren zu lassen.

„Ziemlich viele Dinge würden geschehen, wenn du enthüllen würdest, dass ich deine Auftraggeberin bin", räumte Mrs. Weiss ein. Sie stieß einen Finger in die Nässe von Justines Schoß. Als das leichte Eindringen keine Reaktion hervorrief, nahm sie ihre Hand fort und prüfte den Widerstand von Justines Anus.

Die Versuchung aufzuschreien und sich dem Griff zu entwinden war nahezu unwiderstehlich. Doch Justine hielt still, als der manikürte Nagel durch ihren Schließmuskel glitt. Sie versuchte sich zu entspannen, während Mrs. Weiss ihren Finger immer tiefer in sie hinein zwang, doch ihre Nerven und Ängste ließen sie erstarren. So viele Dinge waren in den letzten Tagen in ihren Hintern eingedrungen, dass Justine überrascht war als der Muskel überhaupt ein Anzeichen von Trotz zeigte. Sie wusste, dass sie auf Sartines Party mehrmals von einem Dutzend Männern oder mehr benutzt worden war, alle mit Schwänzen gesegnet, die einen größeren Umfang hatten als Mrs. Weiss Finger. Doch es lag etwas Beschämendes in der Art, wie die Frau in sie eindrang – insbesondere, da es eindeutig nur der Vorbote einer größeren Bestrafung war - und das ließ dieses Eindringen so pervers und falsch erscheinen.

„Wenn du irgendwem erzählst, dass du für mich arbeitest, wirst du niemals eine andere Seite von La Coste zu sehen bekommen", versprach Mrs. Weiss.

Justine wollte die Frau nicht wissen lassen, dass die Drohung sie entmutigte. Nach allem, was sie durchgemacht hatte; nach allem, was sie erduldet hatte in ihrem Bemühen, an das legendäre Manuskript zu kommen, verursachte die Vorstellung, diese Gelegenheit zu verspielen, ihr echten Schmerz. Diese wenigen Zeilen, die die Büßerin für sie gelesen hatte hatten ausgereicht, um Justines Appetit nach mehr anzuregen und sie wusste, dass ihre Neugier nicht gestillt würde, solange sie nicht den Inhalt jeder einzelnen Seite kannte.

Sie schnappte nach Luft als ein zweiter Finger neben den ersten glitt.

Ihr Anus fühlte sich voll und schrecklich überdehnt an und die Penetration bereitet ihr ein obszönes Vergnügen, dass sie sich jedoch weigerte zur Kenntnis zu nehmen. Sie fühlte sich ganz elend bei der Feststellung, dass Mrs. Weiss' Misshandlung ihr Lust bereitete; sie wusste, dass es falsch war, doch ein Teil von ihr sehnte sich danach, in den verhassten Gefühlen zu schwelgen. Ihr Anus war glitschig vor Erregung. Beide Finger glitten mit Leichtigkeit in sie hinein und das Gefühl, gefüllt zu sein, rief eine herrliche Wärme in ihrem Inneren hervor.

Mrs. Weiss stieß ihre Finger tief hinein. Als sie sprach, war ihre Stimme kalt vor kaum verhülltem Ärger. „Erzähl irgendjemandem, dass du für mich arbeitest und du wirst den Bonus verlieren, den ich dir versprochen habe. Die Gehaltserhöhung, Beförderung und Extraprämie – nichts davon wirst du bekommen."

So viel hatte Justine erwartet. Sie hielt den Atem noch einen Moment länger an und versuchte sich auf Mrs. Weiss' Worte zu konzentrieren anstatt auf das, was sie tat. Die Frau hatte begonnen, ihre Finger behutsam hinein und heraus gleiten zu lassen und Justine konnte spüren, dass ihr Körper mit einem Krampf reinen Entzückens reagieren wollte. Nachdem sie durch extremen Schmerz und Erniedrigung gegangen war und nun die Qual erlebte, genüsslich von ihrer Brotherrin mit den Fingern gefickt zu werden war sie nicht überrascht, dass ihr verräterischer Körper diese Pein erregend fand. Doch sie war nicht gewillt, Mrs. Weiss wissen zu lassen, dass sie sie so wirkungsvoll kontrollierte.

„Ich werde dafür sorgen, dass dein Name in aller Öffentlichkeit in den Dreck gezerrt wird", fuhr Mrs. Weiss fort. „Ich werde, wenn es sein muss, höchstpersönlich den Tratsch und die Gerüchte in die Welt setzen, damit jeder weiß, was für eine geile kleine Schlampe du bist und ich werde dafür sorgen, dass Sartine mir, wenn nötig, die Fotos dazu liefert, so dass ich auch den letzten Zweifler überzeugen könnte."

Justine erinnerte sich and die Blitzlichter auf Sartines Ball und wusste, dass Mrs. Weiss ihre Drohung wahr machen würde. Sie erinnerte sich, dass sie insgeheim stolz darauf gewesen war, fotografiert zu werden. Aus irgendwelchen Gründen, die sie nicht länger nachvollziehen konnte, hatte der Gedanke, dass es Bilder von ihr geben würde, ihren Erlebnissen dort noch einen weiteren Kick hinzugefügt. Jetzt konnte sie nur noch denken, dass es ein Akt reiner Dummheit gewesen war, dass sie sich hatte fotografieren lassen.

„Doch das Wichtigste, was du im Kopf haben solltest“, knurrte Mrs. Weiss, „der Punkt, den du dir wirklich gut überlegen solltest, bevor du dein blödes Maul aufreißt, ist der: Du würdest mein Missfallen ernten. Jede Sekunde, die ich Macht über dich habe – sei es hier im Kerker, morgen auf La Coste oder zu Hause in der Bibliothek – werde ich alles dafür tun, um aus deinem Leben eine permanente Qual aus körperlichem Schmerz und sexueller Erniedrigung zu machen.

Sie sagte noch weitere Dinge, doch Justines Gedanken konzentrierten sich auf einen einzigen Satz: Morgen auf La Coste. Das Wissen, dass sie so nah daran war, ihr Ziel zu erreichen, genügte, damit sie die Qualen und die Misshandlungen akzeptierte. Bei der Vorstellung wurde sie sie so aufgeregt, dass die Muskeln ihrer Pussy sich in einem winzigen Schauder zusammen zogen, obwohl sie sich vorgenommen hatte, ungerührt zu bleiben.

Mrs. Weiss lachte und bei dem Geräusch des abstoßenden Gackerns der Frau stellte Justine fest, dass sie sich nicht auf ihre Worte konzentriert hatte. Sie holte tief Luft und unterdrückte ein Stöhnen, als ihre Arbeitgeberin einen dritten Finger neben die ersten zwei schob. Die Dehnung in ihrem Hintern war nicht länger wunderbar, sondern unerträglich, obwohl ein Teil von ihr immer in dem verwirrenden Vergnügen schwelgte, auf solch grobe Art benutzt zu werden. Mit stolpernden, keuchenden Atemzügen spannte Justine ihre inneren Muskeln an aus Furcht, sie könnten sich unbeabsichtigt zusammenziehen und Mrs. Weiss zeigen, wie sehr sie die Erniedrigung tatsächlich genoss.

„Hast du den Gedanken, mich zu verraten, aufgegeben?“

„Ja.“

„Kann ich mich auf deine Loyalität und deinen Gehorsam verlassen?“

„Ja.“

„Wirst du deine Loyalität jetzt beweisen?“

Mit jeder Frage, die sie stellte, stieß Mrs. Weiss alle drei Finger tiefer. Justine kämpfte darum, nicht zu schreien, doch die Dehnung war so unglaublich, dass sie nicht jeglichen Protest unterdrücken konnte. Sie zitterte vor Verlegenheit und aus Ärger darüber, dass diese Züchtigung auf so schmutzige Weise erregte, biss sie ihre Zähne zusammen, um einen Aufschrei zu ersticken. „Ja“, winselte sie. „Ja. Ich tue, was Sie wollen. Was auch immer nötig ist, damit wir La Coste bekommen. Ich werde es tun.“

Die Finger wurde aus ihrem Hintern gezogen. Justine fühlte sich leer und hohl, während ihre inneren Muskeln im Nachglühen einer unbefriedigten Erregung weiterhin summten. Sie hörte Mrs. Weiss Schritte, begriff, dass die Frau jetzt vor ihr stand und hob ihren tränenverschleierten Blick. „Was immer es sein mag“, versprach sie.

Mrs. Weiss öffnete ihre Robe. Justine war nicht überrascht zu sehen, dass die Frau darunter nackt war. Sie hatte einen schlanken, schmalen Körper, den anzuschauen schmerzlich erregend war. Ihre Brüste waren üppig und einladend, an den Spitzen mit magentafarbenen Vorhöfen und dicken steifen Brustwarzen versehen. Mit einer schmalen Taille und flachem Bauch nahm sie eine Haltung ein, die ihre schweigende Autorität betonte. Als sie ihren Blick senkte, konnte Justine einen Wald aus dichten dunklen Locken sehen, die die Spalte der Frau verdeckten. Da sich ihr Gesicht auf der Höhe von Mrs. Weiss’ Pussy befand, konnte Justine auch die Feuchtigkeit erkennen, die die Haare in der Mitte des Schoßes noch dunkler erscheinen ließ. Das rosige Fleisch von Mrs. Weiss’ Schamlippen glitzerte einladend.

„Beweise deine Loyalität“, verlangte Mrs. Weiss. „Beweise deine Loyalität, indem du meine Pussy leckst.“

Justine zögerte nicht. Sie wusste nicht, wie nahe sie unfehlbarem Gehorsam gekommen war, doch sie zeigte kein Schwanken mehr, sobald ihr ein Befehl gegeben wurde. Sie schob ihr Gesicht vor, streckte die Zunge dem moschusduftigen Hafen von Mrs. Weiss Schoß entgegen und umhüllte gierig die feuchten Schamlippen der Frau.

Der sirupartige Geschmack war unangenehm und trieb ihr Tränen in die Augen. Es ließ sie an die Zärtlichkeiten denken, die sie mit der Büßerin ausgetauscht hatte, doch es erinnerte sie auch daran, dass die geschmeidige Blondine aus ihrem Leben verschwunden war. Sie verdrängte schniefend den Impuls zu weinen, konzentrierte sich darauf, ihre Zunge an den nassen Falten aus Fleisch entlang gleiten zu lassen und hörte die Frau über sich zufrieden seufzen. Das Geräusch ermutigte Justine, die Klitoris der Frau zu umhüllen und zu versuchen, spielerisch mit ihrer Zunge tief in ihr samtiges Loch einzudringen. Ihre Position war unangenehm: Der Steinboden unter ihren Knien drückte hart, ihr Rücken war durchgebogen und erinnerte sie an jeden zurückliegenden Schmerz und ihr Nacken tat weh, als sie sich anstrengte, Mrs. Weiss' Schoß zu lecken. Doch Justine konnte nicht leugnen, dass die Erniedrigung sie erregte.

Ihr Kinn war rasch von dem Moschussaft de Frau verschmiert. Die Nase beim Einatmen zwischen den Schamlippen vergrabend, war Justine entzückt, Mrs. Weiss vor offensichtlicher Wollust stöhnen zu hören. Sie spürte eine Welle der Lust die Frau durchfließen und machte sich rasch wieder mit ihrer Zunge an die Arbeit.

Der Griff in ihrem Haar wurde fester. Ihr Gesicht wurde gegen den Schoß der Frau gezerrt, während Mrs. Weiss gleichzeitig ihr Becken nach vorn schob. Justine vermutete, dass sie in sie eindringen sollte, war sich nicht sicher, warum diese Vorstellung sie mit solch einem wilden Verlangen erfüllte und gab dem Schoß der Frau einen langen, innigen Kuss. Sie schob ihre Lippen dicht an die inneren Schamlippen und stieß ihre Zunge in die enge Wärme von Mrs. Weiss' Loch.

Der Muskel zog sich um sie zusammen.

Während Justine fortfuhr, ihren Kuss so tief wie möglich werden zu lassen, zog Mrs. Weiss noch kräftiger an ihren Haaren und bahnte sich grunzend ihren Weg zu einem bitteren Höhepunkt. Ihr Becken zuckte mehrmals bockend, krachte gegen Justines Gesicht und dann ergoss sich ein Schwall Lustsaft explosionsartig aus ihrem Schoß. Justine würgte beinahe bei dieser unerwarteten Woge und unternahm den Versuch, sich loszureißen. Doch als Mrs. Weiss weiterhin ihren Kopf gegen ihren Schoß presste, begriff Justine kläglich, dass es keine Gelegenheit zu Entkommen geben würde, ehe ihre Brotherrin es ihr gestattete. Sie war gezwungen, weiter auf den Knien zu verharren, immer noch die feuchten Schamlippen bedeckend, bis die Frau grunzte und ihren Kopf fort stieß.

„Du hast gegen mich gekämpft", beanstandete Mrs. Weiss.

Justine wischte sich den Mund mit dem Handrücken ab und bat um Verzeihung. Aus dem Augenwinkel bemerkte sie, dass Mrs. Weiss ihre Robe wieder verschloss und dann zurücktrat, um ihre Peitsche von der Steinbank aufzuheben. Sie duckte sich furchtsam als sie das erbarmungslose Lächeln sah, das sich auf Mrs. Weiss' Gesicht ausbreitete, als sie die kleine Peitsche ergriff.

„Du hast gegen mich gekämpft", wiederholte Mrs. Weiss. „Und das ist unverzeihlich."

Justine senkte ihren Kopf und murmelte eine Entschuldigung. Ein harter Knoten der Frustration war in ihren Lenden zurück geblieben, doch sie wusste, dass sie keine Befriedigung finden würde, ehe diese Vorstellung entweder Mrs. Weiss' Gefallen fand oder ihren Zwecken diente. Sie war entsetzt als sie erkannte, dass der Zorn der Frau über ihr ihre Erregung noch verstärkte. Es überraschte sie nicht, als die geknoteten Enden der Peitsche ihren Hintern trafen.

Unfähig sich zurück zu halten schluchzte Justine ihren Protest heraus. „Müssen Sie so hart gegen mich sein?" ächzte sie. „Ich mache es für Sie. Können Sie nicht ein klein bisschen Nachsicht üben?"

Die sechs harten Schläge, die folgten, schienen ihre Frage zu beantworten. Sie landeten in rascher Folge und brannten mit glühender Hitze auf dem gezüchtigten Fleisch von Justines Arschbacken. Sie begriff, dass Mrs. Weiss sich nicht die Zeit nahm, bewusst das Fleisch zu zeichnen, das bereits gezeichnet war, doch das verhinderte nicht, dass einige der Hiebe beißend die erhöhten Striemen küssten. Nachdem der letzte Hieb gefallen war, stellte Justine fest, dass sich in ihren Augenwinkeln Tränen gesammelt hatten.

„Du gehörst mir für den Rest des Tages", knurrte Mrs. Weiss. „Und ich habe nicht die Absicht, dir gegenüber irgendeine Nachsicht zu üben."

Justine sagte nichts.

Mrs. Weiss lachte leise. „Ich muss gestehen, dass ich dir meine Zustimmung geben werde. Doch ebenso werde ich sicherstellen, dass du sie dir verdient hast." Sie schwieg einen Moment und erst als Justine das Geräusch eines Feuerzeuges hörte und die Flamme sah, begriff sie, dass die Frau sich eine weitere Zigarette genommen hatte. Der ungesunde Geruch des Zigarettenrauches erfüllte den Kerker und erinnerte Justine daran, dass sie immer noch den Geschmack und Geruch von Mrs. Weiss'

Schoß auf ihren Lippen und in der Nase hatte.

„Ich bin aus zwei Gründen hart gegen dich“, erklärte Mrs. Weiss. „Erstens, weil ich nicht weiß, was mein Assistent über diese Prüfung an Marais weiter geben wird.“ Der Tabakrauch ließ ihre Stimme heiser klingen. „Der zweite Grund ist wichtiger, denn das ist derjenige, aus dem es mich richtig anmacht, dir weh zu tun.“

Justine hob ihren Blick um die Frau zu mustern.

„Ich will mein Vorrecht voll und ganz auskosten, zu sehen, wie du unter mir leidest.“

„Sie sind eine grausames Miststück“, murmelte Justine.

Die Peitsche knallte kräftig auf ihren Hintern.

Justine heulte auf.

„Du hast keine Ahnung, wie grausam ich sein kann“, feixte Mrs. Weiss. Ihr schäbiges Gelächter verebbte, als sie drei weitere Hiebe mit der Peitsche auf Justines Kehrseite landete. „Du hast nicht den geringsten Schimmer, wie unbarmherzig ich sein kann. Doch bevor der Tag vorbei werde ich dafür sorgen, dass du es dir vorstellen kannst.“

13.

Beide schauten auf, als sie das Geräusch von sich nähernden Schritten hörten.

„Das ist mein Assistent, der zurückkommt“, knurrte Mrs. Weiss. Sie kam mit ihrem Gesicht nah an Justines heran, senkte ihre Stimme zu einem Flüstern und sagte: „Wenn er hier ankommt, werde ich dir noch eine heftige Behandlung angedeihen lassen. Wenn es zu viel für dich wird und du es nicht mehr aushalten kannst: Sag zu mir, dass du mehr willst.“

„Das ergibt Sinn“, brummte Justine.

Kaum hatte sie die Worte ausgesprochen, wusste sie, dass es ein Fehler gewesen war. Mrs. Weiss’ Hand landete klatschend auf ihrer Wange, so dass der beißende Hieb sie beinahe zu Boden warf. Betäubt von dieser Gemeinheit starrte Justine sie an.

„Werd bloß nicht frech!“ zischte Mrs. Weiss geistesabwesend. „Und denk wenigstens einmal in deinem beknackten Leben vernünftig nach: Es ist absolut sinnvoll."

Justine starrte sie weiterhin an. Weil die Frau jetzt stand und an ihrer Robe herumzupfte, während sie selbst immer noch nackt war und zu ihren Füßen kauerte, war das Gefühl von Verletzlichkeit größer den je. Justine vermutete, dass es diese Empfindung war, die sie dazu brachte ihren Blick zu senken, obwohl die Auseinandersetzung bereits vorüber war. Sie musste sich auf die Lippen beißen, um keine kriecherische Entschuldigung zu murmeln.

„Ich werde die Rolle der rachsüchtigen Peinigerin spielen", erklärte Mrs. Weiss. Sie flüsterte immer noch und sprach mit einer drängenden Hast, während die Schritte sich näherten. „Wenn die Qual zu groß für dich wird, musst du mich bitten, dir noch stärker weh zu tun. Ich werde dir verweigern, worum du mich bittest. Auf diese Weise wirst du keinen weiteren Schmerz mehr ertragen müssen; mein Assistent wird denken, du wärst frustriert; aber er wird auch denken, dass es dich danach giert zu leiden. Ergibt das Sinn?"

Der letzte Hieb tat immer noch weh, doch angesichts der Schritte, die fast die letzten Stufen der Kerkertreppe erreicht hatten, nickte Justine schroff zum Zeichen, dass sie einverstanden war. Sie wollte fragen, warum die Meinung des Assistenten so wichtig war, doch sie spürte, dass die Antwort eine ausführliche Erklärung von Mrs. Weiss' Rolle in der Gemeinschaft mit einschließen würde. Gewiss war keine Zeit mehr für solch eine Erklärung und unsicher, ob sie überhaupt irgendwelche Einzelheiten wissen wollte, sagte Justine: „Ich schätze, es ergibt Sinn. Aber Sie müssen mich doch nicht so hart schlagen."

„Tu nicht so blöd", spie Mrs. Weiss aus. Ihre Lippen blieben dicht an Justines Ohr. Die Geschwindigkeit ihrer Worte ließ diese ineinander fließen. „Halte solange wie möglich durch, bevor du mich fragst. Lass es überzeugend wirken."

„Das kriege ich hin", gab Justine zu.

Die Peitsche fuhr klatschen auf ihren Rücken. Ein scharfer Schmerz bohrte sich in ihre Kehrseite und setzte sich wellenförmig in ihrem Körper fort. „Verdammt richtig, dass du das hinkriegst", stimmte Mrs. Weiss laut zu.

Der Klang ihrer Stimme und die Art und Weise, wie sie sich selbst zurückzog, zeigten Justine, dass der Assistent jetzt bei ihnen war. Einen Protestschrei unterdrückend, widerstand sie dem Drang, nach ihrem gezüchtigten Hintern zu greifen.

„Mein Assistent ist jetzt hier", verkündete Mrs. Weiss. „Stell dich so hin, dass er dich benutzen kann, bevor wir weiter machen."

Justine riss entsetzt die Augen auf und starrte Mrs. Weiss an. Die Worte des Protests erstarben auf ihren Lippen und sie begriff, dass es lediglich eine weitere Brücke war, die sie auf ihrer Reise zum Besitz von La Coste zu überqueren hatte. Und während die Vorstellung, so grob benutzt zu werden, sie zunächst zusammen zucken ließ, musste sie zugeben, dass ihr Körper sich nach Befriedigung sehnte. Nach Mrs. Weiss' brutalen Quälereien fühlte sie sich unerfüllt und die Aussicht, ihren Hunger zu stillen war eine Gelegenheit, die sie sich nicht entgehen lassen wollte. Doch als sie vorsichtig den Kopf umwandte und die riesige Gestalt unter der Robe und der Kapuze abschätze, fragte Justine sich selbst, ob es klug war, sich einem Fremden zu unterwerfen, der sie misshandelt hatte und den sie nicht richtig sehen konnte.

„Mach schnell", verlangte Mrs. Weiss. „Wir haben nicht den verdammten Tag lang Zeit." Während sie sprach, klatschte die Peitsche scharf auf Justines Hintern.

Eine weiter Reihe von Hieben prasselte auf ihre Kehrseite. Vor Überraschung keuchend atmete Justine dreimal tief ein, bevor sie ihrer Stimme zutraute, die Worte ohne einen allzu wütenden Unterton auszusprechen. „Welche Position möchten Sie dass ich einnehme?"

Mrs. Weiss deutete mit der Peitsche und rollte mit den Augen, als wäre Justine blöde, weil sie es nicht wusste. „Beug dich über die Steinbank. Und mach schnell. Du fängst an mich anzukotzen."

Justine wagte nicht, irgendetwas zu tun, womit sie erneut den Zorn der Frau auf sich ziehen könnte und tat gehorsam, was von ihr verlangt worden war. Sie konnte sehen, dass der Assistent sie aus dem Schatten seiner Kapuze heraus lüstern ansah, doch sie wollte nicht darüber nachdenken, was als Nächstes geschehen würde. Während sie sich hastig in Bewegung setzte, sich über die Steinbank beugte und ihren Arsch in die Höhe streckte, versuchte sie alle Gedanken und Ängste aus ihrem Kopf zu verbannen und sich selbst vorzubereiten auf was immer das Paar mit ihr vorhatte. Ihr Mund war trocken und ihr Herz hämmerte laut bei jedem Schlag.

„Mach mit ihr was du willst“, sagte Mrs. Weiss streng. Der Ärger in ihrer Stimme war zu Desinteresse gereift und Justine vermutete, dass die Frau mit dem Assistenten sprach. „Die Schlampe muss lernen, wo ihr Platz ist“, fuhr Mrs. Weiss fort. „Und ich will die Zigarette zu Ende rauchen, bei der sie mich vorhin gestört hat.“

„Sie gehört mir?“ staunte der Assistent.

Justine strengte sich an, um eine Antwort zu hören, doch da war nur das Klackern, als Mrs. Weiss ihr Feuerzeug benutzte. Als sie das erstaunte leise Lachen des Assistenten hörte, ging sie davon aus, dass die Frau ihre Zustimmung nickend erteilt hatte. Ihr Bauch zog sich in ängstlicher Vorahnung zusammen.

Grobe, maskuline Hände packten ihre Arschbacken. Das raue Gewebe seiner Robe streifte ihren Hintern, als sich der Assistent an ihr rieb. Die Versuchung zu schreien, er möge aufhören, war unwiderstehlich, doch sie biss sich auf die Zunge und wünschte sich, die Zeit würde rasch vergehen und das Erlebnis läge hinter hier. Unfähig, ihre reflexhaften Reaktionen zu kontrollieren, versteifte sie sich und die Muskeln ihres Anus verspannten sich.

„Spiel bloß nicht die Tugendhafte“, knurrte Mrs. Weiss. Ihre Stimme war heiser vom Zigarettenrauch. Justine konnte den beißenden Geruch des Tabaks ausmachen, der den ihrer eigenen Erregung überdeckte. „Ich weiß, dass du letzte Nacht Sartines gesamte Party gefickt hast. Da wird dich in weiterer Schwanz doch wohl nicht einschüchtern.“

Justines Wangen liefen knallrot an. Sie gab leise zu, dass es stimmte, dass sie auf Sartines Ball mehr Liebhaber gehabt hatte, als sie sagen konnte. Doch bei jener Gelegenheit hatte sie auch den schwindelerregenden Spaß des Tanzes und der Musik erlebt, ebenso wie den Champagner und den Glamour. Die Menge hatte aus wunderschönen Körpern bestanden und der Geist des Abends war vom Hedonismus, Dekadenz und Experimentierlust durchtränkt gewesen. Hier gab es nur die Düsternis des Kerkers, den Gestank von Mrs. Weiss’ Zigaretten und den nachklingenden

Schmerz, der sich auf ihrer Kehrseite eingebrannt hatte. Das unbeholfene Herumgefummel des unheimlichen Assistenten war wie das genaue Gegenteil sämtlicher Lust, die sie bei Sartine erfahren hatte.

Sie hörte das Rascheln von grobem Stoff. Ihr Instinkt sagte ihr, dass der Assistent seinen erigierten Schwanz hervor holte und sie unterdrückte ein begreifendes Stöhnen. Seine Finger waren von ihrem gestriemten Hintern verschwunden, doch als sie zurückkehrten, stellte sie entmutigt fest, dass er sie nur mit einer Hand festhielt. Sie schluckte einen dicken Kloß herunter, der in ihrer Kehle aufstieg und wappnete sich in böser Vorahnung.

Die fette Spitze seines Schwanzes streifte ihre Schamlippen.

Sie hatte nicht gedacht, dass ihr Körper so schnell reagieren würde, doch sobald er sie mit seinem besten Stück berührte, strotzte ihr Schoß nur so vor purem Verlangen. Sie wollte die Hitze oder die Nässe nicht wahrhaben, aber sie wusste, dass die Muskeln in ihrem Inneren sich nach ihm sehnten. Sie versuchte, ihre Verzweiflung nicht zu zeigen; war immer noch unsicher, was weiter mit ihr geschehen würde, solange sie unter Mrs. Weiss' Herrschaft stand und bereitete sich selbst auf die Penetration vor.

Der Assistent platzierte seine Schwanzspitze genau in der Mitte ihrs Schoßes. Er klatsche mit den Händen auf ihre Hüften, packte sie mit festem Griff und stieß dann kraftvoll zu. Sein Schwanz war dick und schien ewig lang zu sein und Justine stöhnte in einer Mischung aus Abscheu und heller Freude. Als er fortfuhr, sich in sie hinein zu bohren und sein Schwanz sie mit Leichtigkeit aufdehnte, wurde sie von dem prickelnden Gefühl gepeinigt, so gründlich benutzt zu werden. Seit sie auf Schloss Vincennes angekommen war, hatte sich Justine vor Frustration gewunden. Jetzt, wo Mrs. Weiss' Assistent seinen fleischigen Prügel in ihre Pussy gleiten ließ, glaubte sie nicht, dass es lange dauern würde, bis ihr Körper sich die Erleichterung verschaffte, die er so dringend brauchte. Ihr Atem vertiefte sich zu einem mühsamen Keuchen. Sie biss die Zähne zusammen, versuchte jegliche Empfindung und ihre verwirrende schmutzige Wollust hinter sich zu lassen.

„Wie fühlt sie sich an?" fragte Mrs. Weiss.

„Sie ist mehr als bereit dafür."

Die Worte des Assistenten liefen zitternd durch seinen Körper und ließen seinen Schwanz erbeben, den er in Justine vergraben hatte. Seine Erektion war groß genug, um gegen ihren Muttermund zu stoßen und da sie seine Lenden noch nicht an ihrem Hintern spürte, argwöhnte sie, dass es noch mehr von diesem abscheulichen Schwanz gab. Die Erkenntnis, dass sie von solch einem riesigen Prügel aufgespießt wurde, löste sowohl Lust als auch Entsetzen bei ihr aus.

„Sei bloß nicht behutsam mit ihr", warnte Mrs. Weiss. „Davon hatte sie gestern genug. Sorge dafür, dass sie weiß, was sie erwartet."

Justine presste ihre Lippen fest zusammen aus Angst, ihren Widerwillen kund zu tun. Ihr blieb die Luft weg, als der Assistent sie noch einmal fest bei den Hüften packte und die letzten Zentimeter seines Schwanzes in ihren Schoß hinein hämmerte. Als ob er nicht mehr als Mrs. Weiss' Marionette wäre, stieß er auf ihr Kommando hin kräftig zu und verwandelte die Penetration aus einer fantastischen Offenbarung in eine Strafaktion. Sein Griff an ihren Hüften war bösartig und unerbittlich. Als er begann, vor und zurück zu gleiten, stellte sie fest, dass er sie mit brutaler Kraft ritt. Die inneren Muskeln ihres Schoßes reagierten auf ihn mit einer Gier, die sie nicht erwartet hätte und Justine wusste, dass er mit Leichtigkeit einen Höhepunkt von ihrem tropfnassen Loch erzwingen würde.

„Bring sie zum Schreien", lachte Mrs. Weiss. „Ich will die Schlampe schreien hören."

Ihre Stimme war sehr nahe und Justine vermutete, dass die Frau um eines besseren Ausblicks Willen herüber gekommen war. Die Vorstellung, dass jemand ihre Qualen genoss, war verrückt, doch sie konnte nicht leugnen, dass es dieser Gedanke war, der eine weitere Welle der Erregung in ihr auslöste. Aus dem Augenwinkel sah sie Mrs. Weiss' verhüllte Gestalt in ihr Blickfeld treten und sie schreckte zurück in einer Mischung aus Scham und Heiterkeit.

Der Assistent ritt sie ungehindert. Bei jedem Eindringen stieß er hart gegen ihre Pussy und schickte ein Beben durch ihren gesamten Körper. Bei gegen die Steinbank gedrückten Unterarmen und hoch in die Luft gestreckter Kehrseite schwangen Justines Brüste im Takt mit seinem hämmernden Tempo. Sie wusste, dass sich ihr Körper schrittweise einem Orgasmus näherte, doch sie schrak vor der Vorstellung, die Erlösung zu genießen, zurück. Es war eine harte Übung, Sex als Strafe zu erdulden und sie fragte sich, ob es zu früh war, um Mrs. Weiss' Rat zu befolgen, wie sie die gesamte quälende Episode beenden konnte.

Eine Hand wühlte sich in ihr Haar.

Sofort erkannte sie Mrs. Weiss' unnachgiebigen Griff und wusste, was als nächstes kommen würde. Es war keine Überraschung für sie, als ihr Kopf hochgezogen wurde. Jeder Zentimeter ihrer Kopfhaut schrie protestierend auf. Und dann wurde ihr Gesicht zu der Nässe im Schoß der Frau gezerrt. Als sie der unausgesprochenen Anweisung gehorchte und gierig an den angebotenen Schamlippen leckte, während der Assistent sie weiterhin von hinten nahm, spürte Justine wie ihr Körper unter dem ersten Beben des Orgasmus erzitterte.

Die Explosion kam ohne Vergnügen. Das befriedigende Brüllen, das aus ihren Lenden entsprang, war belebend, aber freudlos. Obwohl sie das Vergnügen gern ausgekostet hätte, wollte ein Teil von Justines Bewusstsein die Erfüllung nicht genießen, die von solch einer gefühllosen Behandlung herrührte. Ein wolkenartiger Schleier vernebelte ihren Blick und ihre Nerven vibrierten. Doch als sie wieder zu Atem gekommen war und ihr Mund zu Mrs. Weiss' Schoß zurückkehrte, wusste Justine, dass der Höhepunkt nicht richtig befriedigend gewesen war.

„Mach, dass ich komme, du Schlampe", knurrte Mrs. Weiss.

Sie zerrte kräftig an Justine Haaren. Der Assistent verstärkte seinen Griff um ihre Hüften und stieß mit noch größerer Kraft zu als bisher. Eine weitere Woge der Erregung schwappte durch ihr Loch. Sie begann Mrs. Weiss' Scham gierig zu verschlingen, während Strudel verabscheuungswürdiger Wollust ihren eigenen Schoß erzittern ließen.

„Mach, dass ich dieses Mal richtig komme", grunzte Mrs. Weiss.

Ängstlich bemüht, jedem Befehl zu gehorchen, widmete sich Justine ganz der Aufgabe, dem Loch der Frau eine weitere Explosion zu entlocken. Es war schwierig, sich auf dieses Ziel zu konzentrieren während der Assistent fortfuhr sie zu ficken, doch sie würde verzweifelt alles tun, um nicht noch einmal das Missfallen dieser Frau zu erregen. Gierig an den nassen Schamlippen leckend und hungrig die Perle ihrer Klitoris umspielend, bemühte Justine sich, die Frau zum Höhepunkt zu bringen.

„Versuch nicht, mich zu verarschen“, warnte Mrs. Weiss sie. „Ich will ein ordentliches Zungenspiel.“

Selbst als sie spürte, wie der Assistent sie hart ran nahm, konzentrierte Justine ihre Anstrengungen auf den Versuch, ihrer Brotherrin einen Orgasmus zu verschaffen. Sein Schwanz pulsierte in ihr; die inneren Muskeln ihres Schoßes zitterten und dann triefte ihre Scham von dem Schwall seines klebrigen Ergusses. Doch die ganze Zeit über konzentrierte sie sich auf das, was Mrs. Weiss verlangte und wie sie ihr am besten Lust bereiten konnte.

Der Assistent zog seinen ermatteten Schwanz aus ihrem Loch, so dass sie sich ganz hohl und leer fühlte. Justine bemerkte es kaum, während sie ihre Lippen und Zunge ungeschickt gegen Mrs. Weiss' Schoß presste. Er gab ihr einen kräftigen Klaps auf den Hintern und murmelte: „Gute Pussy. Das werde ich mir noch einmal gönnen, noch ehe der Tag vorüber ist.“

Justine arbeitete immer noch hart daran, Mrs. Weiss mit ihrer Zunge zu beglücken und hörte das Lob nicht. Sie fuhr fort zu lecken und zu saugen und wünschte, sie könnte aufblicken und sehen, ob sie ihre Sache gut machte oder nicht. Ihre Lippen und der Mund waren mit einer Mischung aus ihrer eigenen Spucke und Mrs. Weiss' Säften beschmiert. Sie spürte den kräftigen Geschmack der Frau jedes Mal, wenn sie schluckte. Der Moschusduftstieg ihr bei jedem Atemzug in die Nase. Sicher, dass sie nahe daran war, den Schoß der Frau vor Wollust explodieren zu lassen und plötzlich sich verzweifelt danach sehnend, sie vor Entzücken aufstöhnen zu hören, verstärkte Justine ihre Anstrengungen und umhüllte die nassen Falten der Scham.

Mrs. Weiss riss ihren Kopf scharf zurück.

Justine schrie vor Enttäuschung und Schmerz beinahe auf. Sie wurde von der Steinbank gezerrt und unsanft beiseite gestoßen.

Mrs. Weiss ignorierte sie, musterte ruhig ihren Assistenten und sagte: „Fessle ihre Hände und häng sie in der Ecke auf. Sie macht mehr Spaß, wenn sie leidet.“

Justine verbiss sich den entsetzten Aufschrei, der ihr auf der Zunge lag und rührte sich nicht, als der Assistent eine Schnur in einer lockeren Acht um ihre Handgelenke wand. Sie dachte daran ihm zu sagen, dass die Fesselung nicht einmal annähernd fest genug war, um sie richtig zu halten, doch dann entschied sie, dass weder er noch Mrs. Weiss ihre Einwände hören wollten. Sie hinter sich her zerrend, als wäre sie lediglich ein Stück Fleisch, führte der Assistent Justine in eine Ecke des Kerkers unter einen tief hängenden Haken. Er schob ihre gefesselten Hände über das bejahrte Metall und wandte sie dann zu Mrs. Weiss um, als erwartete er ihren Beifall.

Justine stellte fest, dass sie sich auf die Zehenspitzen stellen musste, um die Qual zu mindern, die diese Fesselung ihr verursachte. Es war schwer, ihre Verletzlichkeit zu vergessen und sie verachtete die Erkenntnis, dass ihre Erregung dadurch nur noch größer wurde. Die Arme über ihrem Kopf zu haben gaben ihr das Gefühl, völlig entblößt zu sein. Der Assistent stand vor ihr, doch mit Mrs. Weiss in ihrem Rücken wusste Justine nicht, was sie zu erwarten hatte. Ein unruhiges Prickeln lief ihr den Rücken herunter und verstärkte ihre Empfindlichkeit. Sie fragte sich ängstlich, welchen Grund die Frau haben mochte, sie an einem Haken im Kerker aufhängen zu lassen und würde nicht zulassen, dass sie darüber spekulierte, was als Nächstes geschehen würde.

Das Brennen der Peitsche auf ihrem Rücken gab Justine eine Vorstellung davon, was die Frau plante. Als drei weitere Hiebe folgten – jeder kräftiger als der voran gegangene – begriff sie, dass sie gründlich ausgepeitscht werden sollte. Die Vorstellung verprügelt zu werden war eine zweischneidige Sache: auf der einen Seite verkrampfte sich ihr Bauch vor Verzweiflung, auf der anderen Seite verstärkte sich ihre Geilheit.

„Hilfst du mir dabei?“ fragte Mrs. Weiss ihren Assistenten.

Justine starrte auf die stämmige Gestalt, hoffte, er würde nein sagen und wusste, dass es keine Chance gab, dass das geschehen würde. Sie sah sein glitzerndes Lächelns im Schatten seiner Kapuze und beobachtet, wie er nach einer zweiten Peitsche griff, die an der Wand hing. Seine große Hand umschloss den Griff, er prüfte das Gewicht mit einem kurzen, kräftigen Hieb und ließ dann die geknoteten Enden schneidend auf ihre Brüste niedersausen.

Justine heulte vor Überraschung auf.

Es war fast, als würde sie die Züchtigung benutzen, um Schweigen zu erzwingen als Mrs. Weiss ihre Peitsche scharf auf Justines Hintern niedersausen ließ. Das Fauchen des durch die Luft zischenden Leders erfüllte die klaustrophobische Atmosphäre des Kerkers. Durchsetzt mit Justines Schmerzesschreien rief das Geräusch Assoziationen an eine mittelalterliche Folterkammer wach.

Ihre Brüste wurden rasch wund.

Die strafenden Schläge des Assistenten hinterließen unzählige Striemen, die sich deutlich von ihrer blassen Haut abhoben. Bevor irgendeine von ihnen die Gelegenheit hatte zu verblassen, versetzte er ihr weitere quälende Nadelstiche. Justine sah entsetzt, dass ihre Nippel steif aufrecht standen, während die Züchtigung weiter ging und sie versuchte nicht daran zu denken, wie sehr diese Reaktion ihre Sehnsucht widerspiegelte.

Die Peitsche auf ihren Rücken traf sie mit größerer Bösartigkeit. Mrs. Weiss versuchte eindeutig, jeden einzelnen Zentimeter nackte Haut zu geißeln und zielte mit ihren Schlägen nacheinander auf die Stelle zwischen Justines Schulterblättern und hinunter bis zur Oberkante ihrer Schenkel. Ihr Hintern litt Höllenqualen, jedes Mal, wenn die geknoteten Enden an den gestriemten Backen leckten. Doch der Schmerz war nicht weniger unerträglich, wenn Mrs. Weiss ihn irgendeiner anderen Stelle angedeihen ließ. Bei einer Gelegenheit, als sie auf die Hüfte zielte, sich das Leder um Justines Seite ringelte und sie in ihren Unterbauch biss, konnte diese kaum einen Protestschrei zurückhalten.

Und als würden sie ihr Leiden gar nicht wahrnehmen, plauderten Mr. Weiss und der Assistent unbekümmert miteinander und übertönten ihr Seufzen und Stöhnen. Da sie französisch sprachen, konnte Justine den Klang ihrer Unterhaltung einfach verdrängen und sich auf die Qualen konzentrieren, die sie durchlitt. Sie fragte sich, ob es zu früh war, um den von Mrs. Weiss vorgeschlagenen Trick anzuwenden, der ihre Züchtigung frühzeitig beenden würde. Die Vorstellung, dieser Pein ein Ende zu setzen, bevor es zu erniedrigend wurde, was sehr verlockend und sie öffnete ihren Mund, bereit um mehr zu betteln. Ein Teil von ihr wusste, dass es ein Kampf werden würde, diese Worte auszusprechen – jede Faser ihres Körpers schrie danach, dass sie um mehr flehte, damit es aufhörte – doch sie konnte sich nicht vorstellen, dass Mrs. Weiss diese Worte beachten würde.

Sie holte tief Luft und sagte zu sich, dass sie die Rolle der Unterwürfigen noch ein kleines bisschen länger spielen konnte, als sie bemerkte, dass das Paar angefangen hatte, englisch zu sprechen. Und was noch wichtiger war, sie meinte einige Bemerkungen über ihre geliebte Büßerin herausgehört zu haben.

„Wie bitte?“ fragte der Assistent. „Was haben Sie gesagt?“

„Ich fragte: Was hast du mit der Blondine gemacht?“ wiederholte Mrs. Weiss.

Justine hob ihren Kopf, begierig darauf, die Antwort zu hören. Jeder Gedanke daran, das Paar dazu zu bringen, mit der Züchtigung aufzuhören, war verschwunden. Ihr Interesse an ihrer Unterhaltung war unmittelbar und nahm ihre gesamte Aufmerksamkeit in Anspruch. Obwohl sie fortfuhren ihr nacktes Fleisch mit ihren Peitschen zu schlagen, obwohl die mehrschwänzigen Lederriemen ihren Rücken, die Seiten, den Hintern und die Brüste wund rieben, war sie sich des Schmerzes nicht bewusst und lauschte nur aufmerksam ihrer Unterhaltung über die Blondine.

„Sie wird in der nächsten halben Stunde auf dem Weg zurück zu Dupont sein“, erklärte der Assistent Mrs. Weiss. „Vielleicht früher, wenn der Wagen schneller zurückkommt.“

„Ist sie immer noch oben?“ fragte Mrs. Weiss.

Justine ließ ihren Blick zwischen Mrs. Weiss und dem Assistenten hin und her huschen. Sie wünschte, sie könnte sein Gesicht sehen und nicht nur die Schatten seiner Kapuze und sie fragte sich, was Mrs. Weiss im Sinn hatte. Ein Teil von ihr glaubte, dass es wahrscheinlich das Beste wäre, wenn sie ihre Fantasie nicht zu sehr abschweifen ließe oder versuchte, Mrs. Weiss Absichten zu durchschauen. Doch angesichts der Möglichkeit, die Büßerin wieder zu sehen, fand sie es unmöglich, ihre eigenen guten Ratschläge zu beachten. Sie wand sich in ihren Fesseln und versuchte die Frau schweigend anzuflehen. Die Hiebe, die Mrs. Weiss austeilte, landeten jetzt auf ihrer linken Seite. Die Seite ihrer linken Brust wurde mehrmals von der Peitsche der Frau getroffen und wenn der wachsende Schmerz nicht wäre, hätte Justine über die Genauigkeit der Frau gestaunt, mit der sie mehrmals hintereinander reinste Qualen durch die Spitzen ihrer Nippel schickte.

„Möchtest du, dass ich sie wieder herunter kommen lasse?" fragte Mrs. Weiss.

Es lag etwas in ihrer Stimme, das Justine denken ließ, dass Mrs. Weiss immer das genaue Gegenteil dessen tun würde, was sie wollte. Sie spürte, wie ihre Stimmung sank, doch unfähig, die Hoffnung auf ein Wiedersehen mit der Büßerin auf zu geben, sagte sie aufrichtig: „Sie wissen, dass es das ist, was ich will."

„Ist noch genug Zeit, um sie wieder zurückzuholen?" fragte Mrs. Weiss den Assistenten.

Unfähig sich selbst zu bremsen, konnte Justine ihre Hoffnung wieder anwachsen spüren, als sie auf die Antwort des Mannes wartete. Die Unbequemlichkeit ihrer Fesselung ignorierend und jeden Gedanken an die Qualen beiseite schiebend, die die immer noch anhaltenden Prügel bedeuteten, drehte sie sich langsam um, um ihn anzusehen.

„Sie wartet darauf, dass der Wagen zurückkommt. Ich kann mir nicht vorstellen, dass sie schon fort ist."

„Was denkst du?" flüsterte Mrs. Weiss. Sie drückte sich eng gegen Justines nackten Körper. Hinter ihr stehend schaffte es die Frau, Justines Brüste zu umfassen, zusammen zu quetschen und zu tätscheln. Die erzwungene Nähe war aufdringlich und ungewollt, doch weil ihr die Chance geboten wurde, die Büßerin zurückzubekommen, ließ Justine es ohne ein Wort des Unmuts geschehen. Das raue Gewebe von Mrs. Weiss Robe rieb schmerzhaft über Justines empfindliche Arschbacken. Ihre Fingernägel waren lang und scharf und liebkosten sie kratzend.

„Möchtest du sie zurück haben?" seufzte Mrs. Weiss.

„Sie wissen, dass ich es möchte."

„Bist du bereit, ein Sakrileg zu begehen, um sie zurück zu bekommen?"

„Ich würde alles tun."

„Alles?"

Justine konnte den animalischen Hunger aus der Frage der Frau heraushören, doch das beunruhigte sie nicht weiter. Siegessicher, dass sie kurz davor war, die Büßerin wieder zu bekommen, nickte sie eifrig und sagte: „Natürlich. Ich werde tun was Sie verlangen."

Ihre Hände wurden aus dem Haken gehoben. Als sie frei war merkte sie, wie schwach ihre Beine waren und fiel beinahe auf die Knie. Mrs. Weiss half ihr, ganz zu Boden zu fallen und baute sich dann über ihr auf.

Ängstlich und sich plötzlich unbehaglich fühlend angesichts der Verpflichtung, die sie gerade so blindlings eingegangen war, starrte Justine nach oben, während die Frau ihre Robe aufriss. Ihr nackter Körper präsentierte sich in all seiner großartigen Pracht, als Mrs. Weiss näher trat und ihren Schoß gegen Justines Gesicht stieß.

„Wenn du sie zurück haben willst, wirst du mein Pipi trinken", brummte sie.

Justine erinnerte sich, dass die Büßerin bei Sartine dasselbe Wort benutzt hatte und versuchte sich die Umstände ins Gedächtnis zu rufen, unter denen es gefallen war. Entsetzen drohte sie zu überwältigen, als sie feststellte, dass es dasselbe Wort war, mit dem die Büßerin im Bad des Hotelzimmers verschwunden war. Eine Übelkeit erregende Woge des Verstehens ließ in ihr den Wunsch aufkommen, verweigernd den Kopf zu schütteln. Doch da ihr die Chance geboten wurde, die Büßerin wieder zu bekommen, würde Justine nicht zulassen, dass sie nicht tat, wie ihr befohlen wurde.

„Natürlich", stimmt sie zu.

Das Wort brachte sie fast zum Würgen. Sie war sich nicht vollkommen sicher, zu was sie sich bereit erklärt hatte oder wie heftig diese Prüfung sein würde, doch sie stieß ihr Gesicht dicht an den Schoß der Frau und legte ihren Kopf in den Nacken. Sie streckte ihre Zunge aus und leckte versuchsweise an Mrs. Weiss Schamlippen.

„Oh! Du liebes kleines Mädchen!" erklärte Mrs. Weiss.

Ermutigt, aber immer noch auf der Hut, presste Justine ihre Zunge fester in den Schoß der Frau. Sie ließ die Spitze zwischen den nassen Lippen hin und her gleiten und kostete mutig von ihrem nassen Saft. Ein kräftiger Duft nach Moschus und Schweiß umspülte ihre Nasenschleimhaut. Ein Beben reiner Geilheit lief zitternd durch ihren nackten Körper.

„Das ist es", stimmte Mrs. Weiss zu. „Das ist genau das, was ich wollte." Sie ergriff eine Handvoll von Justines Haaren und hielt ihren Kopf fest. Als Justine keuchend nach Luft schnappte, hörte sie Mrs. Weiss bellen: „Benutz sie, du Idiot. Lass uns beide diese Schlampe richtig benutzen."

Der Assistent brauchte keine zweite Aufforderung.

Justine spürte eine Bewegung hinter sich. Sie erhaschte den stechenden Gestank des Schwanzes und spürte dann, wie er zwischen ihre Arschbacken gedrückt wurde. Sein reibungsloses Eindringen in ihren Schoß war so einfach, dass sie sich schämte. Doch die ganze Zeit über fuhr sie fort, Mrs. Weiss' Loch zu umhüllen, zu lecken und daran zu saugen. Selbst als der Assistent begann, sich kraftvoll in ihr Loch zu bohren und sich sein enormer Schwanz Schritt für Schritt tiefer wühlte, hörte sie nicht auf, ihren Mund gegen die Spalte der anderen Frau zu pressen. Sie versuchte zu hören, ob sie bereits einen Seufzer der Lust hörte oder irgendein anderes Geräusch, das ihr zeigen würde, dass sie ihre Brotherrin ordentlich verwöhnte, doch Mrs. Weiss blieb frustrierend schweigsam.

Die Hände des Assistenten packten fest die Striemen, die die Züchtigung auf ihrem Fleisch hinterlassen hatte. Justine verkniff sich die Schmerzensschreie, als er seinen Griff auf der wunden Haut noch verstärkte. Jeder kraftvolle Stoß hämmerte pure Geilheit in ihre inneren Muskeln, doch das Entzücken wurde gedämpft durch seine Finger, die an dem wunden Fleisch zerrten.

Im Kerker war es auffallend still. Justine konnte die dumpfen Geräusche der Welt außerhalb ihres verschlossenen Raumes wahrnehmen; gelegentliche Schritte klapperten direkt über ihnen; zweimal ertönte eine Autohupe; und der weit entfernte Klang von Vogelgezwitscher erinnerten sie daran, dass sie gar nicht so weit entfernt von der realen Welt war. Doch sie befürchtete, dass sie noch Einiges würde ertragen müssen, ehe sie die Chance hatte zu entkommen und all diese banalen Dinge wieder genießen zu können.

„Trink mich", befahl Mrs. Weiss. Der scharfe Unterton ihrer Stimme riss Justine aus ihrer nachdenklichen Betrachtung der Welt außerhalb des Kerkers. „Trink mein Pipi", zischte Mrs. Weiss.

Ihre Stimme war höher als gewöhnlich: das erste Anzeichen, dass sie von Justines Zunge beeinflusst worden war. Obwohl der Moment nebelhaft verwirrend war, der Assistent sich weiter hämmernd in sie hinein bohrte und ihr Körper nicht aufhörte zu schmerzen, konnte Justine spüren, dass irgendetwas geschehen würde.

Und dann ließ Mrs. Weiss einen heißen Strahl von Urin los.

Justine wollte würgen und zurückweichen, doch sie wusste, dass es nicht das war, was die Frau wollte. Sie rief sich in Erinnerung, dass sie diese Qualen der Büßerin zuliebe erduldete, schob ihr Gesicht dicht an die Quelle des Goldregens heran und ließ zu, dass der Strahl ihr Gesicht, ihre Nase und Lippen benetzte.

„So ist es gut", rief Mrs. Weiss aus.

Der Assistent ritt sie noch energischer.

Justine wusste nicht, ob der Mann von dem Anblick oder dem Duft oder dem Geschehen erregt wurde oder ob er einfach nur nahe davor war zu ejakulieren. Sie litt unter ihren eigenen schmutzigen, erregten Reaktionen auf diese Tortur, doch sie konnte ihre verabscheuungswürdige Wollust, die sie dabei empfand, nicht leugnen.

Mrs. Weiss' Pipi war eine leicht duftende Dusche, die beim direkten Kontakt zuerst brannte und einen dann für einen Augenblick frösteln ließ. Justine erlebte binnen weniger Sekunden den Schock der Hitze und das Zittern vor Kälte. Ihr Gesicht war mit gelben Tränen überströmt, ihre Kehle brannte von dem Goldregen, den Mrs. Weiss ihr spendete und sie fühlte sich, als hätte sie eine neue Ebene der Erniedrigung erreicht. Ihr daraus entwachsender Orgasmus war mächtig genug, um dem Schwanz des Assistenten einen Höhepunkt abzuringen.

Die Wogen der Lust bebten immer noch durch ihre Pussy, selbst als sie von ihren Knien hoch gezerrt und ihre Fesseln wieder in den Haken in der Ecke des Kerkers eingehängt wurden. Sie hatte keine Gelegenheit, ihr Gesicht zu säubern oder ihr Haar zu trocknen, das von der Nässe auf ihrer Kopfhaut klebte. Und bevor sie die Chance hatte, wirklich zu begreifen, was geschehen war, hatte Mrs. Weiss ihr Cape aufgehoben und der Assistent hatte wieder begonnen, ihren nackten und misshandelten Körper zu peitschen.

„Meine Freundin", stöhnte sie. Sie wand sich in der Fesselung und starrte verzweifelt zu Mrs. Weiss hoch. „Das blonde Mädchen", fügte sie hinzu. So weit es ihr möglich war, ließ sie ihren Blick von ihrer Brotherrin zu dem Assistenten wandern. „Werden Sie sie für mich zurückholen?" fragte sie keuchend.

„Es ist zu spät", erklärte der Assistent. Justine meinte, ein Grinsen aus seiner Stimme herauszuhören. Wenn sein Gesicht nicht vom Schatten verdeckt wäre, wäre es ihr besser möglich gewesen festzustellen, ob er über sie lachte. „Hast du nicht die Autohupe gehört, während du von Mrs. Weiss getrunken hast?"

Justine erinnerte sich mit einer Deutlichkeit, die sie frösteln ließ.

Mrs. Weiss zielte mit ihrer Peitsche scharf auf eine Arschbacke. „Die Autohupe war das Signal des Fahrers, dass er jetzt losfährt", erklärte sie. Ihr Lachen war kurz, scharf und gefühllos. „Du hättest schneller damit sein müssen, uns zu bedienen", schnauzte sie. „Vielleicht hättest du dann deine kostbare Freundin retten können."

Es war mehr als Justine ertragen konnte. Sie stieß ein Heulen aus, als sie der nächste Peitschenhieb traf, während der darauf folgende ein verzweifeltes Schluchzen hervorrief. Innerhalb einer halben Stunde stöhnte sie bei jedem sie so abscheulich erregenden Schlag auf ihren nackten Körper auf. Empörung, Wut und Frustration wetteiferten darum, die Oberhand zu gewinnen, doch jeder erneute barbarische Schmerz verhinderte, dass irgendeine der drei Emotionen gewann. Erst als sie begriff, dass Mrs. Weiss sie besiegt hatte – und dass sie keine andere Möglichkeit hatte außer die Grausamkeit der Frau zu ertragen – beschloss Justine, die Tortur zu beenden.

Der Assistent benutzte die Peitsche mit genügend Kraft, um Justine jedes Mal, wenn sie niederfuhr, aufschreien zu lassen. Mrs. Weiss legte nicht so viel Kraft in die einzelnen Schläge, doch ihre Präzision machte das mehr als wett. Jeder Hieb landete entweder auf einer Brust, einer Arschbacke oder Justines Oberschenkeln. Sie ließ die Qual jeder schmerzenden roten Strieme wieder neu aufflammen und rief mit jedem Schlag einen Schrei hervor. Der Schmerz war erregend – er bewirkte eine fließende Hitze zwischen ihren Schenkeln, die kräftig und nicht zu leugnen war – doch Justine wollte keine weiteren Qualen erdulden. Voller Schmerzen und Elend, müde von ihrer Suche, dachte sie, es wäre an der Zeit um diesen Punkt ihrer Prüfung zu Ende zu bringen. Sie holte tief Luft, keuchte noch einmal, als ein weiterer Peitschenhieb sich grausam in ihre linke Brust biss, rief sich die Anweisung ins Gedächtnis, die Mrs. Weiss ihr gegeben hatte, um die Pein zu beenden und versuchte sie wortwörtlich zu befolgen.

„Mehr“, winselte Justine.

Der Schmerz, den ihr Körper ertrug, war unglaublich. Sie wusste nicht, ob sie von diesen Exzess aus Ekstase und Qual Schaden davon tragen würde, doch sie wusste, dass sie es nicht länger ertragen konnte. Zitternd nach den extremen Orgasmen, weinend vor Erleichterung, Schmerz und Entzücken, sagte sie: „Ich will mehr. Gebt mir mehr!“

„Mehr?“ wiederholte Mrs. Weiss.

Justine begann sich zu entspannen, dankbar, dass diese Phase ihrer Prüfung sich dem Ende näherte.

„Sagte sie, dass sie mehr will?“ fragte Mrs. Weiss ihren Assistenten.

„So hat es sich für mich angehört.“

Der Hauch eines Zweifels drang in Justines Bewusstsein. Plötzlich erkannte sie, wie töricht es gewesen war, Mrs. Weiss zu vertrauen und verfluchte sich selbst, dass sie nicht besser darüber nachgedacht hatte.

„Wenn sie um mehr bittet, dann werden wir ihr mehr geben“, verkündete Mrs. Weiss. „Mach dich wieder hart“, wies sie ihren Assistenten an. „Lass uns sehen, ob wir ihren dreckigen Appetit stillen können, wenn wir beide zusammen arbeiten.“

14.

„Du bist eine dreckige kleine Schlampe, nicht wahr?“

Justine schwieg, als sie die Stimme des Mannes hörte. Die Ruinen waren tiefschwarz bis auf ein schmales Band aus Mondlicht, das den Nachthimmel über ihr zerriss. Sie hatte sich nie eingebildet sie wäre allein. Die stillen Atemgeräusche und scharrenden Füße waren überall um sie herum zu hören und als sie durch die überwucherten Ruinen des Schlosses getaumelt war hatte es mehrere Momente gegeben, in denen Justine die Anwesenheit eines anderen Menschen spüren konnte, als würde sie liebkost werden. Und doch erschreckte sie die unerwartete Stimme, die so plötzlich aus der Dunkelheit erklang. Mehr noch, es erinnerte sie an die Worte, die Mrs. Weiss vor so kurzer Zeit in der undurchdringlichen

Dunkelheit ihrer privaten Bücherei ausgespien hatte und sie begann sich zu fragen, ob es eine stilisierte Einleitung war, die Die Gemeinschaft stets benutzte.

„Du bist eine dreckige kleine Schlampe, nicht wahr? Du bist eine dreckige keine Schlampe, die eine verdammt gute Tracht Prügel verdient. Bist du deswegen hergekommen? Bist du hier, um dir den Hintern versohlen zu lassen?“

„Ich bin hier wegen La Coste“, erwiderte Justine kühl.

Hinter ihr seufzte eine nicht sichtbare Frau.

Sie wollte sich umdrehen um herauszufinden, wer noch die Dunkelheit mit ihr teilte, doch sie befürchtete, dass sie immer noch begutachtet wurde. Eine trotzige Haltung bewahrend, unsicher, ob man sie sehen konnte, doch unwillig, einen flüchtigen Fehler zu machen, starrte Justine erwartungsvoll in die Finsternis und wartete darauf, dass der Unsichtbare erneut das Wort ergriff. Ihr Herz hämmerte hart gegen ihre Brust und sie bemühte sich, nicht zu zittern und ihre Furcht nicht zu zeigen.

Ein metallisches Klicken durchbrach die Stille. Das Geräusch war vertraut und Justine zeigte keinerlei Überraschung, als sie das typische Scharren eines Benzinfeuerzeuges hörte. Nach einem Funkenschauer sah sie eine helle, bläuliche Flamme vor sich auftanzen. Ein Gesicht wurde kurz beleuchtet, eine Kerze angezündet und als der Docht zu hellem gelbem Leben erwachte, sah sie schließlich den Mann, der sie angesprochen hatte.

„Guten Abend, Justine“, begann er freundlich „Willkommen auf La Coste.“

Ohne, dass ihr jemand den Mann vorstellen musste, wusste Justine, dass sie Marais vor sich hatte, den Besitzer des Manuskripts. Er schenkte ihr ein wohlwollendes Lächeln und begrüßte sie galant, während ihre Augen sich an das flackernde Licht der Kerze gewöhnten. Anstatt ihn anzublicken, bewunderte Justine lieber die zerfallenen Überreste des Schlosses, in dem sie sich befanden.

Sich im Inneren von La Coste wieder zu finden – und am Ende ihrer Reise angelangt zu sein – war fast mehr, als sie aushalten konnte. Sie fuhr fort, sich umzuschauen und stellte zum ersten Mal fest, wie karg die uralten Gemäuer in den Nachthimmel emporragten. Spärlich beleuchtete Silhouetten in der Nacht, deren unregelmäßigen Kanten von vergangener Pracht und unwiederbringlichem Untergang zeugten, und die verfallenen Ruinen gaben dem Geschehen eine Ahnung von Tod und Verderbnis. Die Atmosphäre ließ Justine glauben, dass sie nah davor war, ihrem Schicksal zu begegnen und sie holte tief Luft, bevor ihr ein Seufzen in Erwartung eines Wunders entschlüpfte. Ihr Puls beschleunigte sich und sie spürte einen Adrenalinschub, der eine schmerzhaft vertraute Reaktion hervorrief.

Ihr Bauch verkrampfte sich vor Angst und Erregung.

Ihre empfindliche Spalte fühlte sich plötzlich feucht und viel zu warm an.

„Es ist schon lange her, dass jemand so weit gekommen ist", erklärte Marais vergnügt.

Justine lächelte höflich, unsicher, was der Kommentar bedeutete oder welche Antwort von ihr erwartet wurde. Die Versuchung, ihre Schenkel zusammen zu pressen war nahezu unwiderstehlich, doch sie trotzte diesem Drang und beobachtete ihn weiterhin mit gekünstelter Distanziertheit.

„Mir wurde berichtet, du seiest mehr als würdig, La Coste zu erwerben", fuhr Marais fort. „Heute Nacht, bevor du das Buch an dich nimmst, wirst du mir persönlich deine Eignung beweisen."

Ihre Augen leuchteten vor Vorfreude, als sie begriff, dass er das Manuskript in den Händen hielt. Die vergangene Pracht der Gebäude um sie herum war vergessen, als ihr Blick an dem unveröffentlichten Werk hängen blieb. Die Seiten waren vom Alter vergilbt, die Schrift schwarz, verschmiert und mit einem unentzifferbaren Gekritzel vollgekleckst. Justine vergegenwärtigte sich, dass es ein Buch war, geschrieben in einer Sprache, die sie nicht verstand und sie wusste, dass sie sich selbst prostituiert hatte, um es für eine Frau zu erwerben, die sie nicht besonders mochte. Die Widersinnigkeit dieser Situation wurde ihr jedes Mal bewusst, wenn sie sich gestattete, über das nachzudenken, was sie getan hatte oder warum sie es getan hatte. Doch sie schob all diese Gedanken beiseite, als sie sich selbst daran erinnerte, dass sie es unbedingt haben musste. „La Coste gehört mir?" fragte sie voller Zweifel. „Ich kann es diese Nacht mitnehmen? Heute? Jetzt?"

Wie ein geschickter Magier ließ Marais das Manuskript aus der Reichweite des Kerzenlichts verschwinden. Er hielt ihr die leere Hand entgegen und sagte: „Du hast der Gemeinschaft bewiesen, dass du es wert bist. Die erforderliche Summe wurde erfolgreich auf ein Treuhandkonto überwiesen. Ich will mich nur noch mit eigenen Augen von deiner Eignung überzeugen, dann gehört es dir.“ Er sah sie an, legte den Kopf schräg und fragte: „Glaubst du, dass du mir beweisen kannst, dass du geeignet bist?“

Sie trat durch das hoch wuchernde Unkraut, das sie voneinander trennte, ergriff die Hand, die er ihr anbot und drückte sich in seine Umarmung. Er war der charmante Held, den sie erwartet hatte. Mit dem offenen und ehrlichen Gesicht und dem zurück gestrichenen Haar sah er elegant und attraktiv aus. In den historischen Texten, die sie auf der Universität studiert hatte, gab es nicht viele Bilder des Marquis de Sade, deren Echtheit bewiesen waren, doch wenn Justine sich je eine Vorstellung davon gemacht hatte, wie er ausgesehen haben könnte, dann wäre dabei vermutlich das Ebenbild des Mannes dabei heraus gekommen, den sie jetzt in den Armen hielt. Seine Kleidung hatte einen antiquierten Stil, wie es sich für diese herrlich verfallenen Gebäude, in denen sie sich getroffen hatten, geziemte. Ihn umwehte eine dezente Wolke Kölnisch Wasser, die den Eindruck reinlicher Männlichkeit vermittelte, aber eine Aura fortwährender Erregung nicht verbarg. Er war alles, von dem sie gehofft hatte, er würde es sein und, als er sie zu küssen begann, ließ seine Leidenschaft das Innerste ihres Schoßes erbeben.

Während er mit der einen Hand weiterhin die Kerze festhielt, drückte er Justine mit der anderen fest an sich. Ein kräftiges Bein schob sich zwischen ihre Beine; ihre Brüste wurden an seinen breiten Brustkorb gequetscht, seine Finger kneteten ihre Arschbacken durch und sie wusste, dass er sie mit einer schier unmenschlichen und fordernden Kraft benutzen würde. Der Gedanke erfüllte sie mit glühender Lust.

Seine Finger krochen unter den Saum ihres kurzen Rockes. Da Mrs. Weiss und ihr Assistent sie am vergangenen Tag so gründlich wund geprügelt hatten, hatte Justine den Gedanken nicht ertragen, bei diesem letzten Teil ihrer Reise eine Unterhose zu tragen. Es war anstrengend gewesen, hinten in der Limousine zu sitzen und sie war die ganze Zeit über unentwegt hin und her gerutscht, in dem Versuch, ihren Arschbacken die unangenehme Berührung mit dem Ledersitz so gut es ging zu ersparen.

Und obwohl diese Schmerzen nicht vergessen waren, als Marais Hand besänftigend über ihre nackte Haut glitt, schob sie sie wichtigeren Dingen zuliebe beiseite. Seine Finger waren nur noch Millimeter davon entfernt, ihre unbedeckte Scham zu berühren. Diese Aussicht und die damit verbundene Vorfreude sandte ein Zittern und Schaudern durch ihre Pussy. Angetrieben von einem dringenden Verlangen nach Befriedigung schob sie sich hart gegen ihn.

Marais lachte. Er hielt sie weiterhin fest, doch er schien zu zögern anstatt seine Finger dicht an die Stelle heran zu schieben, wo Justine sie brauchte. Gleichgültig, wie sehr Justine sich wand und krümmte, er weigerte sich, die empfindlichen Lippen ihres Schoßes zu berühren. „Du bist wirklich eine gierige kleine Schlampe, nicht wahr?“ sagte er leise lachend.

Die Worte schockierten sie und erinnerten sie an den Priester, den sie in ihrer ersten Nacht in Frankreich getroffen hatte. Plötzlich überkam sie die Versuchung, sich seiner Umarmung zu entziehen und beinahe handelte sie, ohne darüber nachzudenken, was sie tat. Nur weil Marais in diesem Augenblick seine Finger an ihr entlang gleiten ließ und seine kühle Liebkosung mit der samtigen Wärme ihres Schoßes spielte, gelang es ihr, in seinen Armen zu bleiben. Das Aufflackern eines elektrisierenden Prickelns huschte durch ihr Loch. Plötzlich war sie in Schweiß gebadet, der der kühlen Nachtluft trotzte. Ihr Herz raste, ihr Mund wurde trocken und sie reagierte auf ihn mit einem Eifer, der fast peinlich war. Als er sie zärtlicher berührte und er seine Fingerspitzen geschickt immer tiefer zwischen ihren nassen und pulsierenden Lippen vergrub, rieb sie sich wie wahnsinnig an ihm.

„Was willst du von mir?“ bettelte sie.

„Nichts, was du nicht bereit bist zu geben.“

Im Kontrast zu seinen beruhigenden Worten stieß er seine Finger weiter in ihre Spalte hinein. Ihr feuchter Schoß leistete seiner Grobheit keinen Widerstand. Die schlüpfrigen Lippen teilten sich gierig und gestatteten es ihm, in sie einzudringen. Und Justine presste sich glücklich an ihn. Das leichte Fieber der Erregung, das sie in den letzten drei Tagen gefangen gehalten hatte, wurde zu brennendem Verlangen. Die simple Befriedigung, etwas in sich zu spüren, reichte beinahe aus, um einen Orgasmus auszulösen. Sie packte ihn fest, als wollte sie ihn nie wieder aus ihre Umarmung entfliehen lassen und quetsche ihre inneren Muskeln um seine Finger zusammen. Das Prickeln, das in kleinen Wellen ihren Körper durchlief, war intensiv und wunderbar. Erschrocken darüber, wie leicht sie Marais annahm, versuchte Justine sein Verlangen nach ihm zu rationalisieren.

Es schmerzte sie, dass die Büßerin nicht länger bei ihr war. In den wenigen kurzen Tagen, die sie zusammen verlebt hatten, hatte die blonde Frau ihr ein Gefühl von Sicherheit gegeben und war eine fortwährende leidenschaftliche Verheißung. Doch Justine dachte, dass sie diese Reise allein angetreten war und dass es nur richtig war, dass sie sie genau so allein auch beenden würde. Dieser Gedanke bot ein wenig Trost angesichts der Vorstellung, ihre Geliebte niemals wieder zu sehen, doch sie würde nicht zulassen, dass sie sich die Stimmung dadurch verdarb, dass sie über Dinge nachgrübelte, die sie nicht würde ändern können.

Und es war leicht, diese belanglosen Gedanken aus ihren Gedanken zu streichen, als Marais die Jacke von ihren Schultern schob. Er zog seine Finger langsam aus ihrer Spalte und ließ sie voller Verlangen und geschwächt von ihren körperlichen Reaktionen zurück. In der angespannten Stille, die zwischen ihnen herrschte, konnte sie hören, wie die Lippen ihrer Pussy seine Finger zum Abschied küssten, bevor er sie endgültig aus ihrem Schoß zog. Sie hatte kaum Gelegenheit, wahrzunehmen, dass die Nacht mild war, als er ihr die Bluse fort riss und dann seine Umarmung veränderte.

Anstatt sie so festzuhalten, dass ihre Brust sich an seine schmiegte, packte er sie plötzlich von hinten. Er hatte seine Kerze auf einen Tisch gestellt und ihr schwacher Schein zeigte genug von der polierten Oberfläche, um Justine wissen zu lassen, dass das Möbel kein Teil der Ruine war. Doch statt sich wegen solch eines unwesentlichen Details zu sorgen, konzentrierte sie sich auf die Art und Weise, wie er sich nun an sie presste. Die Vorwölbung seiner Erektion presste sich gegen sie und sie begriff, dass er sie mit einer Sehnsucht wollte, die ihrer eigenen glich. Ihr Rock wurde über ihre Hüfte geschoben, war nicht länger ein Hindernis zwischen ihnen und sie konnte das raue Gewebe seiner Hose spüren, das an ihren gezüchtigten Arschbacken rieb.

Fest entschlossen zu beweisen, dass sie würdig war, rieb sich Justine hin und her wackelnd an ihm. Die Bewegung war unangenehm, da Mrs. Weiss und ihr Assistent Justines Hintern wund geprügelt hatten und er immer noch schmerzte. Ihre Kehrseite war nach den endlosen Peitschenhieben mit Prellungen übersät, doch sie beschloss, dass der Schmerz sie nicht davon abhalten würde, Marais zu verwöhnen oder zu genießen, was er ihr zu bieten hatte. Die Vorwölbung, die sich an ihr rieb, fühlte sich groß und fest an und sie war überrascht, wie leicht vor ihrem geistigen Auge ein Bild des Schwanzes entstand, den er ihr anzubieten hatte. Erregt bei dem Gedanken, ihre Muskeln um ihn herum zusammen zu ziehen, griff Justine mit einer Hand nach hinten und streichelte ihn durch den Stoff seiner Hose.

Er stieß ihre Hand beiseite, riss ihren Rock von den Hüften und zwang sie, sich vorzubeugen. Jetzt unterlag sie seiner sicheren Kontrolle und Justine fand sich ausgestreckt auf demselben Tisch wieder, auf dem Marais die Kerze abgestellt hatte. Die polierte Oberfläche war angenehm kühl unter ihren Brüsten. Die Tischkante drückte gegen ihren Bauch und als Marais ihre nackten Arschbacken auseinander zog, ließ er eine Hand energisch an ihrer nassen Scham entlang gleiten.

Ihr Herz hämmerte schneller, als sie begriff, dass er sie nehmen wollte.

Unfähig, ihre Erregung zu verbergen, stieß Justine einen leisen Seufzer aus.

Sie war sich bewusst, dass sie nicht allein waren. Aus der Dunkelheit vernahm sie leise Atemgeräusche, Murmeln, geflüsterte Kommentare und das Geräusch stummer Ruhelosigkeit. Nicht zum ersten Mal staunte sie darüber, dass so viele Personen zu der Gemeinschaft gehören konnten und sie fragte sich, wie sie wohl zueinander gefunden hatten. Es klang, als hielten sich hundert oder mehr Stimmen in den Schatten von La Coste versteckt und sie wusste, dass sie alle denselben Glauben teilten. Sie erinnerte sich an ihre eigene, ganz private Wollust, als sie zum ersten Mal de Sades Werk entdeckt hatte und sie neidete ihnen das Vertrauen, dass es den Mitgliedern der Gemeinschaft ermöglichte, ihre Gedanken mit anderen Libertins zu teilen.

Doch da ihr Publikum offensichtlich für den Moment unerkannt und anonym bleiben wollte, sagte sie sich, es gäbe keinen Grund, sich darüber Sorgen zu machen, wer die Voyeure waren oder wie sie in diese seltsame Gesellschaft geraten waren. Außerdem hatte sie, als Marais seine Finger zwischen ihren Arschbacken hin und her gleiten ließ, mit ihren Schamlippen spielte und dann den geschürzten Ring ihres Anus liebkoste, kein Verlangen danach, an etwas anderes zu denken außer an die göttlichen Empfindungen, die er durch seine Berührung auslöste.

„Lass uns die Nacht mit einem Aperitif beginnen", schlug Marais vor.

Hinter sich hörte sie das vertraute Geräusch eines Reißverschlusses, der geöffnet wurde. Die steife Baumwolle seines Hemdes knisterte, als er seinen Schwanz aus seiner Hose befreite. Und dann schmiegte sich das warme Fleisch seines Schwanzes gegen sie. Die Mitte ihres Schoßes wurde von der schlüpfrigen Hitze seines Geschlechts berührt. Nass vor Geilheit, entweder durch die ersten seiner Lusttropfen oder durch Justines Lustsaft, glitt Marais mit Leichtigkeit in die Spalte zwischen den Lippen ihrer Pussy.

Justine roch seine schweißige Erregtheit, spürte den Druck einer geschwollenen Wölbung, die sich zwischen die Backen ihres Hinterns presste und dann schob er sich in sie hinein. Erst als sie den Widerstand ihres Anus spürte, der sich bei der Penetration protestierend zusammen zog, begriff sie, wie er sie zu benutzen beabsichtigte. Noch während sie dies dachte, schoben sich die ersten Zentimeter seines Schwanzes bereits in ihr Rektum.

Sie zitterte und zog ihre Muskeln fest um ihn zusammen. Ein scharfer Seufzer – nicht ganz ein Quieken, aber kurz davor – kam über ihre Lippen.

Ihr Schließmuskel protestierte gegen die Misshandlung und sie war kurz davor, ihn anzubetteln, aufzuhören. Dann, als die Lust schnell das Unbehagen aufwog, war sie ganz angetan von der Tatsache, so benutzt zu werden. Ihr Körper entspannte sich, die Steifheit wich und ihre natürliche Reaktion auf dieses Vergnügen setzte ein. In den Bann gerissen von der brutalen Art, mit der ihr Gastgeber in sie eindrang, gab Justine sich den erfrischenden strudelnden Wellen reiner Wollust hin, die ihren Hintern erbeben ließen.

Marais stöhnte, als er sich tiefer in sie hinein schob. Sein Schwanz war lang und dick und glitt kraftvoll durch den engen Kanal ihres Anus.

Verloren in der Dunkelheit, die sie umgab; fähig, sich auf jede körperliche Empfindung zu konzentrieren, da sie durch nichts abgelenkt wurde, konnte Justine in den herrlichsten Gefühlen schwelgen. Sie konnte jeden Millimeter von Marais Schwanz spüren, wie er sich tiefer in ihr Loch bohrte. Ihr Körper passte sich seinem so sehr an, dass sie die runde Form seiner Eichel verfolgen konnte, die sich ihren Weg durch ihre verbotene Passage bahnte.

Justine ballte eine Hand zur Faust, während die andere sich hilflos in den Tisch unter ihr krallte. Dass sein Schwanz ihre Eingeweide füllte, war sowohl beunruhigend als auch belebend. Das Wissen, dass sie nur wenig mehr als flüchtige Bekannte waren steigerte ihre Geilheit. Die Freiheit, sich diesem Mann hinzugeben, den sie nicht kannte, war ein unerwarteter Reiz, der sie zusätzlich erregte. Als er begann, vor und zurück zu gleiten, fragte sie sich, wann sie begonnen hatte, sich von einer schlichten Bibliothekarin in eine Frau zu verwandeln, die ihren Körper mit all seinen Bedürfnissen und Reaktionen kannte und verstand.

Marais brutale Behandlung ließ ihr nicht viel Raum zum Nachdenken. Während er einen reinen Schauer köstlichster Empfindungen in ihrem Hintern auslöste, schrie Justine in einer Mischung aus Furcht und Befriedigung laut auf. Er erhöhte das Tempo, das wunderbare Eindringen wurde noch köstlicher und sie vergaß all die Fremden, die sie aus den Schatten heraus beobachteten. Selbst als unsichtbare Finger über ihren Handrücken strichen und versteckte Stimmen sich beifällig murmelnd über Marais Technik äußerten, fiel es ihr leicht sich einzubilden, diese Stimmen entsprängen allein ihrer Fantasie.

„Mach schon, du Schlampe“, keuchte er. „Nimm alles. Nimm jeden verdammten Zentimeter.“

Während er jeden Stoß in sie hinein hämmerte, nannte er sie eine Hure, eine Schlampe, eine dreckige Nutte. Seine Stimme war vulgär und, nachdem er auf Englisch begonnen hatte, wechselte er zu einem kehligen Französisch, dass ihm eindeutig vertrauter war. Er überschüttete sie mit einer Reihe von Beschimpfungen und Schmähungen, die Justine nicht verstand, von denen sie aber wusste, dass sie sie verdiente.

Im Stillen angetan von seiner geringen Meinung über sie und sich selbst immer näher an den Höhepunkt heran arbeitend, den ihr Körper brauchte, stöhnte sie, als er ihre Brüste umfasste. Seine Hände waren kräftig, kühl von der Nachtluft und befingerten ihr Fleisch voller Bosheit. Doch nichts davon minderte die Lust der Empfindungen. Er klemmte ihre Brustwarzen zwischen seine Fingerknöchel und quetschte sie zusammen, bis der Schmerz nahezu unerträglich war, dann zog er seine Fingernägel grausam über die geschwollenen Kugeln. Mit einem befriedigten Stöhnen fickte Marais sie noch gröber und stieß jedes Mal mit aller Kraft zu.

Sie erhielt keine Gegenleistung, war allein zu seinem Vergnügen da, doch Justine war von Stolz erfüllt, an diesem Moment teilhaben zu dürfen. Die inneren Muskeln ihres Anus wurden mit den Empfindungen bombardiert, die sein Schwanz auslöste und es dauerte nicht lange, bis sie vor Freude aufschrie. Ihr Schließmuskel zog sich hungrig um den dicken Eindringling zusammen und ein Zucken reinster Wollust schüttelte ihren Körper. In der allumfassenden Dunkelheit sah sie das reinste Feuerwerk, als der Orgasmus durch ihren Körper tobte. Irgendjemand stöhnte in offenkundiger Ekstase und erst als sie spürte, wie der Schrei zitternd über ihre Lippen kam begriff Justine, dass sie ihr eigenes zufriedenes Seufzen gehört hatte. Atemlos und in Hochstimmung fragte sie sich, wie Marais es fertig brachte, seinen eigenen Orgasmus hinaus zu zögern.

Sie hörte ihn hinter sich keuchen. Es lag etwas in seinem Aufschrei, das ihr deutlich machte, dass er die Zähne zusammen gebissen hatte und sie begriff, dass er mit aller Kraft versuche, seine Ejakulation zurück zu halten. Sie lächelte kurz in sich hinein und eifrig bemüht, ihm zu zeigen, dass sie eine würdige Empfängerin von La Coste war, presste Justine die Muskeln ihres Anus fest zusammen. Seine Penetration wurde härter und energischer. Sein letzter Stoß war weniger kontrolliert als die vorherigen Bewegungen und bevor sein Stöhnen zu einem Seufzen wurde war Marais in ihr explodiert.

Sie hatte gewusst, dass sein Orgasmus kurz bevor stand, doch sie hatte nicht erwartet, dass er mit solch einer Geschwindigkeit und Kraft kommen würde. Er bohrte sich tief in ihren Hintern hinein, stieß einen ganzen Schwall französischer Flüche aus, die sie hoffte, niemals zu verstehen. Sein Schwanz schwoll noch einmal an, als er einen Strahl heißen Samens abspritzte. Die Dusche reichte aus, um einen brennenden Höhepunkt bei Justine auszulösen und sie schrie laut in die Nacht hinaus. Erneute Wellen der Lust durchwogten sie, während Marais fortfuhr, seinen Samen in ihre Eingeweide zu pumpen.

Die Dunkelheit um sie herum bekam eine nebelartige Qualität und sie begriff, dass sie nahe daran war, das Bewusstsein zu verlieren. Justine zwang sich, ein paar Mal tief einzuatmen – fest entschlossen, nicht schon so früh am Abend ohnmächtig zu werden – und lag erschöpft auf dem Tisch, während Marais seinen erschlaffenden Schwanz aus ihrem Hintern zog. Ihr Körper wurde weiterhin von kleineren Beben erschüttert, ein Zeugnis der intensiven Lust, die sie genossen hatte. Doch sie wollte sich nicht auf ihr persönliches Vergnügen konzentrieren.

Sie konnte hören, dass Marais Atem ein wenig schwerfällig ging und aus seiner Stimme klang ein befriedigendes Lächeln heraus, als er schließlich das Wort ergriff. „Das war ein guter Anfang für den Abend“, sagte er.

Sie drehte sich um, um ihn anzusehen und als sie schließlich seine Konturen in der Dunkelheit ausmachen konnte fragte sie: „Habe ich meine Eignung bewiesen?“

Marais lachte. Sie hatte gedacht, er wäre zu sehr Gentleman, um bösartig oder unhöflich zu sein, doch jetzt erkannte sie, dass diese Vorstellung eine komplette Fehleinschätzung gewesen war. Der bösartige Unterton in seiner Stimme löste ein furchtsames Prickeln in ihr aus.

„Ob du deine Eignung bewiesen hast?“ wiederholte er. „Dies war nicht mehr als ein Vorspiel, Justine.“ Er schnappte sich die Kerze, hielt sie in die Höhe, so dass sein Gesicht vollkommen beleuchtet wurde und nickte bestimmt.

Justine begriff, dass er jemandem ein Zeichen gab, aber sie hatte keine Ahnung, wer das sein könnte. Erst als eine zweite Kerze aufflackerte und sie ein reifes und bekanntes Gesicht sah begriff sie, welchen Fortgang diese Nacht nehmen würde.

Harte, schwarze Augen und ein dünnlippiges Lächeln taxierten sie mit kaum verhüllter Abscheu. „Bonsoir, Justine“, sagte er leise. „Es ist schön, dich wieder zu sehen.“

Justines Wangen liefen rot an und sie schluckte hart, als sie ihrerseits stammelnd den Priester begrüßte.

15.

„Marais hat Recht“, murmelte der Priester. „Es ist lange her, seit jemand so weit gekommen ist. Du hast dich besser gehalten als irgendeiner von uns erwartet hätte.“

Sie dachte die Bemerkung sei als Kompliment gemeint, doch sie brachte es nicht über sich, sie als solches aufzufassen. Etwas in der steifen Art des Priesters gab ihr sofort das Gefühl, sich verteidigen zu müssen. Am Rande ihres Bewusstseins stellte Justine fest, dass Marais sie ausgezogen hatte, als er sie benutzte und sie zuckte bei der Vorstellung zusammen, in solch einer blamablen Aufmachung vor dem Priester zu stehen. Ihr ging durch den Kopf, dass dieser Mann sie zuvor nicht nur nackt gesehen hatte – er hatte sie zudem einer erniedrigenden Prüfung unterzogen, die ihr Übelkeit verursachte, wenn sie an die Schändungen dachte, die sie hatte ertragen müssen – doch keine dieser Überlegungen verhinderten, dass sie nackt und benutzt vor einem Diener Gottes stand.

„Vater“, sagte sie leise. Unbeabsichtigt bedeckte sie ihre Brüste und ihren nackten Schoß mit ihren Händen. Die Sittsamkeit dieser Geste erschien ihr völlig fehl am Platze, doch sie konnte den Impuls, ihren Körper zu verbergen, nicht unterdrücken.

Der Priester ignorierte Justine und starrte in den Schatten hinter ihr.

Justine staunte kurz über seine Fähigkeit, in der Dunkelheit etwas zu erkennen. Doch sie hatte den Eindruck, dass dies ein Ritual war, das ihm und den anderen Mitgliedern der Gemeinschaft vertraut war. Zwei Gestalten kamen bedrohlich näher und sie vermutete, dass sie den Anweisungen des Priesters folgten. Sie wirkten beide asexuell und waren in weite

Roben mit Kapuzen gehüllt, die sie an Mrs. Weiss' Assistenten vom Tag zuvor erinnerten. Keiner von beiden hatte den imponierenden Umfang, den der Mann gehabt hatte, doch aufgrund der Ähnlichkeit der Bekleidung fragte Justine sich, ob das vielleicht die obligatorische Kleidung für untergeordnete Angehörige der Gemeinschaft war und ein weiterer Aspekt, der die einzelnen Mitglieder zu einer Gruppe vereinte.

Jeder der beiden Assistenten des Priesters nahm einen von Justines Armen und hob ihn auf Schulterhöhe an. Sie wurde rückwärts geführt, bis ihre Arschbacken gegen etwas Hartes stießen. Ihre Handgelenke wurden geschwind an einen waagerechten Balken hinter ihr gebunden und sie ließ ohne Protest zu, dass die Männer sie fesselten. Erst als sie feststellte, dass die Fesseln ihr keinen Spielraum ließen, wurde ihr bewusst, dass sie der Gnade des Priesters ausgeliefert war. Umgeben von unsichtbaren Fremden – nackt, hilflos und verletzlich – war sie entsetzt bei der Vorstellung, wie einfach der Priester jetzt ihr Vertrauen missbrauchen könnte. Dieser Gedanke rief eine Welle erneuter Lust zwischen ihren Beinen hervor und anhand dieser Reaktion merkte sie, dass ihr Verlangen auf eine wahrhaftig verworfene Ebene gesunken war.

Aus dem Schatten entzündeten die Assistenten Kerzen und platzierten sie zu Justines Füßen.

Sie konnte erkennen, dass ihre Fußknöchel den Sockel eines massiven Holzkreuzes berührten und erschrak angesichts der Blasphemie der Position, die einzunehmen der Priester sie gezwungen hatte. Sie zerrte an ihren Fesseln, plötzlich voller Angst, dass sie es mit dem Sakrileg zu weit getrieben haben könnte, und versuchte die Stärke zu finden, sich loszureißen. Ihr Magen drehte sich um als sie die Respektlosigkeit bedachte, die Kreuzigung nachzuahmen. Ein Teil von ihr wollte die Augen schließen und vor der Gottlosigkeit dessen, was sie tat, zurückweichen, doch sie wusste, dass Marais es als ein Zeichen von Schwäche ansehen würde. Zudem befürchtete sie, der Priester würde fuchsteufelswild werden, wenn er zu dem Schluss käme, sie sei nicht würdig. Doch noch wichtiger war, dass ein Teil von ihr sich danach sehnte, an diesem Sakrileg teilzunehmen. So viele Tabus zu brechen war ein kraftvoller und berauschender Schauder und Justine stellte fest, dass ihr Körper diese zusätzliche Erregung begrüßte, die daraus erwuchs, etwas so Verbotenes zu tun.

„Du hast deine Sache gut gemacht, dass du so weit gekommen bist", versicherte der Priester ihr. Seine Stimme war ruhig und kontrolliert: ein krasser Gegensatz zu ihrer steigenden Panik und Furcht. „Du hast deine Sache sehr gut gemacht", korrigierte er sich. „Doch heute Abend will ich noch ein kleines bisschen mehr von dir. Verstehst du?"

Zu verschüchtert, um irgendetwas zu sagen oder zu tun, konnte Justine nur nicken. Sie fühlte sich weiterhin unbehaglich bei dem Gedanken daran, diese perverse Art der Züchtigung erdulden zu müssen. Sie setzte sich der schrecklichen Gefahr aus, ihre Seele für alle Ewigkeit der Verdammnis anheim fallen zu lassen, doch die Vorstellung, dem Priester gegenüber Ungehorsam zu zeigen kam ebenso wenig in Frage. Nicht nur das Schicksal von La Coste stand auf dem Spiel, doch wenn sie auch nur die geringste Chance haben wollte, ihre geliebte Büßerin zurück zu bekommen, wusste Justine, dass sie den Priester zufrieden stellen musste. Sie war begierig darauf, alles zu tun was er von ihr verlangte, da sie ein bestimmtes Ziel anstrebte und sagte sich, dass sie keine Wahl hatte, da die Fesseln sie zu einer willenlosen Teilnehmerin machten. Sie beobachtete, wie der Priester eine neunschwänzige Katze aus den Falten seines Ornats zog.

Die Lederriemen öffneten sich windend wie ein Schlangennest. In der Stille der Nacht stellte Justine sich vor, sie könne ihr Zischeln hören, als sie zu Boden fielen. Das Kerzenlicht spiegelte sich schimmernd und zerrissen darin, wie ein Mosaik auf ihren ruhelosen Körpern, als sie sich drehten und wanden, bereit, ihre Spuren auf Justine zu hinterlassen. Ein Schauder feuchter Erregung fuhr durch das Innere ihres Schoßes.

„Sehr schön."

Marais' näher kommende Stimme ließ Justine sich krank fühlen. Sie versuchte den Schatten mit ihrem Blick zu durchdringen, um sein Gesicht zu erkennen, doch sie konnte nur eine vage Silhouette ausmachen. Es war unmöglich zu entscheiden, ob seine Wirkung dadurch unheimlicher oder erregender wurde.

Die Aussicht gepeitscht zu werden beunruhigte sie nicht. Nach allem, was sie unter Mrs. Weiss' Händen durchlitten hatte, fühlte Justine sich sicher, dass sie auch noch eine weitere Auspeitschung hinnehmen konnte. Als sie sich den vorherigen Tag in Erinnerung rief, dachte sie daran, dass es nicht ohne ein gewisses Vergnügen auf ihrer Seite vonstatten gegangen war, obwohl sie nicht verstehen konnte, wie ihr Körper bei solch einer gefühllosen Behandlung Lust und Geilheit hatte entwickeln können.

Doch ihr war immer noch schlecht angesichts der profanen Nutzung des heiligen Bildes durch den Priester und ihrer eigenen Verwicklung in diese Blasphemie. Sie holte nervös Luft und wünschte sich, ihr Körper würde nicht länger von den herrlichen Beben durchgeschüttelt, die noch von Marais' harter Benutzung herrührten. Sie wappnete sich und bereitete sich innerlich auf einen Angriff vor.

„Im Namen des Vaters, des Sohnes und des Heiligen Geistes", begann der Priester. Während er diese Worte aussprach, ließ er die Katze kräftig auf Justines nacktes Fleisch niedersausen. Die mehrschwänzige Peitsche schnitt schwer durch die Luft und riss die Nacht in Fetzen. Die bösartigen Spitzen landeten mit erschreckender Kraft auf Justine und unfähig, sich zurückzuhalten, begann sie zu schreien.

Jeder Hieb war kräftig und kratzte sie mit der vollen und tückischen Schwere, die sie erwartet hatte. Ein Teil von ihr wollte während der Züchtigung ruhig bleiben, doch die brennenden, unerträglichen Qualen war mehr, als ihr Körper hinnehmen konnte. Vor Schmerz wie betäubt und angewidert von der Erregung, die ihr Leiden hervor rief, stieß Justine einen zweiten Schrei aus, als der Priester sie erneut peitschte. Die geknoteten Spitzen der Riemen fraßen sich in ihre Brüste und ihren Bauch.

Sie wagte es nicht, an sich herunter zu blicken aus Angst, ihr Gesicht in Gefahr zu bringen und elend bei dem Gedanken, sie könnte sehen, wie schwer ihr Körper gezeichnet wurde. Als er erneut zuschlug, fühlte es sich an, als zielte er mit voller Absicht auf ihre Brustwarzen. Beide kleine Knöpfe wurden von der Katze gestreift und richteten sich hart auf, stolz und heiß. Die Stimulation war enorm und erfüllte sie mit einem heftigen Verlangen nach Befriedigung. Ebenso mächtig war der Schmerz, der sie umfing und Justine kniff die Augen fest zusammen, um weitere Tränen zurück zu halten. Schwer atmend versuchte sie sich auf den nächsten Hieb mit der Katze vorzubereiten.

Doch er kam nicht.

Als sie es wagte, die Augen zu öffnen und ihn anzuschauen, sah sie, dass der Priester sie mit einem drohend-finsterem Gesichtsausdruck fixierte.

„Ich will deine Beichte hören."

Sie versteifte sich bei den Worten, als hätte sie ein weiterer Schlag mit der Peitsche getroffen. Den Kopf schüttelnd, unsicher, wer sonst noch aus dem Schatten zuhörte, doch entsetzt von der Vorstellung, vor ihnen ihre Sünden zu beichten, dachte Justine daran, ihn anzuflehen, seine Bestrafung noch einmal zu überdenken.

Die Peitsche tanzte in seiner Hand, als würde er sich darauf vorbereiten, ihr weitere, brennende Ermutigungen zuteil werden zu lassen. Mit unergründlicher Miene musterte er sie drohend. „Deine Beichte, Justine", mahnte er. „Ich will sie hören."

„Vergib mir Vater, denn ich habe gesündigt." Der Aufschrei platzte aus ihr heraus, bevor er die Peitsche erneut auf sie schleudern konnte. Zitternd in einer Mischung aus Kälte, Entsetzen und wachsender Erregung, sah sie ihm mit stählernem Blick in die Augen und sagte: „Es ist drei Tage her, seit ich das letzte Mal im Beichtstuhl saß."

Der Priester lächelte bitter. Er schlug eilig ein Kreuz und die scharfen Bewegungen seiner Hände ließen es aussehen, als schlage er nach den Fliegen in der Nacht um ihn herum. „Weiter", ermutigte er sie. „Erzähl mir von deinen Sünden."

Sie konnte die erwartungsvolle Atmosphäre um sich herum spüren und fragte sich kurz wo sie beginnen sollte. Die Sünden, die sie während der letzten drei Tage begangen hatte, waren zahlreich und peinlich. Dem Priester in der Abgeschiedenheit eines Beichtstuhls davon zu berichten, war schon demütigend genug; doch sie einer ganzen Menge von Seinesgleichen zu enthüllen, die sie nicht sehen konnte war einschüchternder als Justine gedacht hätte. Es war überhaupt keine Frage, dass sie ihre Verbindung zu Mrs. Weiss geheim halten musste. Doch sie vermutete, dass sie alles andere dem Priester würde beichten müssen, aus Angst vor den weiteren Konsequenzen.

„Ich habe die Beichte eines Mitgliedes Ihrer Gemeinde belauscht", begann sie.

Die Peitsche pfiff durch die Nacht, ihre vielen Riemen bissen sich grob in ihren Schenkel und Justine jaulte auf, erbost über den Schmerz und angestachelt von der Erregung, die die Züchtigung hervorrief.

„Schockierend", sagte der Priester leise. „Hast du keinen Respekt vor der Heiligkeit des Beichtgeheimnisses?"

Sie starrte ihn an und wusste, dass es keine Gelegenheit für sie gab, ihn daran zu erinnern, dass sie nur aufgrund seiner Anweisung dort gewesen war. Justine biss die Zähne in Erwartung des nächsten Schlages zusammen und sagte: „Ich habe den verderbten Befehlen eines Priesters in diesem Beichtstuhl gehorcht."

Dieses Mal schnellte die Peitsche über ihre Brüste. Sie stieß einen schrillen Schrei reiner Qual aus und die Tränen in den Augen machten sie fast blind. Beide Brüste klopften heftig unter der brutalen Behandlung, die der Priester ihr angedeihen ließ und ihr wurde bewusst, dass ihre Brustwarzen im Einklang mit ihrer Erregung heftig pochten. Ein verzweifeltes Wimmern kam über ihre Lippen, als sie begriff, dass ihr Körper die demütigende Pein, misshandelt zu werden, genoss.

„Weiter", drängte der Priester. „Berichte mir alle deine Sünden."

Sie schnappte nach Luft, bevor sie fortfuhr. „Ich habe den Altar Ihrer Kirche geschändet. Ich habe meinen Körper Ihnen und Ihrem Bischof hingegeben."

„Verabscheuungswürdige Sünden", murmelte der Priester. Er ließ die Peitsche nach links und rechts knallen. Der erste Hieb erwischte sie an der Brust, der zweite kratzte an ihrem Oberschenkel. Ein verirrter Peitschenriemen streifte ihre pulsierende Klitoris. Der extreme Schmerz war heftiger, als sie erwartet hätte und Justine erstickte beinahe an ihrem überraschten Aufschrei. Sie starrte ihn durch einen Schleier aus Tränen hindurch an und machte sich auf etwas gefasst, während er sie drängte, fortzufahren.

„Ich habe eine unschuldige Frau aus Ihre Kirche genommen", flüsterte Justine, „und hab sie als mein sexuelles Spielzeug benutzt."

Die Peitsche sauste erneut auf sie nieder. Sie pfiff bösartig durch die Nacht, bevor sie auf Justines nackten Brüsten landete. Der Schmerz war unglaublich und dieses Mal riskierte sie es, an sich selbst herunter zu schauen. Durch die Tränen blinzelnd war sie überrascht zu sehen, dass ihre Nippel immer noch mit ihrem Körper verbunden waren. Die Züchtigung war so heftig gewesen, dass sie nicht überrascht gewesen wäre, wenn die beiden Perlen aus Haut vom letzten Biss der Katze abgerissen worden wären.

„Ich habe es zugelassen, dass ich auf Sartines Ball benutzt wurde“, keuchte sie.

„Hure!“

Sie verschloss ihre Kehle, fest entschlossen, keinen einzigen Schrei in die Nacht entweichen zu lassen. Als er dieses Mal die Peitsche knallen ließ, brannte sie wie glühende Kohlen in der Mitte ihres Schoßes.

„Dreckige, unreuige Hure!“

Sie wandte das Gesicht von ihm ab, unfähig, zuzusehen, wie die Katze durch die Nacht flog und dann das Kratzen auf ihrer gefolterten Haut zu spüren. Die kühle Nachtbrise fuhr fort, ihren Körper zu liebkosen, doch sie schwitze heftig unter dem Martyrium.

„Es war eine große Zahl Männer und Frauen“, keuchte sie. Sie biss die Zähne zusammen, damit sie beim nächsten Hieb nicht aufheulte.

„Und ich wurde von allen benutzt.“

„Du hast eine Menge zu bereuen“, knurrte der Priester.

Sie starrte ihn durch die Dunkelheit an, halb in Erwartung, das Knallen eines weiteren Peitschenhiebes zu hören und wagte nicht zu hoffen, dass dieser Teil der Bestrafung vorüber war. Sie beobachtete, wie er die Katze zur Seite schleuderte, dann, wie er die Hand in die Dunkelheit ausstreckte und war verwirrt, als jemand ihm einen Rosenkranz reichte.

„Ich will das Vaterunser von dir hören und zehn Ave Maria.“

Sie wand sich bei der Vorstellung, noch mehr Gebete zu sprechen, während sie seine sadistischen Misshandlungen zu erleiden hatte, doch sie wagte es nicht, ihren Widerwillen zu zeigen. Trotz der Blasphemie, die Kreuzigung Christi zu imitieren, sagte sie sich, dass erwartungsgemäß die Buße auf ihre Beichte folgen musste. Und weil der Priester mit dem Rosenkranz auf sie zuschritt, glaubte sie, er würde sie tatsächlich von ihren Fesseln am Kreuz befreien. Sie wagte zu hoffen, dass ihr Martyrium bald vorüber war und sie zitterte vor Erleichterung, als er auf sie zusteuerte.

„Das Vaterunser und zehn Ave Maria“, ermahnte er sie.

Sie nickte.

Und dann sah sie mit plötzlichem Entsetzen, wie der Priester vor ihr auf die Knie fiel. Er hielt immer noch den Rosenkranz in der einen Hand und schlug ihr mit der anderen auf die Beine, so dass sie sie weiter auseinander spreizte. Intuitiv wusste sie, was er vorhatte, noch bevor er die Perlen gegen sie gedrückt hatte. Dieser Akt war verderbt und obszön, doch sie stellte fest, dass diese Umstände sie nicht länger davon abhielten, in jede Handlung einzuwilligen, wenn es wahrscheinlich schien, dass sie ihr Verlangen stillte.

Er stieß die erste Perle gegen den engen Ring ihres Anus.

Sie verbiss sich einen Aufschrei.

Der Priester arbeitete zügig, stopfte die Perlen mit Leichtigkeit in ihre Eingeweide und murmelte etwas auf Lateinisch, während seine Finger behutsam Perle um Perle durch ihren Schließmuskel schoben. Das Gewicht der ersten verursachte ein Gefühl der Fülle, dieses Fremdartige in ihrem Hintern war deutlich spürbar. Nachdem er die ersten zehn Perlen hinein geschoben hatte, dachte Justine, dass sie noch nie zuvor etwas Gottloseres und Peinlicheres erlebt hatte.

„Du wirst anfangen, wenn ich es dir sage“, sagte der Priester leise.

Sie stammelte hastig ihre Zustimmung und spreizte ihre Beine noch weiter, damit er ihr vorsichtig die nächsten zehn Perlen in den Hintern schieben konnte. Die Muskeln ihres Rektums fühlten sich überdehnt und aufgebläht an. Ihre erhöhte Empfindlichkeit ließen sie deutlich jede einzelne Perle in ihren Eingeweiden spüren. Als die langen Finger des Priesters eine weitere und noch eine Perle durch ihren Schließmuskel zwangen, schrak sie in einer Mischung aus Unbehagen, Scham und Erniedrigung zurück. Sein Gesicht war unerträglich nah an ihrer Spalte und sie fragte sich, ob er ihren frischen Moschusduft wahrnehmen konnte, der geradewegs aus ihr herauszufließen schien. Obwohl seine Prüfung sie verlegen machte, spürte Justine frische Wogen sexueller Erregung durch sich hindurch strömen und sie fürchtete, der Priester könnte ihre Reaktionen bemerken und missbilligen.

Ohne Vorwarnung ließ er seine Zunge gegen ihre Schamlippen schnellen.

Während er der Aufgabe, ihr den Rosenkranz in den Hintern zu schieben, so viel Aufmerksamkeit gewidmet hatte, hatte sie gar nicht bemerkt, wie erregt und angeschwollen ihre Pussy war. Das Gefühl seines Mundes an ihrem Schoß kam unerwartet und gestattete ihrem Körper, eine Ebene ungewollter Lust zu erleben. Als die Wirbelstürme des Entzückens abzuflachen begannen, bemerkte sie, dass er aufgehört hatte, die Rosenkranzperlen in ihren Hintern zu stopfen und verstand, dass es an der Zeit war, Buße zu tun.

„Ein Vaterunser", erinnerte der Priester sie. „Und zehn Ave Maria."

Sie hatte die Anweisung nicht vergessen. Selbst mit seinem ihre Schenkel wärmenden Atem und den heiligen Perlen, die ihre Eingeweide füllten, glaubte Justine nicht, dass es ihr möglich sein könnte zu vergessen, was von ihr erwartet wurde. Das Kruzifix, das sie am Rosenkranz hatte baumeln sehen, kitzelte sie an den Arschbacken. Vor ihrem geistigen Auge entstand das Bild, wie es zwischen den Backen hin und her schwang und diese Vorstellung allein genügte um sie glauben zu machen, dass sie äußerste Gotteslästerung betrieb. Sie zitterte bei dem Gedanken daran, die Gebete sprechen zu müssen und sagte sich dann, dass die Alternative es nicht Wert war, in Erwägung gezogen zu werden. Nervös holte sie tief Luft und stählte sich selbst für das, was von ihr verlangt wurde.

„Vater, der du bist im Himmel", begann sie.

Während sie sprach, zog der Priester an dem Kruzifix.

Justine hatte diese Erniedrigung erwartet und dennoch war es ein Schock, die schreckliche Lust zu spüren, die von ihrem Anus ausging. Ihr Schließmuskel zog sich fest um die erste Perle zusammen, wollte sie nicht loslassen und sie wünschte sich inbrünstig, ihr Körper würde nachgeben und dem Priester einfach gestatten, die Perlen heraus zu ziehen. Sie wünschte sich, sie hätte Zeit genug, um über all das, was geschah nachzudenken, versuchte, sich auf die Worte des Gebets zu konzentrieren, anstatt auf das schmutzige Vergnügen, das sie aus diesem entsetzlichen Sakrileg zog, und murmelte das Vaterunser vor sich hin, während die ersten zehn Perlen aus ihr heraus gezogen wurden.

Ihr Anus öffnete sich widerwillig, um eine Perle nach der anderen frei zu geben und schloss sich dann wieder, als würde er die Reste des Rosenkranzes unbedingt behalten wollen. Das Gefühl erinnerte sie furchtbar an das Gefühl, auf die Toilette zu müssen und sie wusste, dass diese Assoziation ihre Scham und ihre Erregung beeinflussten. Der Priester übte gemächlichen Zug auf das Kreuz aus, er zog es gleichmäßig nach unten und gab ihrem Schließmuskel das ständige Gefühl, als würde er mit ihm ein Tauziehen veranstalten.

Gelegentlich, fast als handelte es sich um eine zufällige Berührung, ließ er seine Zunge gegen ihre geschwollene Klitoris schnellen. Die unvermittelten Wogen der Lust, die gewöhnlich dann kamen, wenn sie versuchte, sich von einem erneuten Anflug von Schamgefühl zu erholen, brachten sie ständig zum Stottern, während sie die Worte des Gebets aussprach. Das Knurren des Priester, mit dem er sein Missfallen kundtat, und ihre eigene Qual, als sie zwischen Erregung, Frustration und Verlegenheit zerrissen wurde, drohten sie zu überwältigen.

Als sie ihr ersten „Amen“ murmelte, zog er zehn Perlen auf einmal aus ihrem Hintern.

Sie stöhnte.

„Jetzt die Ave Maria“, befahl er.

Sie zog schluchzend die Tränen der Frustration hoch und murmelte: „Gegrüßt seiest du, Maria, voll der Gnade.“

Er zog eine weitere Perle aus ihrem Hintern. Seine Zunge strich leicht über ihre Klitoris und Justine stöhnte. Wenn die Seile an ihren Handgelenken nicht gewesen wären, die sie am Kreuz festhielten und sie zwangen, dieses seltsame Ritual zu ertragen, hätte sie kehrt gemacht und sich vor ihm versteckt. Weil er damit fortfuhr, an dem Rosenkranz zu ziehen und ständig drohte, eine weitere Perle aus ihrem Anus zu zerren, wusste sie, dass sie fortfahren musste.

„Der Herr ist bei dir. Du bist gebenedeit unter den Frauen …“

Die Worte kamen ihr mit erschreckender Leichtigkeit über die Lippen und sie war entsetzt, dass sie ihr zu diesem besonderen Zeitpunkt einfielen. Der Priester war erbarmungslos in seinem Fordern und so wiederholte sie das Gebet wieder und wieder, wobei beständig eine Perle nach der anderen aus ihrem Hintern glitt. Das körperliche Unbehagen war unbedeutend, doch die Blasphemie ihres Tuns traf sie mit derselben Macht, wie sie die Schläge mit der neunschwänzigen Katze getroffen hatten.

Schließlich hatte er die letzte Perle aus ihr heraus gezogen und Justine stellte fest, dass sie jedes Gefühl von Scham hinter sich gelassen hatte. Seine Zunge fuhr wieder über ihre Klitoris und löste einen Höhepunkt aus, von dem sie gewusst hatte, dass er kommen würde und sie plapperte weiterhin die Worte des Gebets, während ein unheiliger Orgasmus durch ihren Körper jagte. Vor Erleichterung schluchzend nahm sie kaum wahr, dass der Priester aufgestanden und in den Schatten zurück getreten war, wo er verschwörerisch mit Marais flüsterte. Erst als die Schleier der Wollust sich zu senken begannen verstand Justine ihre gesenkten Stimmen.

„Ich habe dir gesagt, dass sie mehr als würdig ist“, sagte der Priester mürrisch. „Die verrückte kleine Schlampe hat einen Appetit, den sogar ich für verwerflich halte.“

Justine zuckte zusammen, als sie die Worte hörte, nicht sicher, ob sie Lob oder Verdammung bedeuteten. Sie sah, dass der Priester ihr den Rücken zukehrte und wünschte, sie hätte die Gelegenheit, hinter ihm her zu rufen und ihn nach ihrer geliebten Büßerin zu fragen. Sie wusste, dass der Priester ihre einzige Möglichkeit war, die Frau wieder zu finden. Doch ehe sie ihn zurück halten oder wissen lassen konnte, dass sie Interesse an der Frau hatte, war er bereits im Schatten verschwunden. Und nachdem die Dunkelheit ihn verschluckt hatte, sah sie eine Menge anderer Menschen auf sich zukommen, jeder von ihnen entzündete eine eigene Kerze. Die große Anzahl überraschte sie: zuerst ein Dutzend dann noch zwei- oder dreimal so viele. Erst als sie sich Sartines Hang zum vergnüglichen Spiel in großer Runde ins Gedächtnis rief, verstand sei, was hier vor sich ging.

Unfähig, sich zurückzuhalten, stöhnte Justine.

16.

Sartines Frauen umkreisten sie.

Geschickte Finger fielen über ihren nackten Körper her: streichelnd, zärtlich und erregend. Die Wunden, die die grausamen Schläge des Priesters hinterlassen hatten, wurden sanft liebkost. Jedes heftige Mal wurde geküsst, geleckt und geneckt, bis Justine nicht mehr zu sagen vermochte, ob es der Schmerz oder die Lust war, die sie folterte. Die Erniedrigung der Beichte und ihre Buße waren rasch vergessen, als diese schönen Menschen, die sie zum ersten Mal bei Sartine getroffen hatte, sie mit ihren Leibern erneut willkommen hießen.

„Du bist so tapfer, Justine."

Als die Frau ihre Lippen fort zog erkannte Justine, dass Marie sie geküsst hatte. Die Brünette, so verführerisch und hitzig, ließ ihre Fingerspitzen über Justines nackte Brust gleiten. Sie war nackt wie der Rest der Frauen, die zu ihr gekommen waren, ihr vergleichsweise warmer Körper brachte Justine auf den Gedanken, dass die Frau erst vor kurzen ihren Umhang von den Schultern gestreift hatte. Kerzenlicht rundete die Tönung ihrer Haut ab, ließ ihren dunklen Teint weicher erscheinen und ließ sie aussehen wie die Verkörperung eines lebendigen Schattens.

„Du hast die Züchtigung so tapfer ertragen", schwärmte Marie. „Ich wusste nicht, ob ich dich beneiden, dir helfen oder mir meine Anteilnahme aufsparen und zu dir kommen und deine Schmerzen fort küssen sollte."

Unsicher, was sie sagen sollte; unsicher, ob es darauf überhaupt etwas zu sagen gäbe, lächelte Justine nur und ließ es zu, dass die Frau sie erneut küsste. Eine Zunge schlüpfte zwischen ihre Lippen und erkundete das Innere ihres Mundes. Eine kühle Hand strich über die glühende Haut ihrer Brust. Und die Qualen und die Scham, die die Herrschaft des Priesters über ihren Leib zum Ausdruck gebracht hatten, waren augenblicklich verschwunden.

Geschickte Finger machten sich an den Seilen an ihren Handgelenken zu schaffen.

Justine schaute zur Seite und erkannte vage die Frauen, die sie freundlicher Weise von ihren Fesseln befreiten. Sie hatte bei Sartine so viele neue Menschen kennen gelernt, dass sie gedacht hätte, sie würde ihre verschwommenen Gesichter rasch vergessen. Doch als sie so viele lächelnde Münder und das schelmische Glimmen, das in so vielen Augen aufflackerte, wiedererkannte begriff sie, dass sie fast all diese Frauen wiedererkannte.

Sobald sie eine Hand frei hatte, hielt sie auch schon eine schlanke Brünette im Arm. Die Frau grinste und krümmte sich, bis sie ihren Mund über Justines Nippel hielt. Das feste Fleisch wurde geküsst, angeknabbert und geneckt, bis zu einem Zustand höchster und lüsterner Erregtheit. Die Erinnerung daran, von der Katze des Priesters geschunden worden zu sein, verschwand aus ihren Gedanken und unfähig, dem schlichten Vergnügen, erregt zu werden, zu widerstehen, schob Justine sich gegen die Brünette.

Ihr anderer Arm kam frei und die Masse von Körpern half ihr fort von dem abscheulichen Kreuz, an das sie gefesselt gewesen war.

„Ich will dich“, flüsterte Marie.

Die Wärme ihrer Worte kitzelte Justines Ohrläppchen. Während sie auf den Boden der Ruine gelegt wurde, war sie sich bewusst, dass die Hände nicht aufhörten sie zu berühren und zu streicheln. Sie spürte feuchte Grashalme an ihrem Rücken, ihrem Hintern und den nackten Beinen und sie erinnerten sie daran, dass sie sich draußen im Freien befand. Sie warf einen kurzen Blick auf den Baldachin aus Sternen über sich, die den Nachthimmel festlich schmückten und stellte fest, dass ihre Augen sich an die vom Kerzenlicht erhellte Nacht um sie herum gewöhnt hatten, dann sah sie ein paar perfekt geformte weibliche Backen über ihrem Gesicht emporragen. Die rasierten Schamlippen im Schoß der Frau waren feucht vor Erregung und schrien danach, geküsst zu werden. Als sie sich auf Justines Gesicht nieder ließ, wurde der Duft ihrer Erregung noch intensiver und pikanter. Justine streckte ihre Zunge aus und hob den Kopf, um die schlüpfrigen Schamlippen zu berühren.

Der Geschmack der unbekannten Frau war berauschend.

Das Gefühl, die Pussy einer Fremden zu küssen wurde noch erfrischender durch das Vergnügen, eine andere Zunge an ihrem eigenen Schoß zu spüren. Sie wusste nicht, ob es Marie war oder eine der vielen anderen, die ihr vom Kreuz fort geholfen hatten und als die reine und schmerzlose Erregung in ihrem Körper aufstieg begriff Justine, dass sie weit darüber hinaus war, sich darum zu kümmern. Ihr Herz raste mit einem prickelnden Gefühl, das von dem Wissen herrührte, dass ihre Erregung schon bald befriedigt würde und sie keuchte und stöhnte als die Wollust schnell unerträglich wurde.

Sie stieß ihre Zunge so tief wie möglich, nahm sich die Zeit, das Reiben einer pulsierenden Klitoris an ihrer Unterlippe zu genießen. Justine verspürte das Verlangen zu kichern, als all der Schmerz und alle Demütigung, die der Priester ihr zugefügt hatte, von den Küssen der Frauen Sartines fortgespült wurden.

Das Gras unter ihr wurde rasch warm.

Und obwohl sie außer den Pobacken über ihrem Gesicht nichts sehen konnte, war sie sich der tiefen Seufzer und des leidenschaftlichen Stöhnens bewusst, als wären die Ruinen plötzlich mit gleich gesinnten Seelen belebt, die alle die Fülle fleischlicher Lüste genossen. Ohne die Tatsache wirklich zu erfassen, spürte sie, dass die Zunge an ihrem Schoß gewechselt hatte, doch das war ein Detail, das sie erst im Nachhinein bemerkte, als die Zunge begann, tief in sie einzudringen, anstatt nur mit dem vollen Fleisch ihrer äußeren Schamlippen zu spielen.

Der Schoß über ihrem Gesicht wurde fort genommen um rasch durch einen anderen ersetzt zu werden.

Während die vorige Pussy noch von buschigen, dunklen Haaren eingerahmt gewesen war, war diese hier vollkommen glatt rasiert. Justine war sich der prickelnden Unterschiedlichkeit der Geschmäcker bewusst, stieß ihre Zunge gierig zwischen die perfekten, haarlosen Lippen und war entzückt, ein beifälliges, zittriges Stöhnen von der Frau über sich zu spüren.

Ein weiterer Mund übernahm ihren eigenen Schoß, gierig an den empfindlichen Schamlippen leckend und daran knabbernd. Ihre Brüste wurden getätschelt, der Nippel geleckt und mit Leidenschaft und Nachhaltigkeit gepeinigt. Liebevolle Hände wanderten in schweigender, empfindsamer Wertschätzung über ihren Körper.

„Stimmen Sie zu, dass sie es wert ist?“

Justine hörte die Stimme aus einiger Entfernung. Sie erkannte Mrs. Weiss’ Stimme und wusste, dass die Frau mit Marais sprach. Ihre Konzentration war ganz auf die feuchten, über ihrem Gesicht hängenden Schamlippen gerichtet, doch sie fragte sich, ob der Kopf der Gemeinschaft die Verzweiflung aus der Stimme der Frau heraus hören konnte. Für Justine klang Mrs. Weiss nahezu außer sich in ihrem Verlangen, seine Zustimmung zu hören.

„Werden Sie ihr gestatten, das Manuskript zu erwerben?"

„Sie hat einen großen Appetit an Sakrilegien gezeigt", räumte Marais ein.

„Sie gibt sich ziemlich offen Sartines Schlampen hin", stellte Mrs. Weiss fest.

Marais rümpfte die Nase. „Wir alle haben uns ziemlich offen Sartines Schlampen hingegeben. Das beweist gar nichts." Einen Moment lang herrschte Stille zwischen den beiden und als sie schon wieder an einer anderen Pussy leckte und die feinen Nuancen eines neuen Mundes an ihrem eigenen Schoß spürte, fragte Justine sich, warum sie die Unterhaltung beendet hatten. Sie war etwas überrascht als Marais schließlich fragte: „Warum sind Sie so besorgt darum, ob sie es wert ist? Haben sie ein persönliches Interesse an dieser hier?"

Das Timbre von Mrs. Weiss' Lachen war reine Selbstverleugnung. „Ich habe kein persönliches Interesse an irgendetwas." Sie sprach zu schnell, als versuchte sie, die Wahrheit zu verbergen. „Ich habe nur gefragt um festzustellen, ob Sie der Einschätzung zustimmen, die wir alle Ihnen gegeben haben. Etwas anderes interessiert mich nicht."

Justine hätte am liebsten die Frau von ihrem Gesicht gestoßen und in die von Kerzen erhellte Dunkelheit gespäht, um den Wortwechsel zwischen Marais und Mrs. Weiss zu verfolgen. Nach allem, was sie in den letzten drei Tagen durchgemacht hatte und alle Anstrengungen, die sie auf sich genommen hatte, um ihre Verbindung zu ihrer Brotherrin geheim zu halten, fand Justine es unglaublich, wie Mrs. Weiss nur so dumm sein konnte, ihre geheimen Pläne mit solchen harmlosen Fragen in Gefahr zu bringen. Verärgert darüber, dass ihre List womöglich auffliegen könnte und besorgt darüber, was sie würde erdulden müssen, wenn das passierte, konnte sie spüren, wie sich ihr Interesse an Sartines Frauen auf ein Minimum reduzierte.

Der Mund an ihrer Pussy fuhr fort, sie mit den göttlichen Küssen zu verwöhnen wie zuvor auch, doch ihr Körper reagierte nicht mehr mit derselben lüsternen Ausgelassenheit darauf. Die Münder, die an ihren Brüsten leckten, waren einfach nur lästig und Justine musste sich zusammen reißen, um sie nicht fort zu stoßen. Gewissenhaft fuhr sie fort, die Spalte über ihrer Nase zu lecken und daran zu saugen, doch es rief keine Erregung bei ihr hervor, wie sie sie zuvor empfunden hatte.

„Sie scheint es wert zu sein“, entschied Marais.

Justine seufzte leise vor Erleichterung.

„Aber ich behalte mir mein endgültiges Urteil vor, bis ich die ganze Prüfung gesehen habe.“

Diese Worte genügten, damit sich jeder Muskel ihres Körpers mit frischer Spannkraft zusammen zog. Die Machenschaften des Abends hallten in ihren Gedanken wieder und machten es ihr unmöglich, irgendeine der ihr zugedachten Freuden zu genießen. Ängstlich besorgt, dass Mrs. Weiss ihre Vereinbarung gefährdet haben könnte und über die Nachwirkungen, denen sie ausgesetzt wäre, wenn Die Gemeinschaft herausfände, dass sie Teil des falschen Spiels war, spitze Justine die Ohren um zu hören, was Marais noch sagte.

„Ich werde eine bessere Vorstellung von ihrer Tauglichkeit haben, wenn dieser Abend vorüber ist“, sagte er. Es lag ein Hauch von Grausamkeit in seiner Stimme, als er hinzufügte: „Ich vertraue darauf, dass Sie sie bis an ihre Grenzen treiben, Mrs. Weiss.“

„Ich werde sie bis an ihre Grenzen und noch ein Stück weiter treiben.“

Als sie diese Worte hörte begriff Justine, dass diese Frau sie unerträglich leiden lassen würde. Bei diesem Gedanken zog sich ihr Bauch voller Angst zusammen. Als ihre Gedanken zu den unvermeidlichen Qualen abschweiften, die sie würde durchmachen müssen, spürte sie das vertraute erregende Kitzeln in ihren Lenden aufbranden.

Jemand klatschte in die Hände.

Die Pobacken über Justines Gesicht verschwanden und sie sah, dass Sartine den Frauen befahl, zurück zu treten. Sie wandten sich mit offensichtlichem Widerstreben ab, erhoben aber keine ernsthaften Einwände. Ihre Schamlippen bekamen einen Abschiedskuss, eine Frau drückte ihren Mund an Justines Ohr und flüsterte: „Bis später, Liebste“, und dann war sie allein im Zentrum der düsteren Ruinen und konnte nur Silhouetten in der Nähe weit entfernter Kerzen erkennen.

„Hast du meine Frauen genossen?“ fragte Sartine freundlich.

Sie schluckte, bevor sie antwortete. Der Geschmack weiblicher Lust überzog ihre Kehle und fügte jedem ihrer Atemzüge ein köstliches Bukett hinzu. „Ich danke Ihnen“, sagte sie leise. Sie versuchte, ihre Stimme ruhig und würdevoll klingen zu lassen, starrte in die Dunkelheit, wo seine Stimme herkam und fügte hinzu: „Es ist kaum zwei Tage her, aber ich hatte vergessen, wie viel Lust sie bereiten können.“

Er lachte leichthin, hob seine Hand und die Schatten um ihn herum begannen sich zu bewegen. Justine senkte demütig ihren Blick, als vermummte Gestalten auf sie zukamen. Erst als sie sich entkleideten, ihre Kapuzen von den Schultern schoben und sich selbst nackt und erregt präsentierten, begriff Justine, dass Sartine seinen Männern die Anweisung gegeben hatte, sie zu verwöhnen.

Sie waren nicht weniger erregend als die Frauen und sie gingen mit derselben Sensibilität und Behutsamkeit mit ihr um. Die Hände, die ihre Brüste streichelten – ihre Schenkel berührten und ihren Schoß erforschten – waren weder grob noch fordernd.

Doch sie hatte den Verdacht, dass sie mehr von ihr wollten.

Kaum hatte dieser Gedanke in ihrem Bewusstsein Fuß gefasst, als sie sich zwei Penissen gegenüber sah. Die runden Eicheln stießen gegen ihr Gesicht und sie begriff auf der Stelle, was sie wollten. In den Schatten der Nacht spürte sie, wie ihre Beine und Brüste gestreichelt wurden, wie Finger zwischen ihre Schamlippen glitten und zwischen ihnen hin und her glitten. Doch die Erektionen, die genau vor ihrem Mund standen, erforderten die größte Aufmerksamkeit.

Sie packte einen mit jeder Hand und zog sanft an beiden gleichzeitig. Gierig, ihren Geschmack zu schmecken, richtete sie sich auf, bis sie saß und leckte versuchsweise erst an dem einen, dann an dem anderen. Der Geschmack ihrer ersten Lusttropfen war salzig und unangenehm. Nachdem sie von einer Vielzahl nasser, empfänglicher Frauen getrunken hatte, verspürte sie ein heftiges Verlangen, den Geschmack dieser Schwänze richtig auszukosten. Sie umhüllte den einen mit ihren Lippen, nahm ihn in seiner gesamten Länge in seinem Mund auf, spürte, wie Schweiß und Erregung die Geschmacksnerven ihrer Zunge bombardierten und bewegte vor Befriedigung keuchend ihr Gesicht wieder von ihm fort.

Der andere Schwanz lag immer noch in ihrer Hand und sie verschlang ihn mit demselben Hunger, mit dem sie von dem ersten gekostet hatte. Beide zitterten unter Justines Griff und ließen sie wissen, dass sie ihrer Pflicht zu ihrer vollsten Zufriedenheit nachkam. Plötzlich ganz gierig danach, ihre Ejakulationen zu schmecken, quetschte sie beide Schwänze zusammen und versuchte sie zusammen in ihren Mund zu zwängen.

„Habe ich dir nicht gesagt, dass sie es wert ist?"

Justine konnte immer noch die ängstliche Besorgtheit aus Mrs. Weiss Stimme heraus hören. Sie versuchte die Frau zu ignorieren und sich auf die zwei dicken und geschwollenen Prügel zu konzentrieren, die sie in ihren Mund herein bekommen hatte und um die sie jetzt ihre Zunge in einer Acht kreisen ließ. Ein Bogen umschrieb eine Eichel, dann kam die andere dran. Ihr Mund wurde nass von einem Schwall Lusttropfen und sie musste wiederholt das Gemisch herunter schlucken, um nicht zu ersticken.

„Sie haben mir gesagt, dass sie es wert ist", stimmte Marais zu. „Sie erzählen mir andauernd, dass sie es wert ist. Es ist schon fast verdächtig, wie viel Nachdruck Sie auf diesen Punkt legen."

Unfähig, den Laut zu unterdrücken stöhnte Justine. Ein Teil von ihr wollte Mrs. Weiss anschreien, den Mund zu halten und aufzuhören, alles zu gefährden, was sie bisher erreicht hatte. Doch sie wusste, dass so ein dreister Schritt auf der Stelle die Aufmerksamkeit auf ihre Intrige lenken würde. Dazu kam, dass sie so sehr mit den Männern um sie herum beschäftigt war und den Reiz des Augenblicks nicht zerstören wollte.

Starke Hände packten ihre Schenkel und hoben sie in die Höhe.

Die Bewegung beunruhigte sie nicht, da sie glaubte, sich in sicheren Händen zu befinden. Der Gedanke schoss ihr durch den Kopf, dass die Männer, die sie umgaben, ihr Vertrauen missbrauchen könnten, das sie ihnen entgegen brachte, doch sie wusste, dass die Gefahr gering war, dass das passieren würde. Und selbst wenn sie sich entschieden, die Situation zu ihrem Vorteil auszunutzen, so glaubte Justine nicht, dass es etwas gab, was sie tun könnten, dem sie nicht freudig zustimmen würde.

Als sie sie wieder herunterließen stellte sie fest, dass sich ein männlicher Körper unter ihr befand. Ihre Arschbacken stießen gegen seine Hüften. Ein Schwanz schob sich zwischen ihre Backen. Sie begriff augenblicklich, was sie von ihr wollten. Ein wilder Schauder der Vorfreude raste durch ihren Körper. Sie lutschte noch eifriger an den beiden Schwänzen, die sie versuchte, so weit es ging in ihren Mund zu quetschen und ließ zu, dass der Fremde unter ihr sich höher schob. Es gab überhaupt keinen Zweifel daran, dass er vorhatte, in ihren Anus einzudringen - die Aussicht allein genügte, damit ihre Erregung neue und fiebrige Gipfel erklomm – und sie versuchte sich zu entspannen, als das riesige Stück sich gegen ihren Schließmuskel presste. Ihre Beine wurden gespreizt, sie spürte unbeholfene Bewegungen zwischen ihren Schenkeln und dann erkannte sie, dass ein weiterer Schwanz sich gegen ihre Schamlippen presste.

Ein weiteres Stöhnen zitterte in ihr. Da ihr Mund nun von zwei Schwänzen erfüllt war, gab es keine Möglichkeit, dass der Ton entweichen konnte. Sie schürfte gierig an den beiden Schwänzen und war höchst angetan, als sie zitternd gegen ihre Zunge schlugen.

Die Männer zwischen ihren Beinen drängten sich in derselben fließenden Bewegung nach vorn.

Der Schwanz in ihrem Hintern prüfte den Widerstand ihres Schließmuskels, stieß fest zu und zwang den Muskel, sich ein wenig zu öffnen. Das Stück in ihrem Schoß glitt leicht vorwärts, glitt mühelos in ihr Loch, aber tat nicht mehr als ihre Lippen zu teilen. Die Behutsamkeit, mit der sie vorgingen war zum wahnsinnig werden und Justine wollte sich einfach selbst an die beiden drängen. Doch da sie wusste, dass sie ihnen die Kontrolle überlassen musste, konnte sie sich zusammen reißen und tief durchatmen, während die Männer das Geschehen diktierten.

Der Schwanz an ihrem Hintern glitt weiter hinein.

Ihr Schließmuskel protestierte, kämpfte gegen jeden Millimeter des Eindringens, bevor er nachgab. Als Justine sich schließlich dem befriedigenden Gefühl hingeben konnte, dass sich etwas in ihre Eingeweide bohrte, drang auch der Schwanz an ihrem Schoß in sie ein. Das Gefühl, zu voll zu sein und vollkommen überdehnt, wurde ohne weiteres von der Lust, die sie dabei empfand, ausgeglichen.

Und dann wurden all diese Überlegungen beiseite gefegt, als der Spaß richtig begann. Die Männer zwischen ihren Schenkeln ritten sie in perfektem Gleichklang. Justine erinnerte sich, dass beim letzte Mal, als sie in den Genuss dieses verbotene Vergnügens gekommen war, einer zugestoßen während der andere sich heraus gezogen hatte. Dieses Mal stießen beide zur gleichen Zeit zu und zogen sich zur gleichen Zeit auch wieder zurück. Anstatt dass sie das Gefühl hatte, ständig gefüllt zu sein, erlebte sie die Wonne, bis über ihre Grenzen hinaus gedehnt zu werden, sich dann wieder vollkommen hohl zu fühlen und innerlich nach mehr zu schreien. Ihr Timing machte sie atemlos und schwach und keuchend und sie zweifelte nicht daran, dass sie ihrem Körper mit Leichtigkeit einen Höhepunkt abringen würden. Bemüht, die Lust zurück zu geben, die ihr zuteil wurde, attackierte sie die Schwänze in ihrem Mund mit frischem Hunger und saugte gierig an beiden Schwänzen.

Der erste Orgasmus erwischte sie wie ein Schlag ins Gesicht. Sie wusste nicht, ob die Lust von einem der in sie eingedrungenen Schwänze zwischen ihren Beinen ausgegangen war oder ob sie einfach von den Empfindungen überwältigt war, die jeden Teil ihres Körpers erregten. Münder wurden auf ihre Brüste gepresst, zu viele Hände berührten ihre Schenkel und Pobacken und diese sensorische Überlastung versprach mehr zu sein als sie widerstehen konnte. Von der Wollust in Hochstimmung versetzt und mit vor reiner Freude verzerrtem Gesicht legte sie ihren Kopf zurück und ließ einen Schrei des Entzückens über ihre Lippen kommen.

Einer der Schwänze spritze ab, als Justine kam. Ein Samenschwall spritzte gegen ihr Gesicht, befleckte ihre Nasenflügel mit der scharfen Würze seines Geruchs und brachte sie dazu, die Augen vor dem zweiten Schwall zu verschließen, der sie traf. Sie öffnete blinzelnd die Augen, warf durch den Schleier aus klebrigem Samen einen kurzen Blick auf die dunkle Welt um sie herum und schloss die Augen wieder, als ihr Körper mit einer weiteren euphorischen Ladung bombardiert wurde.

Eine weitere Erektion wurde in ihre Hand geschoben noch ehe die erste völlig verebbt war.

Die Schwänze in ihrer Pussy und ihrem Arsch pflügten mit einem frischen Tempo vor und zurück. Sie hatte nur wenig Zeit, um den frischen Geschmack des neuen Schwanzes an ihrem Mund richtig auszukosten ehe der andere, den sie festgehalten hatte, von ihren Lippen gerissen wurde und auf ihren Wangen abspritzte. Der Gestank des Samens kam plötzlich und war Ekelerregend, doch das tat ihrem Appetit auf den Schwanz, der den erschöpften sogleich ersetzte, keinen Abbruch. Sie nahm ihn hungrig in ihrem Mund auf und wechselte wie wahnsinnig von einem zum anderen. Es war eine wilde Nacht und diese Wildheit konzentrierte sich einzig und allein auf sie und ihre Lust und sie entschied, wenn das alles war, was von ihr verlangt wurde, würde sie glücklich noch einige Stunden lang Marais beweisen können, das sie es wert war.

Der Schwanz in ihrem Anus pulsierte, das orgiastische Beben des Mannes fügte dem Gefühl, ganz gefüllt zu sein, noch einen wunderbaren Schauder hinzu. Justine wusste nicht, ob sie als Reaktion darauf einen Orgasmus erlebte, ihre Aufmerksamkeit war zu sehr von der Lust in Anspruch genommen, die durch ihren Schoß raste und von der Befriedigung, die sie aus den Erektionen, die sie in ihrem Mund hatte, bezog. Ihr Gesicht war mit einer Schicht aus tropfendem Sperma überzogen, dessen klebrige Reste sich in ihren Augenwinkeln festsetzten und wie Tränen ihre Wangen bis zu den Ohren hinunter liefen. Sie vertauschte einen Schwanz gegen den anderen, verschwendete keine Zeit damit, sich um die Details zu kümmern, wessen Schwanz sie festhielt und interessierte sich nur um ihren eigenen Rausch der Befriedigung.

„Genug!“

Marais hob seine schneidige Stimme nicht an, dennoch drang sie durch das Grunzen und Stöhnen, das die Ruinen von La Coste erfüllte. Justine ließ die beiden Schwänze los, die sie in der Hand hielt, wischte sich mit dem Handrücken einen Film aus Sperma von ihrer Augenbraue und ließ ihren Blick durch die Dunkelheit huschen, während sie versuchte ihn zu lokalisieren. Die Schwänze, die in ihren Eingeweiden und ihrem Schoß versenkt waren, hielten absolut still. Sie konnte das schwache Pochen der unterschiedlichen Pulse spüren, die sanft im Inneren ihres Körpers vibrierten und die Intimität dieses Empfindens löste eine weitere Woge heftigen Verlangens aus.

„Du hast deine Sache bewiesen, Sartine“, sagte Marais.

Justine sah die beiden, als die zwei Männer vor ihr zurück traten. Sartine war nackt, sein Schwanz wurde bereits wieder hart und sie vermutete, dass sie seinen Schwanz während der letzten Minuten entweder gefühlt oder geschmeckt hatte. Seine Schultern waren zurückgebogen und er stand im ruhigen Selbstvertrauen vor der schmuck gekleideten Gestalt Marais'.

„Du hattest Recht zu behaupten, sie sei würdig genug."

„Ich habe nie daran gezweifelt", grinste Sartine arrogant.

Er wandte sich an seine Gäste, klatschte in die Hände und führte sie zurück in den Schatten. Justine wurde mit einer Handvoll Küsse und dankbaren Lächeln bedacht, ehe Sartine und Marie auf sie zukamen und ihr vom Boden aufhalfen. Sie hatte gar nicht bemerkt, dass sie ihren Körper solchen ungeheuren Anstrengungen ausgesetzt hatte, bis sie versuchte aufzustehen. Jetzt schien der Boden unter ihren Füßen nachzugeben und sie wusste, dass sie unelegant gestürzt wäre, wenn die beiden nicht da gewesen wären, um sie zu stützen. Ihr Schließmuskel fühlte sich locker und überbeansprucht an, die Lippen ihres Schoßes waren wund, da sie zu viel hatten aushalten müssen.

„Das hast du sehr gut gemacht, Justine", sagte Marie in einem vertraulichen Tonfall zu ihr. „Ich habe noch nie jemanden gesehen, der sich dem so offenherzig hingegeben hätte wie du es getan hast."

Justine dankte ihr und wünschte im Stillen, die Leute würden aufhören ihr zu erzählen, dass sie es sehr gut gemacht hatte. Sie hörte diese Worte und andere, ähnliche Gedanken, doch ihr Martyrium war noch immer nicht zu ende. Sie stolperte mit Marie auf der einen und Sartine auf der anderen Seite auf den Tisch zu und hegte kurz die Hoffnung, dass sie jetzt vielleicht etwas zu essen und zu trinken bekäme, bevor sie ein letztes Mal beweisen musste, dass sie es wert war, La Coste zu erwerben.

Zum ersten Mal konnte sie erkennen, dass die meisten Stühle um den vom Kerzenschein erhellten Tisch leer waren. Der Priester und sein Bischof saßen links und rechts des Fußendes; Marais Platz war am Kopfende und sie vermutete, dass zwei weitere leere Stühle für Captain Sartine und seine schöne Marie bereit standen. Doch anstatt sich auf diese Details zu konzentrieren konnte Justine nur an eines denken: Mrs. Weiss stand neben dem Tisch als sei es nun an ihr, einen weiteren Vorstoß zu unternehmen, Justines Körper zu misshandeln.

17.

„Du bist eine dreckige kleine Schlampe, nicht wahr?“, knurrte Mrs. Weiss.

Justine stöhnte, als sie diese Worte hörte. Sie begriff auf der Stelle, was kommen würde und schloss ihre Augen, als könne sie dadurch die drohende Züchtigung abwenden. In der Dunkelheit war es, als wäre sie wieder in dem Kellergewölbe mit der privaten Bibliothek, in dem Mrs. Weiss sich ihr zum ersten Mal in dem Zusammenhang mit dem Erwerb des Manuskripts genähert hatte. Sie erinnerte sich an ihre Nervosität, ihr Entsetzen und die schmutzige Erregung und versuchte in sich die Stärke zu finden, diesen Gefühlen erneut gegenüber zu treten.

„Du bist eine dreckige kleine Schlampe, nicht wahr?“ wiederholte Mrs. Weiss. „Du bist eine dreckige kleine Schlampe, die eine verdammt ordentliche Tracht Prügel braucht. Bist du deswegen hierher gekommen? Bist du hierher gekommen, damit du den Hintern versohlt bekommst?“

Justine öffnete die Augen und sah, dass die Frau ein stabiles Lederpaddle schwang. Es war nicht die einschüchternste Waffe, die sie in den vergangenen drei Tagen gesehen hatte. Verglichen mit der Katze, die sie an diesem Abend zu spüren bekommen hatte oder der Peitsche, die Mrs. Weiss auf Schloss Vincennes benutzt hatte, sah das Paddle regelrecht freundlich aus. Und tatsächlich mischte der Anblick des Paddles einen Hauch Neugier in ihre Erregung mit hinein. Doch sie wollte sich der Züchtigung noch nicht unterwerfen und trat unwillkürlich einen Schritt zurück.

Mrs. Weiss war augenblicklich bei ihr. Ihre Kapuze flatterte von den Schultern, sie stürzte sich auf Justine und schon hatte sie sie auf die Knie gezwungen. Eine Hand packte sie bei den Haaren, riss den Kopf zurück und zwang Justine, zu ihr aufzuschauen. Das Paddle war hocherhoben und die drohende Vergeltung offensichtlich und einschüchternd. „Du bist hier, um etwas zu beweisen“, zischte sie. „Du bist hier, um Marais zu zeigen, dass du es, wie ich ihm bereits sagte, mehr als wert bist, La Coste zu erwerben. Glaubst du, dass du das beweisen kannst, in dem du feige vor mir zurück weichst? Meinst du, Marais wird diese Art von Benehmen als Zeichen deiner Eignung ansehen?“

Justine starrte die Frau an und stellte fest, dass Mrs. Weiss sie nicht länger ängstigte. Die Präsenz der Frau in der Bibliothek hatte sie eingeschüchtert, insbesondere an dem Tag, an dem Justine ihr allein in dem dunklen, abgeschiedenen Kellergewölbe begegnet war, doch das gehörte jetzt alles der Vergangenheit an. Selbst die Erinnerung an die Misshandlungen, die sie in Vincennes durch die Frau hatte erleiden müssen, schienen ihre plötzliche Überzeugung zu bestätigen, dass Mrs. Weiss keine Frau war, vor der sie sich fürchten müsse.

„Sie können mir ein Duzend Schläge geben", sagte Justine zu ihr. „Aber mehr nicht. Ein Dutzend Schläge sollten genügen um zu beweisen, was Sie beweisen wollen."

„Mehr nicht?" knurrte Mrs. Weiss. „Willst du mir drohen?" Sie riss kräftig an Justines Haaren, bis sie ihr einen Schmerzensschrei abgerungen hatte. „Ich kann dich so oft schlagen, wie ich will. Du scheinst vergessen zu haben, welche von uns das Paddle schwingt und welche versucht, ihre Tauglichkeit unter Beweis zu stellen."

Justine zwang sich, stark zu bleiben. Sie starrte Mrs. Weiss fest an und ließ nicht zu, dass die Frau sah, welche Schmerzen sie ihr beifügte und sagte: „Ein Dutzend Schläge." Mit gesenkter Stimme, besorgt, die anderen könnten hören, was sie zu sagen hatte, fügte sie hinzu: „Wenn ich nur einen Schlag mehr bekomme, werde ich Marais sagen, dass ich für Sie arbeite."

Die Hand, die ihre Haare gepackt hielt, lockerte sich.

Mrs. Weiss betrachtete Justine mit einer ganzen Reihe von Gesichtsausdrücken, die von Schrecken über Wut bis Empörung reichten. „Er würde dir nicht glauben", zischte sie.

„Wenn ich all die harmlosen Fragen bedenke, mit denen Sie ihn heute Abend bedrängt haben, kann ich mir vorstellen, dass er bereits Verdacht geschöpft hat", gab Justine zurück. „Lassen Sie mich länger als ein Dutzend Schläge lang leiden und ich werde seinen Verdacht bestätigen." Sie überlegte, ob sie noch weiter gehen und Mrs. Weiss fragen sollte, welchen Effekt solch eine Enthüllung auf ihre Position innerhalb der Gemeinschaft hätte, entschied aber, dass es keinen Grund dafür gab, ihren Vorteil auszunutzen.

„Du rachsüchtige kleine Schlampe. Du versuchst wohl, mich zu erpressen?"

Justine schüttelte den Kopf und erinnerte sich an eine Zeile aus La Coste, die die Büßerin ihr vorgelesen hatte. Es fühlte sich merkwürdig an, de Sades Worte gegen Mrs. Weiss einzusetzen, doch Justine fand, dass es keine passendere Erwiderung gab. „Denken Sie nicht, es wäre Erpressung", sagte sie ermutigt. „Stellen Sie sich vor, ich täte Ihnen einen persönlichen Gefallen, den Sie eigentlich gar nicht verdient haben."

Mrs. Weiss verstärkte ihren Griff in Justines Haar und zerrte heftig daran. Ihr Hals wurde zurück gebogen und ihr Körper in ein neue und unbequeme Position gezwungen. Der Schock, den der Schmerz ihr versetzte, kam unerwartet und heftig und abscheulich erregend.

Ihre Haltung bewahrend machte Justine lediglich ein finsteres Gesicht.

„Geben Sie mir jetzt zehn Schläge mit dem Paddle", sagte sie entschieden. „Und denken Sie daran: die Anzahl wird weiter fallen, mit jedem Mal, wenn Sie etwas tun, was ich nicht will."

Eine Ewigkeit der Stille breitete sich zwischen ihnen aus. Als sie die wutentbrannten Gesichtszüge der Frau musterte, begriff Justine, dass Mrs. Weiss nach einem Weg suchte, ihr ihren Willen aufzuzwingen und mit jeder Idee, die sie hatte, scheiterte. „Also gut", keuchte sie schließlich. „Wir werden es so machen, wie du es willst." Ihr Lächeln erhellte sich unvermittelt, als sie hinzufügte: „Aber wir werden es mit meinen Worten machen."

Justine hatte nur einen Augenblick Zeit um zu überlegen, was das bedeuten könnte, bevor Mrs. Weiss sie vom Boden hoch zog. Die Hand der Frau hielt immer noch ihr Haar fest, zog und zerrte daran, so dass Justine gezwungen war, ihr zu folgen. Sie taumelte im Kielwasser der Frau hinterher, versuchte nicht an das zu denken, was sie womöglich ausgelöst hatte und kam erst zum Stehen, als Mrs. Weiss sie gegen das hölzerne Kreuz des Priesters schleuderte.

„Lehn dich dagegen. Mach die Beine breit, streck deinen Hintern raus und denke nicht einmal daran, dich zu bewegen."

Justine tat, was ihr befohlen worden war, während ihre Besorgnis wuchs. Sie konnte spüren, dass jeder einzelne Blick auf sie gerichtet war. Die Nacht war auf eine Art verstummt, die nur daher rühren konnte, dass sie von einer großen Menge Fremder umgeben war, die voller Erwartung den Atem anhielten. Justine wusste nicht, ob irgendjemand die geflüsterte Unterhaltung zwischen Mrs. Weiss und ihr gehört hatte. Je näher der Augenblick der Züchtigung rückte, desto deutlicher wurde ihr, dass es sie nicht länger kümmerte. Sie versteifte sich an dem Kreuz, hörte auf, über die Verletzlichkeit ihrer zur Schau gestellten Kehrseite nachzudenken und versuchte ihren Körper auf den heftigen Angriff vorzubereiten, von dem sie wusste, dass er kommen würde.

Mrs. Weiss schmetterte das Paddle auf ihren Hintern.

Justine hatte sich im Stillen geschworen, dass sie nicht schreien würde, doch sie war nahe daran, diesen persönlichen Schwur schon beim ersten Schlag mit dem Paddle zu brechen. Der Nachhall ließ ihren Hintern erbeben und entflammte einen verhassten Schauder voller Leidenschaft und eine tief glühende Hitze in ihren Lenden. Das Brennen des qualvollen Hiebes wurde von einem knallenden Geräusch begleitet, das wie ein Pistolenschuss in der Nacht klang. Während sie jeden Atemzug in einem tiefen, kehligen Stöhnen ausstieß, wunderte Justine sich, wie ihr Körper so unverwüstlich sein und solch einem Schmerz Stand halten konnte.

„Zähl sie“, drängte Mrs. Weiss. „Ich könnte dir aus Versehen mehr als zehn Schläge geben.“

Justine wartete einen Moment, ehe sie etwas erwiderte, nicht sicher, ob ihre Stimme fest genug war, um zu antworten. „Eins“, sagte sie leise.

Sie hatte vorgehabt, mehr zu sagen, doch Mrs. Weiss gestattete es ihr nicht.

Mit brutaler Kraft zuschlagend, das Paddle hart auf Justines Backen aufschlagen lassend, führte sie den zweiten Hieb mit größerer Heftigkeit aus als den ersten.

„Zwei“, flüsterte Justine.

Ihre Pobacken standen in Flammen. Das klatschende Geräusch hallte in ihren Ohren nach und die Wärme des Schlages strahlte durch ihre Backen bis in die Spalte ihres Schoßes. Ihre inneren Muskeln genossen die Wärme und reagierten mit prickelnder Freude darauf. Erstaunt, dass ihr verräterischer Körper aus solch einer brutalen Misshandlung Lust ziehen konnte, versuchte Justine nicht dagegen anzukämpfen. Stattdessen kostete sie den Effekt aus und streckte ihren Hintern noch weiter hinaus, bereit für Mrs. Weiss' dritten Schlag.

Der flache Rücken des Paddles seufzte, als er die Luft durchbrach.

Justine wappnete sich selbst gegen den Ansturm und ließ zu, dass der Schmerz und die nachfolgende Hitze ihren Körper überfluteten. Wenn das Kreuz nicht gewesen wäre, an dem sie sich festhalten konnte, hätte der Schwung sie nach vorn fallen lassen. Sie konnte spüren, wie die Knie unter ihr nachgeben wollten und begriff, dass ein Teil von ihr glücklich wäre, wenn sie sich fallen lassen könnte, ihre Niederlage eingestehen und Mrs. Weiss die Befriedigung schenken würde, ein weiteres hilfloses Opfer gebrochen zu haben.

Doch es gab noch einen anderen Teil von ihr, der diese Frau niemals gewinnen lassen würde. Und sie wollte auch dringend herausfinden, ob die wiederholten Schläge ihr die Befriedigung bringen würden, um die ihr Körper jetzt so inständig flehte. Justine nahm einen tiefen Atemzug, scherte sich nicht länger darum, ob sie trotzig oder demütig klang und rief: „Drei."

„Du genießt es wirklich, so zu leiden, nicht wahr?" feixte Mrs.Weiss.

Die Erregung in Justines Stimme war offenkundig, als sie antwortete. Überwältigt von dem Erlebnis war sie sich sicher, den Geschmack ihrer Geilheit auf ihrer Zunge zu schmecken als sie flüsternd sagte: „Ich leide nicht." Sie unterdrückte ein Lachen, sicher, dass es ihre Brotherrin nur in rasende Wut versetzen würde, und fügte hinzu: „Noch weitere drei Schläge wie diese und ich glaube, ich werde schreien – nicht vor Schmerz, sondern aus einem anderen Grund."

Mrs. Weiss schmetterte das Paddle hart auf sie herunter.

„Vier", stöhnte Justine. Sie konnte spüren, dass die Frau die Wucht ihrer Schläge mit jedem Hieb verstärkte, doch das erhöhte nur ihr Vergnügen. Ihr Hintern war ein Inferno aus wundem Fleisch und die Kühle der Nacht trug wenig dazu bei, das brennende Gefühl zu lindern.

Doch Justine wusste, dass es sie schon bald über den Gipfel eines Orgasmus hinaus tragen würde. Ihre inneren Muskeln pochten mit einer eigenen drängenden Hitze, zogen sich zusammen und zuckten unregelmäßig, als würde sich die erste Vorhut des Orgasmus bereits einen Weg durch ihren Körper bahnen.

Sie zählte laut jeden einzelnen Schlag mit und ihr atemloses Stöhnen wurde mit jedem Mal intensiver. Nach drei weiteren Schlägen reagierte sie unwillkürlich und war sich nicht mehr sicher, ob die Zahlen, die sie nannte, irgendeinen Einfluss auf die Qualen hatte, die Mrs. Weiss ihr beifügte. Ihre Gedanken waren einzig und allein auf die wunderbare Hitze gerichtet, die im Inneren ihres Schoßes schwelte und sie wusste, dass der Orgasmus kurz davor war, sich seinen Weg zu durch ihren Körper zu erstürmen.

Noch während sie die Zahl Acht rief, ließ Mrs. Weiss ihren vorletzten Schlag los und Justine schrie vor Dankbarkeit laut auf. Die Mischung aus Lust und Schmerz, Hitze und Erregung wurde zur vollkommenen Geilheit. Die Woge der Befriedigung jagte durch sie hindurch und sie klammerte sich mit den Händen an das Kreuz aus Angst zu Boden zu stürzen.

Ihr Herz raste wie wahnsinnig und erst im Nachhinein stellte sie fest, dass Mrs. Weiss ihren letzte Schlag ausgeteilt hatte, während der Höhepunkt ihren Körper zum Glühen gebracht hatte. Die Frau trat schwer atmend näher mit einem grausamen Lächeln, das ihre Stimme verdunkelte. Der raue Stoff ihrer Robe strich über Justines nackten Körper, als sie die Stimme zu einem diskreten Flüstern senkte.

„Wie waren diese zehn?“ fragte Mrs. Weiss.

„Sie waren unerträglich“, keuchte Justine. Sie hob den Kopf und wagte es, dem finster drohenden Blick der Frau zu begegnen. „Aber das wussten Sie doch schon, bevor Sie gefragt haben.“

„Bist du immer noch in der Stimmung, mir Befehle erteilen zu wollen?“ höhnte Mrs. Weiss. Sie hob das Paddle und nutzte seine Präsenz als verstohlene Erinnerung an die macht, über die sie verfügte. „Willst du mir immer noch erzählen, wie oft ich dich schlagen soll? Ich bin immer glücklich, wenn ich Aufmüpfigen eine Lektion darüber erteilen kann, wer hier das Sagen hat.“

„Ich gebe keine Befehle“, sagte Justine ruhig. Sie starrte auf das Paddle und dann zurück auf die streng dreinblickende Frau, die es fest hielt. Sie schüchterte Justine nicht länger ein und sie hatte das Gefühl, als würde sie auf einer Augenhöhe zu ihr sprechen anstatt zu einer grausamen Domina. „Ich stelle einfach nur einige Fakten klar. Wenn Sie mich noch länger leiden lassen, werde ich Marais alles über unsere Beziehung erzählen."

Justine erwog, die Zeile aus La Coste zu wiederholen und hielt sich dann zurück, um Mrs. Weiss nicht zu weit zu treiben. Sie konnte das unwirksame Gift im Blick der Frau erkennen und wusste, dass sie jetzt die Oberhand hatte. Selbst als Mrs. Weiss zurück wich und begann, irgendjemandem in der Nähe, der auf ihr Kommando hörte, Anweisungen entgegen zu brüllen, war sie sich bewusst dass sich die Dynamik in ihrer Beziehung für immer verändert hatte.

„Legt sie hier hin", befahl Mrs. Weiss. Sie deutete auf die Mitte des Tisches und Justine nahm verschwommen wahr, dass sie die zwei Menschen kannte, die ihr von dem Kreuz weg halfen.

Marie überschüttete sie mit kleinen Küssen und Worten des Lobes und der Bewunderung. Sartine hatte einen Arm um ihre Taille gelegt und trug sie mehr als dass er sie stützte. Justine sah dankbar von einer zur anderen, murmelte ihren Dank und hoffte, dass es das letzte Mal war, dass sie sich zwischen dem Paar wiederfand. Es war nicht so, dass sie die Zeit mit dem Paar nicht genossen hätte, doch es schien ihr, als müsste sie nach jeder Begegnung mit den beiden ein unnötiges Maß an Schmerzen erdulden.

„Du warst großartig!" sagte Marie zu ihr.

„Etwas Besseres habe ich noch nie gesehen", pflichtete Sartine ihr bei.

Justine dankte ihnen für die freundlichen Worte und seufzte dann vor Erleichterung, als sie sie auf den Tisch legten. Es tat weh, die Pobacken auf die Oberfläche zu legen, doch die Tischplatte war kühl genug, um das lodernde Feuer auf ihrem Hintern zu beruhigen. Nachdem das anfängliche Unbehagen des ersten Kontaktes erst einmal vorüber war, stellte sie fest, dass das Gefühl beinahe tröstlich war.

Um sie herum hörte sie das Scharren von Stühlen, als die Seniormitglieder der Gemeinschaft ihre Plätze einnahmen. Gemurmelte Unterhaltungen, zumeist auf Französisch, wurden um sie herum und über sie hinweg geführt. Obwohl sie sich normalerweise nicht der Paranoia hingab, dachte Justine bei dieser Gelegenheit, dass die fremde Sprache benutzt wurde, damit sie nicht verstand, worüber gesprochen wurde.

Sie entschied, dass es wenig Sinn ergab, wenn sie versuchte, die Worte zu verstehen und vertraute darauf, dass sie schon bald herausfinden würde, was sie sagten, solange es in irgendeiner Weise ihre Situation betraf. Sie legte ihren Kopf auf dem Tisch ab und starrte direkt nach oben.

Von ihrer Perspektive aus konnte Justine das Firmament des nächtlichen Sternenhimmels über sich sehen und die Gesichter ihrer Peiniger, die am Rande ihres Blickfeldes auftauchten. Mrs. Weiss Gestalt war asketisch, doch Justine konnte erkennen, dass Marais ähnlich streng und entschlossen aussah.

„Sie hat bewiesen, dass sie es wert ist", knurrte Mrs. Weiss. „Geben Sie ihr einfach das verdammte Manuskript und lassen sie die arme Schlampe nach Hause gehen."

„Wollen Sie mir nicht ein letztes Mal ihre Fähigkeiten zeigen?"

Justine konnte das geringschätzige Hohngelächter aus seiner Stimme heraus hören, als er diesen Vorschlag machte. Sie schaute nervös zu ihrer Brotherrin hinüber und fragte sich, ob Mrs. Weiss tun würde was Marais von ihr verlangte oder ob sie sich weigerte und damit riskierte, dass ihre List aufflog. Justine hatte bereits genug unter Mrs.Weiss' brutaler Behandlung gelitten, so dass sie nicht sagen konnte, welche Reaktion der Frau sie sich wünschte, doch sie konnte den Gedanken nicht ertragen, dass all ihre Anstrengungen der letzten drei Tage umsonst gewesen sein sollten.

„Stecken Sie ihr Ihre Finger rein." Dieser Befehl kam von jemandem, der außerhalb ihres Gesichtsfeldes stand. Justine erkannte die Stimme, konnte sie aber nicht sofort mit einem Gesicht oder einem Namen in Verbindung bringen. „Stecken Sie ihr Ihre Finger rein und ich werde Ihnen beweisen, dass sie es wert ist."

Sie erinnerte sich an die stämmige, vermummte Gestalt, als sie in ihr Blickfeld trat. Nachdem sie den ganzen letzten Tag unter ihm gelitten hatte, als er und Mrs. Weiss ihr eine brutale Tracht Prügel verabreicht hatten, war Justine überrascht, dass sie den Assistenten der Frau aus ihrer Zeit im Kerker von Vincennes nicht sofort wieder erkannt hatte.

Eisige Finger berührten die Lippen ihres Schoßes.

Nachdem sie von so vielen von Sartines Männern benutzt worden war überraschte es sie nicht, dass ihr Schoß nass und schlüpfrig war. Die Finger glitten mit Leichtigkeit hinein und ihre Kühle ließ sie erzittern. Sie stählte sich gegen das unangenehme Kältegefühl und versuchte die drei Finger fest zu packen, die Marais in ihre Pussy gestoßen hatte.

„Ist sie nass“

„Ja.“

„Und warm?“

Die Finger wackelten in ihr hin und her. Justine spürte, wie sie einen Schauder ungewollter Lust auslösten, als sie fest auf die empfindlichen Punkte drückten, die bislang beinahe vernachlässigt worden waren. Sie wusste nicht, ob es ein Zufall war oder Marais Geschicklichkeit, doch er liebkoste das Innere ihres Schoßes auf eine Art und Weise, die sie schwach werden ließ und ihr Verlangen nach ihm erweckte.

„Sie ist warm“, räumte Marais ein. Er klang gelangweilt und gleichgültig. „Ist das wichtig für diese Demonstration?“

„Es ist wichtig. Mrs. Weiss hat mir gestern den Appetit dieser Schlampe vor Augen geführt. Ich bin noch nie einer Frau begegnet, die solche Angst davor hat Schmerzen zu erleiden und gleichzeitig so heftig auf jede Form von Quälerei reagiert. Möchten Sie, das ich Ihnen zeige, wie heftig sie reagiert?“

„Machen Sie weiter.“

Justine hielt still, unsicher, was sie erwartete. Aus dem Augenwinkel sah sie eine helle Bewegung und begriff, dass der Assistent eine Kerze in die Höhe hielt. Sie erhaschte einen Blick auf sein angenehmes männliches Gesicht und das Schimmern seines Bartes. Sie vermutete, dass er die Kerze hochhielt, damit sie ihn besser sehen konnte und sie begannen fast gleichzeitig zu lächeln, als ihre Blicke sich trafen.

Und dann neigte er die Kerze.

Heißer Wachs tropfte herunter. Die Flamme schlug kurz höher, als sie sich am offenen Docht entlang schlängeln konnte. Und eine sengende Hitze verbrannte ihre rechte Brustwarze. Der Schmerz war aufreizend, plötzlich und unerwartet und sie fühlte sich, als hätte die glühende Hitze sich in ihr Fleisch gebrannt. Als das geschmolzene Wachs auf ihre Haut tropfte, in die kleinen Fältchen ihres Vorhofs rann und sich dann über die Wölbung ihrer Brüste ergoss, hätte sie am liebsten geschrien.

Stattdessen pressten sich ihre inneren Muskeln fest um die Finger, die in sie eingedrungen waren und eine Woge der Lust durchströmte ihren Schoß. Die Flüssigkeit, die plötzlich die Finger in ihrem Inneren umgab, fühlte sich ebenso warm und reichlich an wie das geschmolzene Wachs, das über ihrer Brust verschüttet wurde.

„Verdammt“, rief Marais aus. „Und wie sie reagiert.“

Mrs. Weiss Assistent lachte leise in sich hinein.

Atemlos nach diesem Erlebnis und überrascht, wie einfach ihr Körper Schmerz in Lust verwandelte, wollte Justine lächeln und an der offensichtlichen Wertschätzung ihrer Reaktionsstärke teilhaben. Sie schaute von einem Mann zum anderen, grinste jeden schwach an und beobachtete dann, wie der Assistent einen zweiten Wachsstrom über ihre linke Brust goss.

Dieses Mal war der Schmerz herrlich.

Glühendes Feuer traf ihre empfindliche Haut wie ein Schlag. Die Intensität der Hitze machte sie fast krank und sie war überwältigt von der Art und Weise, wie ihr Körper reagierte. Während sie zuvor die Muskeln ihres Schoßes ganz bewusst zusammen gezogen hatte, hatte sie dieses Mal keine Kontrolle über ihre Reaktionen. Die Muskeln schlossen sich fest um Marais Finger. Sie hielt ihn mit so viel Kraft, dass sie zum ersten Mal spürte, dass er drei Finger in ihr hatte. Die Empfindlichkeit ihrer inneren Muskeln war so groß, dass sie jedes einzelne Gelenk spüren konnte, das sich als Reaktion auf ihren mörderischen Griff zu beugen versuchte. Und dann konnte sie dem Geschehen nicht mehr folgen, als ein Ausbruch reiner Wollust ihren Körper überflutete. Sie ballte die Hände zu Fäusten, bog ihren Rücken durch, während der Orgasmus anhielt, schlug hämmernd auf den Tisch und schwelgte in diesem wunderbaren Höhepunkt.

„Habe ich Ihnen nicht gesagt, dass diese Schlampe unersättlich ist?“ murrte Mrs. Weiss.

„Sie ist mehr als das“, staunte Marais.

Als er sprach, brachten die Vibrationen seiner Worte seine Finger zum Zittern. Justine presste sich eine Hand auf den Mund um ein Stöhne zu ersticken. Das vertraute Gefühl eines bedrohlich nahen Orgasmus schnürte ihre Brust zusammen und sie kämpfte darum, ihm nicht nachzugeben aus Angst, dass es ihr Martyrium verlängern könnte.

„Ich werde es Ihnen noch einmal zeigen“, sagte der Assistent.

Bevor irgendwer ihn aufhalten konnte, hatte er nach der fest gewordenen Schale aus Wachs gegriffen, die ihre rechte Brust bedeckte und sie abgezogen. Justine dachte, das Gefühl müsste dem ähneln, wenn einem die Haut abgezogen würde. Sie schaute an ihrem Körper herunter um sich davon zu überzeugen, dass er ihr keine Brustwarze abgerissen hatte und sah überrascht, dass ihr Haut immer noch intakt war. Das Entfernen des Wachses hatte eine Hitzewelle ausgelöst, die ebenso machtvoll war wie diejenige die das Wachs selbst hervorgerufen hatte. Ihre Brustwarze brannte in solch einer Hitze, dass die harte Perle aus Fleisch steil aufgerichtet war. In dem Kerzenlicht leuchtete sie in solch einem kräftigen Rot, dass die Farbe fast zu flimmern schien.

Justine stöhnte.

Der Assistent hob die Kerze in die Höhe und begann sie zu neigen.

Sie war zwischen dem Verlangen nach mehr und der verzweifelten Hoffnung, den Schmerz nicht noch einmal erdulden zu müssen, zerrissen. Die Nacht war ein durchgehendes Martyrium aus Lust und Schmerzen gewesen, die sie nicht vorausgeahnt hatte und niemals verstehen würde. Bei ihrer Prüfung auf Schloss Vincennes hatte Justine gedacht, ihre Grenzen wären gesprengt worden, doch die endlose Züchtigung war mit diesem hier nicht zu vergleichen. Als sie die Augen schloss, quollen Tränen aus ihren Augenwinkeln und sie bettelte den Assistenten stumm an, nicht noch mehr Wachs auf sie tropfen zu lassen.

Nachdem eine Weile lang nichts geschehen war, wagte sie es in Auge zu öffnen.

Mrs. Weiss hatte die Hand ihres Assistenten aufgehalten. Ihr autoritärer Blick genügte Justine, um zu wissen, wer von den beiden hier am Tisch das Sagen hatte.

„Justine hat bewiesen, dass sie es wert ist“, sagte Mrs. Weiss kühl.

Justine zitterte vor Erleichterung auf dem Tisch.

Der Assistent schaute zu Marais hinüber und ließ nach einem billigenden Nicken langsam seine Hand sinken.

Justine wagte es, in die anderen Gesichter zu schauen und sah, dass der Priester nachsichtig lächelte, während Sartine und Marie mit geradezu jugendlicher Begeisterung grinsten.

Marais zog langsam seine Finger aus Justines Schoß. Das schlüpfrige Entweichen rief eine letzte Woge der Wollust hervor, die sie über die Grenze eines Orgasmus hinaus hätte treiben können, doch sie weigerte sich, sich davon fortreißen zu lassen. Stattdessen setzte sie sich, nachdem sie ihre Gedanken gesammelt hatte, auf dem Tisch auf und kam taumelnd auf die Beine. Es war unmöglich zu sagen, wohin ihre Kleider in der Dunkelheit verschwunden waren und sie zweifelte daran, dass sie sie jemals wieder sehen würde. Sie beschloss, dass sie vielleicht eine der abgelegten Roben nehmen könnte, die zwischen den Ruinen herum lagen und wandte sich Marais zu.

„Nun?“ wollte sie wissen. „Habe ich La Coste verdient?“

Marais sah sie ernst an. Er hatte er die vergilbten Seiten aus der Dunkelheit hervor gezaubert und blätterte in ihnen herum, als wären sie nicht weiter wichtig. „Ich bin nicht sicher.“

Sie starrte Marais an, entgeistert bei der Vorstellung, er könnte versuchen, sie um ihren Lohn zu prellen. Empörung, Verzweiflung und Wut tobten durch ihre Gedanken, doch sie wusste, dass es besser war, keinem dieser Gedanken eine Stimme zu geben. Justine versuchte, ihre Argumente vernünftig vorzubringen; sie war sich gewiss, dass alles verloren wäre, wenn sie wütend reagierte und fragte: „Was soll das heißen? Sie haben Ihr Geld erhalten. Ich habe bewiesen, dass ich es wert bin. Was steht dem jetzt noch im Wege, dass Sie mir La Coste geben?“

„Bist du sicher, dass du es haben willst?“

„Ich habe die letzten vier Tage damit verbracht, mich jeder verabscheuungswürdigen Laune zu unterwerfen, die sich Die Gemeinschaft ausgedacht hat“, höhnte Justine. „Bietet Ihnen das nicht einen gewissen Hinweis?“

Anstatt an ihrem scharfen Tonfall Anstoß zu nehmen, lachte er, als hätte sie einen Witz gemacht. „Du hast eine große Geldsumme auf dem Treuhandkonto hinterlegt“, erinnerte er sie. „Ich könnte dir einiges mehr bieten als diese zerknitterten alten Blätter.“

„Ich will nur La Coste.“

„Ich könnte dich entschädigen, hier und jetzt, mit der doppelten Summe in bar. Wäre das nicht besser, als dieses Buch zu bekommen?“

„Wollen Sie von dem Verkauf zurücktreten?“

„Nein. Ich will nur sicher stellen, dass du bekommst, was du willst. Würdest du es vorziehen, das Geld in Grundbesitz zu investieren? Ich habe mehrere Grundstücke, jedes mit einem Marktwert, der drei- bis viermal höher ist als die Geldsumme, die du für dieses Buch zu zahlen hast. Ich würde dir eines davon überlassen, wenn du es anstelle von La Coste haben möchtest.“

„Ich will nur La Coste“, sagte sie fest.

„Natürlich willst du das“, stimmte er ihr zu. „Und ich sehe jetzt, dass es nichts gibt, was ich dir anbieten könnte, um deinen Entschluss ins Wanken zu bringen. Du hättest noch nicht einmal Interesse, wenn ich dieses blonde Mädchen finden würde, das mit dir bei Sartine war. Ich bezweifele, dass du sie wollen würdest, selbst wenn ich es für dich organisieren würde, dass du diese köstliche putain im Austausch für deine Investition bekämst.“

Ihre Gedanken rasten, während sie versuchte sich darüber klar zu werden, was er ihr da anbot. Es gab allen Grund zu der Annahme, dass Marais über ihre Geliebte Bescheid wusste. Wenn der Priester, Sartine und Mrs. Weiss ihm erzählt hatten, wie sie sich angesichts der verschiedenen Herausforderungen geschlagen hatte, dann zweifelte Justine nicht daran, dass sie ihn auch mit pikanten Informationen über ihre Freundin versorgt hatten. Doch als sie hörte, wie er sie als Trumpf gegen das Buch benutzte, das sie zu kaufen versuchte, fragte Justine sich, ob sie immer noch unter Beweis stellen musste, dass sie des Buches würdig war. „Sie wissen, wie man an die Büßerin erreichen kann?“ fragte Justine keuchend. Sie merkte, dass sie die Worte ohne nachzudenken ausgesprochen hatte. Aus den Schatten konnte sie fast den aschfahlen Blick von Mrs. Weiss spüren, als die Frau sie außer sich vor Wut anstarrte.

„Ist dir das lieber?“ fragte Marais schnell. „Wäre es dir lieber, ich würde mit ihr einen Vertrag machen, dass sie dir zu dienen hat? Ich könnte es so rasch organisieren, dass sie mit dir zusammen nach Hause fahren könnte und dass sie alles tut, was du von ihr willst, noch ehe die Tinte unter unserer Vereinbarung getrocknet ist.“

Justine wog diese Möglichkeit sorgfältig ab.

In ihrem Hinterkopf konnte sie Mrs. Weiss förmlich schreien hören, sie solle das Buch nehmen. Die Angst der Frau war offenkundig, auch wenn sie in der Dunkelheit schwieg. Doch obwohl Justine ihr den Gefallen tun und die Prüfung beenden wollte, konnte sie sich die letzte Hoffnung, die Büßerin zurück zu gewinnen, nicht durch die Finger gehen lassen.

„Sie können Sie für mich kommen lassen?"

„Nichts leichter als das. Ist es das, was du willst?"

Sie sah einen drohenden Schatten hinter Marais emporragen und erkannte, dass es sich um Mrs. Weiss handelte. Die Androhung von Strafe, die sie in den Gesichtszügen erwartet hatte, war nicht zu erkennen. Stattdessen beobachtete Mrs. Weiss sie nur erwartungsvoll, während sie auf Justines Entscheidung wartete. Als sich ihre Augen schließlich an die Dunkelheit gewöhnt hatten, bemerkte Justine denselben erwartungsvollen Ausdruck im Gesicht des Priesters, sowie bei Sartine und Marie. Ein Schauder fuhr zitternd durch ihren nackten Körper und sie begriff, dass von allen Prüfungen, die sie bis hierher durchlitten hatten, diese hier die einzige war, auf die es wirklich ankam.

Dieser Gedanke genügte, damit sie zu einer Entscheidung kommen konnte.

„Nein", sagte Justine endlich. „Ich will die Büßerin nicht von Ihnen. Wenn ich sie bekomme, dann durch meine eignen Erkundungen und meinen eigenen Erfindungsgeist." Sie starrte Marais an und sagte: „Alles was ich von Ihnen will ist das Manuskript, dass ich gekauft habe. Geben Sie es mir und ich verschwinde."

Mit einem knappen Lächeln händigte er ihr die Seiten aus. Und als Justine den Schauder spürte, das Manuskript endlich in den Händen zu halten, hörte sie ihn sagen: „Sie haben dieses Mal eine gute Wahl getroffen, Mrs. Weiss. Aber ich werde noch besser wählen, wenn ich nächsten Monat an der Reihe bin."

Nach der Reise

Einen Monat später, als sie den Lichtschalter für das Kellergewölbe einschaltete, spürte Justine, wie ein Lächeln sich über ihrem Gesicht ausbreitete. Dieser Ausdruck war nicht länger ungewöhnlich, selbst wenn sie Routinearbeiten wie die Kontrolle der Werke der privaten Bibliothek zu erledigen hatte. Der Keller war so düster wie eh und je, mit grauen, hinter den Bücherregalen hervor schimmernden Wänden. Doch der Raum erfüllte sie nicht länger mit einem Gefühl der Verzagtheit. Die Werke waren ebenso unbezahlbar und unzugänglich wie zuvor, doch sie hielt die Sammlung der Kostbarkeiten nicht länger für sinnlos. Und, was noch überraschender war, sie stellte fest, dass sie beinahe glücklich war, wenn sie im Privatgewölbe der Bibliothek arbeiten durfte.

Die veränderte Einstellung beunruhige sie nicht und sie hatte nicht das Bedürfnis, die Gründe dafür zu analysieren. Justine machte sich keine Sorgen darüber oder über die neu entdeckte Toleranz gegenüber der tagtäglichen Plackerei in ihrem Job. Es war so einfach, all die kleinen langweiligen Dinge beiseite zu schieben, denn das Katalogisieren war nicht länger die Routinearbeit, die sie einst gewesen war.

Ihre neue Assistentin folget ihr vorsichtig in den Raum.

„Die Bücher sind so alt“, keuchte sie. Ihr schwerer französischer Akzent ließ die Erklärung sowohl unschuldig als auch imposant erscheinen. „Sind sie sehr wertvoll?“

„Ich habe gehört, sie seien unbezahlbar“, sagte Justine leise. Sie sprach die Worte aus, als wäre es ihr gleichgültig. Sie führte die Büßerin zu der letzten Neuerwerbung im Keller, drängte sie, Platz zu nehmen, damit sie sich wieder an ihre tägliche Arbeit des Übersetzens machen konnten. Justine wehrte die Versuche ihrer Liebsten ab, sie zu küssen und brachte sie dazu, sich auf die verbotene Aufgabe zu konzentrieren, von der sie in Anspruch genommen waren.

„Ich will nicht übersetzen“, beschwerte sich die Büßerin. „Ich will Liebe mit dir machen.“

Ihr Mund war zu einem hungrigen Schmollen verzogen. Das einfache Kleid, das sie trug, schmiegte sich mit solch einer Natürlichkeit an die Konturen ihres Körpers, dass Justine auf der Stelle wusste, dass die Frau keine Unterwäsche trug. Die Verlockung, dem Verlangen der Büßerin nach Intimität nachzugeben, war fast unwiderstehlich, doch Justine sagte sich, dass sie einen starken Willen beweisen müsse.

„Du kannst mich küssen, wenn wir heute Abend nach Hause kommen", versprach Justine. „Jetzt brauche ich dich, damit du dies hier für mich übersetzt, während ich tippe. Ich möchte es bis zum Wochenende fertig haben."

Schmollend fragte die Büßerin: „Was soll die Eile?"

Justine sprach, während sie ihren Laptop aufklappte und darauf wartete, dass das Betriebssystem geladen wurde. „Mrs. Weiss sagte mir, dass eine weitere potentielle Käuferin an Marais heran getreten ist. Sie glaubt, dass sie in Sartines Namen handelt. Wenn die Frau sich als würdig erweist, kann das Manuskript am Montagmorgen bereits in ihren Händen sein."

„Glaubst du, dass das wahrscheinlich ist?" fragte die Büßerin. Sie legte eine schützende Hand über die vergilbten Seiten des Manuskripts als wollte sie es davor beschützen, von jemand anderem fortgenommen zu werden. „Glaubst du, die Frau wird beweisen, dass sie es wert ist?"

Justine zuckte die Achseln.

Mit der Büßerin allein zu sein, gab ihren Gedanken stets eine unheimliche Richtung. Anstatt mit der verbotenen Übersetzung, die sie anfertigten, weiter zu machen, würde Justine die Frau jetzt gern vor sich auf dem Boden knien sehen, zwischen ihren Beinen und die kochende Spalte ihrer Pussy lecken lassen. Sie wurden nicht vor einer Stunde in der Bibliothek zurück erwartet und würden nicht gestört werden. Die Gelegenheit, einander zu verwöhnen war unglaublich verlockend, doch Justine fand die Willenskraft zu widerstehen.

Sie öffnete die Textdatei, mit der sie eine Woche zuvor begonnen hatte und hielt ihre Finger über die Tastatur, bereit für die Übersetzung der Büßerin. Und wie es immer der Fall war, wenn diese Frau in ihrer Nähe war, sah Justine ihre Hände vor Aufregung zittern.

„Du hast meine Frage nicht beantwortet", beschwerte sich die Büßerin. „Diese Frau, die Captain Sartine gefunden hat: Ist es wahrscheinlich, dass sie La Coste bekommt?"

Justine zuckte erneut die Achseln. „Ich habe gehört, es wäre unwahrscheinlich", gab sie zu. Und fügte mit einem listigen Grinsen hinzu: „Aber ich denke, wir werden es selbst herausfinden. Wir werden Mrs. Weiss dabei helfen zu prüfen, ob sie es wert ist." Sie beendete die Unterhaltung.

Fest entschlossen, dass die Übersetzung fertig sein würde, ehe La Coste in den Händen einer anderen verdienten Empfängerin landete, deutete sie streng auf die vergilbten Seiten und sagte: „Wir müssen jetzt anfangen." Sie schaute auf ihren Laptop hinunter, um herauszufinden, an welcher Stelle sie stehen geblieben waren, und fügte hinzu: „Die letzten Worte, die du vorgelesen hattest, lauteten: „Der Marquis kehrt zurück."